翻译侦探事务所

赖慈芸 著

生活·讀書·新知 三联书店

图书在版编目（CIP）数据

翻译侦探事务所／赖慈芸著 . —北京：生活·读书·
新知三联书店，2023.2
（三联精选）
ISBN 978 - 7 - 108 - 07319 - 8

Ⅰ . ①翻⋯　Ⅱ . ①赖⋯　Ⅲ . ①文学翻译－研究
Ⅳ . ① I046

中国版本图书馆 CIP 数据核字（2021）第 228845 号

责任编辑　赵庆丰　崔　萌
装帧设计　鲁明静
责任印制　张雅丽
出版发行　**生活·讀書·新知** 三联书店
　　　　　（北京市东城区美术馆东街 22 号　100010）
网　　址　www.sdxjpc.com
图　　字　01-2019-4992
经　　销　新华书店
印　　刷　北京隆昌伟业印刷有限公司
版　　次　2023 年 2 月北京第 1 版
　　　　　2023 年 2 月北京第 1 次印刷
开　　本　880 毫米 × 1230 毫米　1/32　印张 10
字　　数　205 千字　图 157 幅
印　　数　0,001 - 5,000 册
定　　价　45.00 元
（印装查询：01064002715；邮购查询：01084010542）

翻译与政治

偷天换日

高手云集

追忆再启

娱韵绕梁

翻译与政治

翻译不外乎权力。翻译涉及两种以上的语言，而语言从来都不平等，强弱之间自然有权力问题。谁决定翻译什么（或什么不能翻译）、怎么翻译、翻译给谁看，也都涉及复杂的权力问题，因此翻译与政治本来就密不可分。

台湾的翻译尤其与政治相关。台湾在晚清被日本占据，以日语为官方语言，但"二战"后官方语言立刻从日语变成普通话。普通话以北方官话为基础，而台湾汉人以闽粤后代为主，普通话是全然陌生的语言。当局视日语为敌方语言或奴化语言，让熟悉日语又不会普通话的台湾知识分子和作家、译者陷于失语的窘境，战后一二十年间的译者几乎都是战后来台的外省译者，或直接翻印大陆时期的译作。战后初期，许多外省文人来台推行普通话，如台湾省编译馆和普通话推行委员会，不少上海出版社也来台开设分公司，如商务、世界、春明、启明等，提供台湾读者中文书籍。但1949年国民党全面撤台之后，开始戒严，留在台湾的外省文人也是人心惶惶。谁没有几个左派或"附匪""陷匪"的朋友呢？一不小心就会被扣上思想犯的帽子。而且戒严之后，"陷匪"或"附匪"译者的作品全变成禁书，警总随时可以没收查禁，出版社纷纷涂掉译者名字或冠上假名以自保。左派译者的书在台湾不能印，只能说在动荡不安的冷战时期，译者还真苦命。

　　翻译的题材也很政治：老蒋棺材中的《荒漠甘泉》虽是灵修书籍，却充斥战斗用语，原来是专为老蒋量身定"译"的，与原作关系颇为可疑。还有一本彻头彻尾的假译本《南海血书》，明明是虚构的越南难民故事，却假托为翻译作品，还编入中小学教材，是当局主导的一场骗局。而像《一桶蚵仔》这种外国人批评国民党当局的，戒严期间当然是禁书，解严后台湾才能见到中译本及闽南语译本。"文革"后揭露"铁幕真相"的书，台湾读者无缘得见中文原文，要先译成英文、日文，台湾的出版社再译回中文。而原文是中文，通过译本再回译成中文的还有《蒋介石秘录》，但这是国民党提供《蒋介石日记》给日本产经新闻社，日方撰写成书之后，台湾再根据日文译回中文，合作无间。种种翻译怪象，都跟政治有关。

　　这几篇文章大致依事件发生之时序编排，最早一篇讲的是因"二二八"而解散的台湾省编译馆，最后一篇讲中美建交后用来恐吓台湾人民的伪译《南海血书》。

短命的台湾省编译馆

台湾省编译馆是战后台湾第一个官方的编译机构，直属于台湾省行政长官公署，1946 年 8 月成立，馆长是许寿裳（1883—1948），为行政长官陈仪的同乡，都是浙江绍兴人。由于当时台湾人都说日语，看日文，馆长许寿裳说："本省的编译工作，可说是从头开始的工作，其他部门，其他工作，都有事业可以接收，唯有编译事业，无法接收。"他邀请了同为鲁迅好友的李霁野（1904—1997）来台担任名著编译组主任，计划短期内出版 500 种世界名著，"以提升国民文化水平"。

根据蔡盛琦《战后初期台湾的图书出版——1945 至 1949 年》一文，"该组出版了李霁野译《莪默诗译》《四季随笔》，李竹年译《我的学生生活》，刘文贞译《鸟与兽》，刘世模译《伊诺克亚敦》，金琼英译《价值论》《美学的理想》，缪天华译《论语今译》"八种。但林耀椿在《钱锺书与书的世界》一书中却说，台湾省编译馆只有在 1947 年 1 月出了李霁野的《四季随笔》，其他待印书另有五种，来不及出版，包括刘文贞的《鸟与兽》也没有出版。

到底这套书是出了八种，还是只出了一种？其实只要找到刘文贞的《鸟与兽》，事情就很清楚了。事实上，这套书并没有出足八种，也不是只出了一种，而是出了两种。以下是相关的时间表：

刘文贞的《鸟与兽》

1946 年 10 月　　李霁野与刘文贞夫妇抵台

1947 年 1 月　　出版李霁野的《四季随笔》

1947 年 2 月　　"二二八"事件

1947 年 5 月　　裁撤长官公署，台湾省编译馆随之解散

1947 年 6 月　　出版刘文贞的《鸟与兽》

1948 年 2 月　　许寿裳在台大宿舍被暗杀

1949 年 4 月　　李霁野、刘文贞夫妇匆促离台返大陆

　　为什么台湾省编译馆在 1947 年 5 月解散，6 月还能出版《鸟与兽》？可能是 5 月间书已印好，只是版权页上印 6 月。至于其他几本待印书籍，虽然出现在广告页上，但从来没有出版过。所以这个名著编译计划，最后只成就了李霁野夫妇，各出了一本书，各印行两千册。至于其他几位译者，如刘世模在"二二八"事件中被捕，李霁野的学生金琼英跑回大陆去当云南大学教授，李竹年

（李何林）也在许寿裳遇害后逃回大陆。也就是说，本来想轰轰烈烈译出500种世界名著的大计，不幸遇到政治问题，死的死、逃的逃，最后只出了两本书。一群好友只有台静农一个留在台湾，成了台大名师。

《四季随笔》原名 *The Private Papers of Henry Ryecroft*（1903），作者是英国作家乔治·吉辛（George Gissing，1857—1903）。作者假托是朋友亨利·赖克罗夫特（Henry Ryecroft）的日记，其实是创作。李霁野这本书并不是在台湾翻译的，而是抗战期间在重庆翻译的，最初在《时与潮》杂志上连载。战后来台时，看到台大图书馆有日文译本，便将手边的《四季随笔》据日译本增注后出版。台湾省编译馆解散之后，李霁野跟许寿裳都转到台大任教，但许寿裳在青田街六号的台大宿舍被暗杀之后，李霁野见情势不对，匆匆离台，自然成了当局的眼中钉。"李霁野"这个名字在戒严时期是不能出现的，所以台湾的译本都改用其他名字或不署名：

　　1964年　"品美"《四季随笔》台北：天人出版社

　　1965年　"于北培"《四季随笔》台北：文星书店

　　1966年　未署名《四季随笔》台南：广明出版社

　　1969年　"蔡文华"《田园散记》台南：北一出版社

　　1969年　"杨馥光"《四季随笔》台南：大千文化服务社

　　1970年　未署名《四季随笔》台中：学海书局

　　1971年　未署名《四季随笔》台北：学人月刊杂志社

1975 年　未署名《四季随笔》台南：大千文化出版社
1975 年　未署名《四季随笔》台中：普天出版社
1982 年　"蔡文华"《四季随笔》台南：大孚书局

　　最有趣的是文星书店署名"于北培"，其实这是因为李霁野的《译者后记》最后一句是"1944 年 2 月 16 日，译者于北培；1946 年 12 月 5 日，注校完毕于台北"，文星同人应该完全知道是谁译的，故意以"于北培"作为译者的假名，似乎颇有嘲讽当局的意味。

　　李霁野一走，他在战前翻译的《简·爱》，即名列警总的《查禁图书目录》中，查禁理由是"为匪宣传"，好像简·爱支持共产党似的。但喜欢看爱情小说是人性，《简·爱》是戒严期间被盗版次数最多的小说之一，几乎所有戒严时期的《简·爱》都大同小异，因为都是李霁野译的，或根据李霁野译本改的：

1954 年　"季芳"《简·爱》台北：新兴书局
1957 年　"季芳"《简·爱》台北：东亚书局
1958 年　"季芳"《简·爱》台北：现代家庭
1960 年　"启明编译所"《简·爱自传》台北：台湾启明书局
1961 年　"李文"《简·爱》台北：大中国图书公司
1963 年　"林维堂"《简·爱》台北：文化图书
1966 年　"学者出版社编辑部"《简·爱》台北：学者出版社

1967 年 "黄宗钰"《简·爱》 台南：复汉出版社

1969 年 "吴文英"《简·爱》 台南：复汉出版社

1971 年 "季芳"《简·爱》 台北：大方出版社

1971 年 "施品山"《简·爱》 台南：北一出版社

1972 年 "纪德钧"《简·爱》 台南：综合出版社

1972 年 "陈介源"《简·爱》 台北：文友书局

1975 年 "文仲"《简·爱》 台北：清流出版社

1976 年 "陈介源"《简·爱》 台北：永大书局

1978 年 "钟斯"校订《简·爱》 台北：远景出版社

1986 年 "书华编辑部"《简·爱》 台北：书华出版社

　　李霁野光靠这两本书，就可以称为畅销译者了，但太太刘文贞的《鸟与兽》，虽然有老公李霁野的序，但也许出版时机不对，后来并没有见到任何一种盗版；大陆也没有见到其他版本。这是一本描述鸟类和动物的散文集，作者威廉·哈德森（William Henry Hudson, 1841—1922）是出生于阿根廷的美国人，喜好赏鸟。这本《鸟与兽》是从他多本书中选出的文章合集，而不是从某本原作翻译的。根据李霁野的序，这本书和《四季随笔》一样，都是抗战期间翻译的。又，刘文贞是李霁野在天津女子师范学院的学生，李霁野为了这段师生恋，还被迫辞去天津师范学院的教职。因有此背景，李霁野还在序中提到"此书经我校改"，摆出老师的谱，为爱妻挂保证。

沾血的译本

——春明书店与启明书局

1953 年 6 月，春明书店老板陈冠英因叛乱罪被枪决；1959 年，启明书局老板沈志明、应文婵夫妇因代"匪"宣传罪被起诉，国民党追杀书店老板、文人的案例还有很多。而这两个例子，都跟他们的译者有点关系。隔海害死陈冠英的是"福尔摩斯"系列译者胡济涛，差点害死沈志明的则是斯诺（Edgar Snow）的《长征二五〇〇里》（*Red Star Over China*，又名《西行漫记》或《红星照耀中国》），由六个译者合译，译者包括赵一平、王念龙、祝凤池、顾水笔、史家康、张其韦。

这两家书店原来都开在上海，两个来台的老板都是少东。陈冠英是上海春明书店老板陈兆椿之子，沈志明是上海世界书局老板沈知方之子。上海春明书店创立于 1932 年，出版言情小说、工具书、畅销书之类的著作，也出版过不少侦探小说。沈知方出身于中华书局，1922 年创办了世界书局，儿子沈志明的启明书局则成立于 1936 年，出版大量给中学生看的白话翻译文学。战后一些上海书店纷纷来台设立分公司，如商务、世界、中华、正中等都是。沈志明夫妇也来台开店，台湾启明书局就设于重庆南路 1 段 60 号，台北春明书店则设于重庆南路 1 段 49 号。

较早出事的是春明。春明这个案子十分冤枉：陈冠英 1949 年

8 月就离开上海举家来台，东家落跑之后，员工接手，1949 年 9 月出版了一本《新名词辞典》，由胡济涛、陶萍天主编，分门别类解释"解放后的新名词"，其中"人物之部"分为"政治人物""专家学者闻人""军事人物""文艺人物"四节。这本书从初版就与陈冠英无涉，问题是这本《新名词辞典》在大陆十分畅销，1952 年的版本经过大幅加料，"人物之部"多出一节"反动人物"，把老蒋夫妇、胡适等人都骂得一塌糊涂。关于这本《新名词辞典》版本的演进已有人研究，以读者熟悉的"胡适"为例：

> 1949 年 12 月版："胡适，字适之，安徽绩溪人，新文学运动的最初发动者。……"
>
> 1950 年 6 月版："胡适，伪自由主义的无耻文人。字适之，安徽绩溪人，新文学运动的最初发动者。……"
>
> 1952 年 6 月版："胡适，头等战犯之一，伪自由主义的无耻文人。字适之，安徽绩溪人。他的思想在近代中国半封建、半殖民地社会中表现得相当集中和典型。……"

可见这本《新名词辞典》已逐步转变政治立场。结果倒霉的陈冠英在 1951 年被人密告，说他"蓄意编印"此书，为"匪"宣传。陈冠英当时人在香港，觉得此书在他离沪后才出版，与己无关，理直气壮，遂回台解释，谁知自投罗网，审判经年。1953 年，根据军法局四二安度字第○七五六号"陈冠英叛乱案"记载，春明书店店东兼经理陈冠英"早在上海经营书店时，该书店特约编辑胡济涛编著《名词辞典》一书,内容荒谬,极尽诋毁元首,侮蔑'政府'军政首要,极力为'匪'张目……实达于意图以非法之方法颠覆'政府'而着手实行之程度,罪无可逭,应'依法'科处死刑"。1953年6月执行死刑,陈冠英死时只有35岁,台北春明书店及家产全被没收。

隔海害死老板的主编胡济涛,生于1914年,浙江永康人,有一说新中国成立后在青海师大中文系教书。他在1938年曾翻译了一套白话福尔摩斯,而且显然假想敌就是中华书局。

他在前言中说福尔摩斯历来的译本"都是艰涩难懂的文言,既不分段落,又不加标点,在阅读上说来,也是感觉诸多不便的。这部书就是针对着以上几点儿选译的……为求译文流畅起见,极力避免直译,并且以白话翻译,所以尚还晓畅流利"[1],又说"本选集完全由鄙人一手翻译,所以各集的笔调都能保持一致"[2]。确实,胡济涛的内文相当白话,也省略不少细节。不过,有些地方看来似乎有日文痕迹,如"施丹福君""华声君""福君"(华生称福尔摩斯)等称呼,还有"病院"等词语,有可能是转译自日文。

陈冠英死后,台南有一家文良出版社出了一本《血书》(A

---

[1] 中华书局版就是文言的。不过1927年世界书局已经请程小青把他们文言的那套译成白话了,所以胡济涛并不是第一位译出白话《福尔摩斯》的人。

[2] 中华书局版一共有十位译者参与,包括程小青、周瘦鹃等,所以胡济涛特别强调由一人所译。

台南文良出版社的《血书》，就是胡济涛译本。但封面设计者似乎误以为血书是指用血写的信，将插图的信件字迹改为红字，其实"血字"只是指墙壁上用血写的 Rache 一个词而已

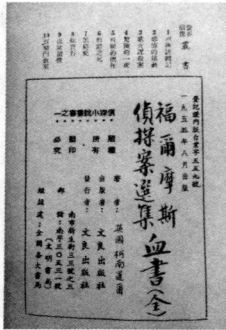

文良版《血书》版权页。出版日期标为 1955 年，无译者名

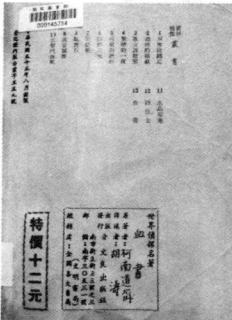

文良版《血书》封底。译述者名字"胡涛"似乎是以手写补上的

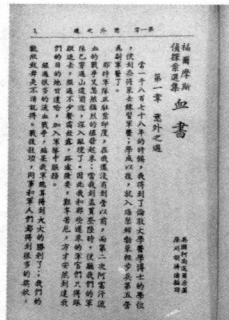

文良版《血书》内文。封底署名"胡涛"译述，在内文却写出全名"胡济涛"编译

Study in Scarlet，今译《血字的研究》)，版权页署名"胡涛"翻译，其实就是胡济涛的译本。内文第一页大喇喇署名"库川胡济涛编译"（库川是永康胡家的一支)，让人直捏一把冷汗。不过这套书在台湾只看到第一册，译者声称译了八册，其他七册却未见。大陆此套书也很罕见，不知是否根本没有出齐。

　　台湾春明书店还来不及站稳脚跟就倒了，出的书很少，图书馆和旧书店偶尔能见到几本上海春明的书，大概都是1949年以前就在台湾流传的。春明书店被翻印最多次的是林俊千的《小妇人》，至少被翻印14次，包括远景、书华署名"编辑部""钟斯""钟文"的各版本都是春明版本，另外章铎声的《好妻子》和林绿丛的《爱的教育》也都被翻印多次。但《血书》只见过这家台南文良出版社翻印。文良还翻印过春明版林俊千的《红宝石》，译者改署名为"鸿声"；以及吴鹤声译的《两雄决斗记》（福尔摩斯与亚森·罗苹[1])，改名为《双雄决斗记》。看来文良出版社应该收了一批春明的书，拿出来翻印。但这家出版社也经营不善，其出版的书在图书馆及旧书店都很少能看到。

　　在台湾流传的译本中，启明书局的书比春明多很多，几乎可说是20世纪50年代的主力出版社之一。沈志明夫妇在台湾的时间比陈冠英长，大量翻印上海启明的书。20世纪50年代初期还署

---

〔1〕　亚森·罗苹（Arsène Lupin)，法国作家莫里斯·勒布朗（Maurice Leblanc)笔下的一位绅士大盗，大陆一般译作亚森·罗平或亚森·罗宾。其"侠盗"的形象，别树一帜，影响了后世很多文学形象的塑造。——编注

上海春明的《红宝石》，林俊千译述，台南文良出版社有翻印，译者改署"鸿声"

上海春明的《少年维特之烦恼》，黄鲁不译述。这个版本没有被翻印的记录，在两岸都是罕见版本

译者名字，后来大概感觉风声不对，干脆全数挂名"启明编译所"。由于台湾启明基本上就是出版上海启明的书，只要找到上海版就可以知道原译者是谁，我已还原116本译本的译者名字，数量惊人。

20世纪50年代，新兴、大中国这些新成立的出版社，都用假名翻印大陆旧译，来源很杂，有文化生活的、世界的、商务的，还有春明、春江、雨丝等一大堆，只有启明始终规规矩矩，没有用过假名。但据说启明当年在大陆出版《长征二五〇〇〇里》，就已经被盯上了（虽然他们没有在台湾翻印过这本书）；1958年台湾启明翻印了1932年陆侃如和冯沅君合著的《中国文学史简编》，其中第二十讲"文学与革命"结尾提到无产阶级文学运动：

作为这个运动中心的团体有左翼作家联盟、艺术剧社

台湾启明的书很多，一律署名"启明编译所"，都是上海启明的书

20世纪70年代启明版《在监狱中》，署名"应文婵译"，其实译者是林华

等，杂志有《萌芽》《拓荒者》《创造月刊》《太阳杂志》等。从这个中心出发，几乎震撼了全国。但不久便招了当局之忌，书店封闭了，团体解散了，杂志停刊了，书籍禁售了，整个运动就压到地下去了。但我们瞻望前途，却抱着无限的乐观！

1959年2月28日，沈志明夫妇被捕，罪名是"歌颂共产文学"，以叛乱罪被起诉。

以当时的氛围来说，这个案子的确是启明不够小心，没有把这段话删掉，看起来是有点和"当局"过不去，何况当初的"当局"也就是1959年的"今上"。此案重判也不无可能，还好两位人脉够广，沈志明的女婿黄克孙（就是用七言绝句翻译《鲁拜集》的那位译者）

是麻省理工教授，在美奔走，惊动多位党国大佬营救，包括胡适、叶公超、黄少谷等，并因美国介入，终于有惊无险，3月两人交保，6月获判无罪，两人随即赴美避难。

上海春明的历史重演：老板一走，启明员工就开始胡乱出书，尤其是1960年出版的12厚册"世界文学大系"，简直像是要把手上各种书都尽可能放进去一样，不但来源出自不同的出版社，连排版也没有统一，字体忽大忽小，更夸张的还有横排直排放在一册的，和早期启明版本整齐从容的味道完全不同，令人难以相信这是由同一家出版社所出的作品。

启明的书也是20世纪70年代台湾一大堆小出版社世界名著的主要源头，被翻印最多次的是赛珍珠（Pearl S. Buck）的《大地》（*The Good Earth*）和《分家》（*A House Divided*），前者译者是由稚吾，后者译者是唐长孺，前者被翻印至少22次，远景版译者署名"编辑部"和"钟文"的都是启明版本。比较奇怪的是，20世纪70年代中期，一些启明版本的书开始署名"应文婵译"，包括曾孟浦的《侠隐记》、林华和姚定安的《亚森·罗宾全集》在内。应文婵（1912—1987）当时人在美国，不知这些挂她的名字出版的启明作品，是否曾得到她的授意？

但坊间有些作者引述资料时不明这段历史，竟以为启明版的《亚森·罗宾全集》真是应文婵所译。其实老板娘虽然是女作家，但并没有译过这几本书。

春明和启明这两家出版社，都走通俗路线，译者并不像文化生活、世界书局、商务那样名家辈出。这些上海书店的第二代来台发展，也只是想继续出版经营世界名著而已，没想到下场是死的死、逃的逃。他们从上海带来的书，在台湾被盗印得一塌糊涂，北中南大大小小的出版社竞相翻印，乱挂名字，大做无本生意。而当时之所以会有这样的出版乱象，始作俑者其实就是国民党的文字狱。

官逼民作伪

——《查禁图书目录》

台湾伪译本会这么多，一开始其实是被当局逼出来的。台湾从 1949 年 5 月开始戒严，5 月底公布《台湾省戒严期间新闻杂志图书管理办法》，开始查禁书籍。《查禁图书目录》由台湾省当局和台湾警备总司令部合编，记录了曾被没收的禁书，里面当然也有不少翻译作品。这份目录看起来是要分发到各单位，方便大家对照、没收禁书用的。为了怕漏掉，特地在使用办法中说明：

凡有下列情形之一而未编入查禁图书目录者，概予查禁。

1. "匪酋""匪干"及"附匪"分子之著作及译作，以及"匪"伪书店、出版社出版之书刊。

这份目录的编排方式颇为有趣，是按照书名字数排的，就像唱卡拉 OK 的歌本一样。例如李霁野翻译的《简·爱》，就是在"二字部"下面。查禁机关是台湾省保安司令部，查禁日期是 1954 年 12 月 20 日，下面还有个字号"安钦二〇九八"，不知道是不是某次行动的代号之类的？查禁原因是"二 3"，根据《台湾省戒严期间新闻杂志图书管理办法》第二条"新闻纸、杂志、图书、告白、标语及其他出版品不得为下列各款记载"的第三款——"为'共匪'宣传之图画文字"。大陆译作被查禁的理由几乎都一样。像《简·爱》这样一本19世纪的英国爱情小说，跟共产党一点关系都没有，到底是要如何"为'共匪'宣传"？简直匪夷所思。其实，问题出在译者身上。

戒严期间相关的查禁条文颁布多次，以下面三条为例，可以看出一些历史演变：

第一阶段："'共匪'及已附'匪'作家著作及翻译一律查禁。"（1951年）（也就是说，李霁野虽然在台大教过书，但跑回去就是"附匪"了，翻译一律查禁。）

第二阶段："'附匪'及'陷匪'分子三十七年以前出版之作品与翻译，经过审查内容无问题且有参考价值者可将作者姓名略去或重行改装出版。"（1959年）（也就是说，出版社只要把李霁野的名字改成"季芳"或"李文"，我们就不抓了。）

第三阶段："匪酋、匪干之作品或译著及匪伪出版品一律查禁。"（1970年）（也就是说，李霁野是中共党员，算"匪干"吧，还是要禁。但傅东华这种被整得很惨的，我们就睁一只眼闭一只眼了。）

这本目录分为"违反出版法"和"违反戒严法"两部分，前者是台湾省新闻处查禁的，后者是台湾省保安司令部和台湾省警备总司令部查禁的。前者的翻译书有42种，后者的翻译书有84种，不乏名家手笔。如傅雷的《高老头》和《贝多芬传》、朱雯的《流亡曲》和《凯旋门》、李健吾的《情感教育》和《包法利夫人》等。俄国文学被禁最多，什么托尔斯泰、陀思妥耶夫斯基、契诃夫、果戈里都禁就算了，连美国文学也会被禁，像侍桁的《红字》、徐迟的《华尔腾》[1]、焦菊隐的《爱伦·坡故事集》这几本，虽然一开始是上海美新处筹划翻译的，台湾又跟美国友好，却因为这几位译者都"附匪"了，只能通通沦为禁书。还好当局有开方便法门：译者换个名字就好啦！所以这些书其实也都看得到，只是把译者名字换掉而已。

1977年也有一本新版的《查禁图书目录》，但这些战前名家的翻译渐少，倒是增加了不少武侠小说、性爱指南、算命卜卦之类的书籍。

以下是违反出版法的译作42种（其中，《深渊》是出现在1977年的查禁图书目录上，但查禁时间也是1952年4月，应该是1966年的目录漏掉了，所以补在这里）：

	书名	作者	译述者	出版社	出版年	查禁时间
1	烟	屠格涅夫	陆蠡	文化生活	1948	1952.4
2	三天	戈尔巴托夫	斯勋	海燕	1946	1952.4
3	死敌	邹洛霍夫	曹靖华等	文光	1947	1952.4
4	门槛	屠格涅夫	巴金	文化生活	1947	1952.4
5	春潮	屠格涅夫	马宗融	文化生活	1938	1952.4
6	前夜	屠格涅夫	丽尼	文化生活	1939	1952.4
7	恐惧	亚非诺甘诺夫	曹靖华	文化生活	1937	1952.4

---

[1] 即梭罗的《瓦尔登湖》。——编注

续表

	书名	作者	译述者	出版社	出版年	查禁时间
8	亚玛	库普林	汝龙	文化生活	1949	1952.4
9	深渊	杰克·伦敦	齐鸣	光明	1948	1952.4
10	远方	盖达尔	尚佩秋、曹靖华	文化生活	1937	1952.4
11	磁力	高尔基	罗稷南	生活书店	1947	1952.4
12	悬崖	冈察洛夫	李林	文化生活	1937	1952.4
13	死魂灵	果戈理	鲁迅	文化生活	1948	1952.4
14	金钥匙	托尔斯泰	王易今	开明	1937	1952.4
15	性心理	爱理斯	明章	重光	1956	1963
16	性教育	美国坚斯博士		性教育丛书出版社	1950	1959
17	人之大伦	山口川子	杨巴天	幸福家庭杂志社		1963
18	人生一世	萨洛扬	洪深	晨光	1949	1952.4
19	贝多芬传	罗曼·罗兰	傅雷	骆驼		1952.4
20	性的秘密	美国坚斯博士	白衣	性教育丛书出版社	1949	
21	草原故事	高尔基	巴金	文化生活	1935	1952.4
22	贵族之家	屠格涅夫	丽尼	文化生活	1946	1952.4
23	爱的奴隶	高尔基	任钧	上海杂志公司	1946	1952.4
24	豪门美国		杜若等	上海世界知识社	1948	1952
25	为了人类	高尔基	瞿秋白、吕伯勤	挣扎社	1946	1952.4
26	面包房里	高尔基	适夷	上海杂志公司	1948	1952.4
27	上尉的女儿	普式庚	孙用	文化生活	1947	1952.4
28	不幸的少女	屠格涅夫	赵蔚青	文化生活	1946	1952.4
29	天蓝的生活	高尔基	丽尼	上海杂志	1949	1952.4

续表

	书名	作者	译述者	出版社	出版年	查禁时间
30	英雄的故事	高尔基	以群	上海杂志	1948	1952.4
31	奥罗夫夫妇	高尔基	周觅	上海杂志	1948	1952.4
32	奥勃洛摩夫	冈察洛夫	冈察蜀夫	新知书店	1946	1952.4
33	意大利故事	高尔基	适夷	开明	1946	1952.4
34	阴影与曙光	欧根雷斯	荃麟	开明	1947	1952.4
35	静静的回流	屠格涅夫	赵蔚青	文化生活	1945	1952.4
36	罗曼·罗兰传	威尔逊	沈炼之	文化生活	1949	1952.4
37	俄罗斯的童话	高尔基	鲁迅	文化生活	1947	1952.4
38	巡按史及其他	果戈理	耿济之	文化生活	1947	1952.4
39	苏联文学与戏剧	莱奥诺夫等		光明书店	1946	1952.4
40	阿托莫洛托夫一家	高尔基	汝龙	文化生活	1947	1952.4
41	致青年作家及其他	托尔斯泰	曹靖华	上海杂志	1946	1952.4
42	屠格涅夫的生活和著作	斯特拉热夫	刘执之	文化生活	1949	1952.4

　　研究这份书目，可以看出大部分都是20世纪40年代的上海出版物，多数是在1952年查禁的。20世纪60年代查禁的就是所谓诲淫的《性的秘密》或《查泰莱夫人的情人》等书。

　　有趣的是，和伪译比对，可以发现这份禁书书单中至少九种有"安全版本"流传：

禁书（违反出版办法）	查禁时间	安全版本
陆蠡（1948）《烟》	1952	凡谷（1970）《烟》（台北：正文）
马宗融（1946）《春潮》	1952	林峰（1958）《春潮》（台北：旋风）
丽尼（1947）《前夜》	1952	林峰（1957）《前夜》（台北：旋风）

续表

禁书（违反出版条例）	查禁时间	安全版本
傅雷（1946）《贝多芬传》	1952	宗侃（1954）《贝多芬传》（台北：新兴）
王易今（1937）《金钥匙》	1952	未署名（1968）《金钥匙》（台北：大方）
丽尼（1937）《贵族之家》	1952	林峰（1957）《贵族之家》（台北：旋风）
赵蔚青（1945）《不幸的少女》	1952	李闳生（1970）《不幸的少女》（台北：巨人）
沈炼之（1947）《罗曼·罗兰传》	1952	哥伦（1967）《罗曼·罗兰传》（台北：正文）
刘执之（1949）《屠格涅夫的生活和著作》	1952	林致平（1976）《屠格涅夫生平及其代表作》（台北：五洲）

违反戒严法的译作更多，有 84 种，其中楼适夷一人后面有括号加注"匪干"。看起来查禁次数比违反出版办法的更多，大部分是在 20 世纪 50 年代。这份书目错字不少，"朱雯"误植为"朱虔"，"巴尔扎克"写成"巴尔托克"。出版资料也常常有缺：

	书名	作者	译者	出版社	出版年	查禁时间
1	文凭	丹青科	茅盾	永祥印书馆	1946	1951 安达
2	人间	高尔基	楼适夷（"匪干"）	开明	1946	1972 和笃
3	白痴	妥思退夫斯基	叔夜	文化生活	1946	1952.4 安达 0457
4	地粮	纪德	盛澄华	文化生活	1946	1956.6 安力 0821
5	初恋	屠格涅夫	丰子恺	开明	1947	1956.6 功力 0320
6	红字	霍桑	侍桁	国际文化服务社	1942	1954.11 安钦 1855

	书名	作者	译者	出版社	出版年	查禁时间
7	相持	斯坦倍克	董秋斯	骆驼	1946	1954.12 安钦 2098
8	娜娜	佐拉	王了一	商务	1947	1954 安钦
9	异端	霍普特曼	郭鼎堂	商务		1955 安愈
10	穷人	妥思退夫斯基	文颖	文化生活	1949	1958 明旭
11	简·爱	沙洛蒂·勃郎特	李霁野	文化生活		1954 安钦
12	忏悔	高尔基	何妨	中华		1956 安力
13	人和山	伊林	董纯才	开明		1954 安钦
14	三姊妹	契诃夫	曹靖华	文化生活	1946	1952 安达
15	石榴树	索洛延	吕叔湘	开明	1947	1958 宏实
16	伏德昂	巴尔扎克	陈学昭	文化生活	1950	1952 安达
17	红马驹	斯坦倍克	董秋斯	骆驼	1948	1954 安钦
18	流亡曲	雷马克	朱虔（？）	文化生活	1948	1952 安达
19	高老头	巴尔扎克	傅雷	骆驼书店	1946	1954 安钦
20	浮士德	歌德	郭沫若	群益	1947	1953 安钦
21	华尔腾	梭罗	徐迟	晨光	1949	1958 明旭
22	凯旋门	雷马克	朱虔（？）	文化生活	1949	1952 安达
23	几点钟	伊林	董纯才	开明	1949	1954 安钦
24	新越南	罗斯	移模	上海时代	1949（？）	1954 安钦
25	谁之罪	赫尔岑	适夷	世界知识	1947	1958 明旭
26	双城记	迭更司	罗稷南	骆驼		1954 安钦
27	樱桃园	柴霍甫	满涛	文化生活	1949	1958 明旭
28	乞丐皇帝	马克·吐温	俞荻	神州国光	1951	1958 明旭
29	天下一家	威尔基	刘尊棋	中外		1954 安钦
30	世界政治	杜德	张弼 等	生活	1947	1954 安钦
31	世界通史	海思 等	刘启戈	光明	1949	1956 安力

	书名	作者	译者	出版社	出版年	查禁时间
32	我的童年	高尔基	卡纪良	上海启明	1949	1959.10 宪恩
33	情感教育	福楼拜	李健吾	文化生活	1948	1958 明旭
34	毕爱丽黛	巴尔扎克	高名凯			1954 安钦
35	葛莱齐拉	拉马尔	丁陆鑫	文化生活	1947	
36	漂亮女人		罗稷南	晨光	1949	1958 明旭
37	经济史观	塞利格曼		上海商务		1960 倡侦
38	绿野仙踪	沃勒冈夫	金人、文霄	光明	1950	1955 安愈
39	人间的条件		蔡谋渠　等	公益	1959.9	1959 宪恩
40	文学回忆录	屠格涅夫	蒋路	文化生活	1949	1954 安钦
41	古代世界史	密苏里那	王易今	开明	1948	1952 安达
42	古物陈列室	巴尔托克（？）	高名凯	海燕	1949	1958 明旭
43	包法利夫人	福楼拜	李健吾	文化生活		1955 安愈
44	甲必丹女儿	（普式庚）	（孙用）	（东南）		1961 倡侦
45	地区的才女	巴尔扎克	高名凯	海燕	1950	1958 明旭
46	你往何处去	显克微支	乔曾劭	商务	1947	1958 明旭
47	杜尔的教士	巴尔扎克	高名凯	海燕	1949	1958 明旭
48	迭更司评传	莫洛亚	许天虹	文化生活	1949	1958 明旭
49	莫洛博士岛	韦尔斯	李林、齐棠（黄裳？）	文化生活	1948	1954 安钦
50	格列佛游记	史惠甫脱	范泉	上海永祥印书馆	1948	1956 安刀
51	叙述与描写	卢卡契	吕荧	新新	1946	1957 安练
52	微雪的早晨	郁达夫	杨逸	东华	1948	1952 安达
53	爱情与面包	斯德林堡	姚蓬子	作家书屋	1947	1958 明旭
54	杰克·伦敦传	斯通	董秋斯	海燕	1948	1955 安愈
55	万尼亚舅舅	契诃夫	丽尼	文化生活	1949	1958 明旭

续表

	书名	作者	译者	出版社	出版年	查禁时间
56	战争与和平	托尔斯泰	郭沫若/高地	骆驼	1948	1957
57	十万个为什么	伊林	董纯才	开明	1946	1958 明旭
58	大卫·科波菲尔	迭更司	许天虹	文化生活		1952 安达
59	匹克威克外传	迭更司	蒋天佐	骆驼		1958 明旭
60	幼年、少年、青年	托尔斯泰	高植	文化生活	1947	1953
61	世界名人逸事	台尔·卡乃基	谢颂羔	国光	1947	1956 安力
62	安娜·卡列尼娜	托尔斯泰	周觉/罗稷南	生活	1947	1957 安练
63	米露埃·雨儿胥	巴尔扎克	高名凯	海燕	1951	1958 明旭
64	依利阿德选译		徐迟	群益	1947	1958 明旭
65	政治理论系统	柯尔	刘成韶			1958 宏实
66	基度山恩仇记	大仲马	蒋学模	文摘	1948	1958 明旭
67	开垦的荒地	硕洛霍夫	钟蒲	中华	1945	1954 安钦
68	最新小儿科学		西医学术编译馆	新陆	1959.1	1959.8 宪恩
69	爱与死的搏斗	罗曼·罗兰	李健吾	文化生活	1946	1952 安达
70	爱伦坡故事集	爱伦坡	焦菊隐	人人	1952	1956 安力
71	发明家的苦恼	巴尔扎克	高明凯	海燕	1949	1958 明旭
72	葛兰德·欧琴尼	巴尔扎克	高明凯	海燕	1949	1958 明旭
73	德国问题内幕		宾符	世界知识社	1948	1951 安达
74	邓肯女士自传		于熙俭	文星、大众	1965.1	1966 莒控
75	少年维特之烦恼	歌德	郭沫若	群益	1949	1958 明旭
76	外省伟人在巴黎	巴尔扎克	高名凯	海燕		1958 明旭
77	司徒雷登回忆录	（司徒雷登?）	罗俊	文友		1958 宏实
78	在敌人后方战斗	波利亚科夫	刘亚夫	光华		1955 安愈
79	林肯在伊利诺伊州	袁俊		晨光		1955 安愈
80	柔密欧与幽丽叶	莎士比亚	曹禺	文化生活	1947	1954 安钦

续表

	书名	作者	译者	出版社	出版年	查禁时间
81	世界名人逸事新集	代尔·卡耐基	李木		1948	1955 安愈
82	果戈理怎样写作的	万垒赛耶夫	孟十还	文化生活	1947	1955 安力
83	俄国短篇小说精选	朱益才（？）	赵宗深	上海经纬		1954 安钦
84	记原子战下的广岛	约翰·赫尔塞	求思	合群社	1946	1956 安力

这些禁书的命运各有不同，有些被改名翻印多次，如陆蠡译的《烟》、盛澄华译的《地粮》、李霁野译的《简·爱》、徐迟译的《华尔腾》（改名《湖滨散记》）、傅雷译的《高老头》、蒋学模的《基度山恩仇记》等，都是台湾六七十年代的主流版本；也有些就此消失，默默无闻。译者绝大部分都是"附匪或陷匪"，但最倒霉的就是孟十还了：人在台湾，在政大教俄文，但他译的《果戈理怎样写作的》却名列禁书名单，一方面因为文化生活是左倾的出版社，二方面是台湾在反共抗俄，所以俄国文学经常犯禁。但他因为人来台湾了，他的书在大陆又成禁书，几乎看不到，可以说两岸不是人。

吴明实即无名氏

——用假名的始作俑者是美新处

    美国作家梭罗（Henry David Thoreau）在台湾最知名的作品就是"吴明实"译的《湖滨散记》（*Walden*），1964 年由香港的今日世界出版社发行。不过，这个"吴明实"并不是真名，真正的译者是徐迟（1914—1996）。但"吴明实"也不是徐迟专用的假名。另一本今日世界出版社的《小城故事》（*Winesburg, Ohio*），译者也署名"吴明实"，译者却是吴岩（孙家晋，1918—2010）。事实上，今日世界出版社署名"吴明实"的译本还有《夏日烟云》《杰佛逊新传》《浩浩前程——论民主》等书，都不是徐迟或吴岩所译，因此"吴明实"可能是美新处内部编辑共享的假名。这不禁让我们好奇，今日世界出版社又不是台湾戒严期间的小出版社，而是直属香港美新处，又不怕国民党，为什么他们也要用假名？说起来有点冤枉。《湖滨散记》和《小城故事》都属于 1949 年上海晨光出版的"美国文学丛书"，而这套书原本就是上海美新处处长费正清（John King Fairbank）筹划的。下面是赵家璧 1949 年的《出版者言》：

    "晨光世界文学丛书"的计划拟议时，知道中华全国文艺协会上海分会和北平分会与美国国务院及美国新闻处合作，已编译好了一套美国文学丛书，约五百万言，计十八种。我们便和文协负责人郑振铎、马彦祥两先生接洽，经获同意后，由本公司出版发行，同时就编入"晨光世界文学丛书"作为第一批新书。

根据赵家璧的回忆，费正清在重庆担任美国驻华大使馆文化参赞时即已提出合作计划，由美国"负担部分译稿费"，1947年确定由晨光出版社发行，约定出书前后在全国各大报刊登大幅广告，"广告费用可由美新处负担一部分"。但这套书在1949年上半年推出，10月中华人民共和国就成立了，中美成了对立阵营，美新处撤出中国大陆。这套美国文学丛书立刻成了烫手山芋：译者都在大陆，如果用真名出版，不是陷他们于险境？但策划经年，译者都是名家好手，一时之选，出版这套丛书正可以宣扬美国文化，符合美国利益。于是，亚洲基金会（1950年由美国国务院和中情局成立）资助的香港人人出版社，就在1952年以"世界文学精华编辑委员会"的名义，出版了这套丛书中焦菊隐的《爱伦坡故事集》和徐迟的《华尔腾》（改名为《湖滨散记》），又以"叶雨皋等"的名义出版了吴岩的《温士堡·俄亥俄》（改名为《安德森选集》）。而章铎声、周国振的《顽童流浪记》也因为是重要的美国文学经典，虽然并非晨光所出，也同样以"世界文学精华编辑委员会"名义出版。

可以说人人出版社率先开了匿名先例，后来同样有美国官方色彩的"今日世界"才又改以"吴明实"（无名氏）的名义重出了《华尔腾》（改名为《湖滨散记》）和《温士堡·俄亥俄》（再次改名为《小

1965 年香港今日世界出版
的《小城故事》，署名吴明实，
实为吴岩于 1949 年所译的
《温士堡·俄亥俄》

城故事》)。

美国官方出资，中美合作的美国文学译本，译者却不能以真名示人，已经够尴尬了；这些书又因费正清与国民党当局交恶，而且所有晨光的译者皆"附匪"，晨光的书在台湾尽成禁书，左右不是人。然而，尽管在所谓"自由世界"的香港和台湾都不得以真名出版，这些大陆译者仍然在劫难逃。赵家璧在 1980 年回忆这套书时说：

> 十年浩劫期间，因为和这套丛书沾了边，许多编委，特别是译者都受到了无理的审查，吃尽了苦头。我是丛书的出版者，当然被诬为"美国文化特务"，全套丛书被称为"大毒草"。所有译者工作单位的造反派，几乎个个都派人来向我外调，无一幸免。

译者罗稷南和焦菊隐死于"文革"；为这套丛书牵线的郑安

娜（曾在重庆美新处任职）和译者冯亦代（郑安娜的丈夫）被指控为"美蒋特务"而下放，冯亦代因而中风；译者徐迟被指控为"反动学术权威"而下放五七干校；译者马彦祥也在五七干校养过猪。

讽刺的是，虽然赵家璧说"这套丛书印数少，又逢战乱，知道的人不多，影响也不大"，但其实这套书在台湾的影响可谓深远，18 种书里至少有 12 种在台湾确定有盗印版本，而且多半不止印行一次。以徐迟的《华尔腾》为例，在港台至少有 14 种版本：

出版年	各种版本的《华尔腾》	出版年	各种版本的《华尔腾》
1952	未署名《湖滨散记》，香港：人人	1973	杨人康《湖滨散记》，台南：综合
1964	吴明实《湖滨散记》，香港：今日世界	1974	未署名《湖滨散记》，台北：正文
1965	未署名《华尔腾》，台北：文星	1978	朱天华《湖滨散记》，台北：天华
1967	黄建平《湖滨散记》，台北：正文	1985	未署名《湖滨散记》，台北：嘉鸿
1970	未署名《湖滨散记》，台南：新世纪	1987	吴明实《湖滨散记》，台北：台英
1971	李兰芝《湖滨散记》，台北：正文	1990	吴丽玟《湖滨散记》，台北：远志
1971	黄建平《湖滨散记》，高雄：大立	1990	康乐意《湖滨散记》，台北：金枫

《华尔腾》在冷战期间几成定译。

以下为晨光其他各本有伪译的译作（台湾译本仅各举一例为代表）：

原译	台湾译本
冯亦代《现代美国文艺思潮》	未署名《现代美国文艺思潮》（台北：寰宇，1970）
焦菊隐《海上历险记》	顾隐《海上历险记》（台北：新兴，1958）
毕树棠《密士失必河上》	齐霞飞《密西西比河上的生活》（台北：志文，1981）
朱葆光《珍妮小传》	葆光《珍妮小传》（高雄：三信，1971）
罗稷南《漂亮女人》	秀峰《鼠与人》（台北：新兴，1958）
	未署名《漂亮女人》（台北：水牛，1966）
焦菊隐《爱伦坡故事集》	储海《爱伦坡故事集》（台北：正文，1971）
吴岩《温士堡·俄亥俄》	陈文德《安德生选集》（台南：北一，1968）
马彦祥《在我们的时代里》	徐文达《海明威小说选》（台北：志文，1978）
马彦祥《没有女人的男人》	未署名《没有女人的男人》（台北：文星，1964）
徐迟《华尔腾》	吴明实《湖滨散记》（台北：今日世界，1964）
楚图南《草叶集》	高峰《草叶集》（台中：创译，1970）
简企之《朗费罗诗选》	逸秋《朗费罗诗选》（台北：新兴，1958）
赵家璧《月亮下去了》	赵家忠《月亮下去了》（台南：综合，1973）

晨光成立不过 4 年，其美国文学译本就有 13 本在台湾改名发行，来自大陆的种子在台湾开枝散叶，并不像赵家璧所说的"知道的人不多，影响不大"。只不过是知道真正译者的人不多而已。

到了 20 世纪 80 年代，这些挺过"文革"风暴的译者，知道自己的译作改名在外流传，又是什么样的心情？上海译文在 1983 年重出《温士堡·俄亥俄》，改名为《小城畸人》，译者吴岩写的《译后记》就提到这件事（远流版改为《译序》）：

　　这部安德森的杰作，原是我三十多年前的旧译，曾列入"美国文学丛书",由晨光出版公司在解放前夕的上海出版的。当时我直觉地认为书名如译作《俄亥俄州温士堡城》,也许会被认为是一本地理书,于是便硬译为《温士堡·俄亥俄》,其实是不合适的;但因为初版后一直没有重版,也就无法改正了。这书在香港倒是再三印过的,叫作《小城故事》……译者署名虽不是我,但那十四篇的译文却基本上是我年轻时的旧译;有些错漏的地方,也跟着我错漏了,这使我感到不安;也有几处替我改正了错误,我在这里表示感谢。

这件假名案,涉及了复杂的中美关系。当初今日世界用假名出版,实出于保护译者的一片苦心,但译者吴岩的"译者署名虽不是我"读来却有点酸楚。

一桶蚵仔，两种翻译

这真是超级任务——美国人用英文写的台湾故事，要翻成中文吗？明明知道里面的人讲的是闽南语，要全部翻成闽南语吗？看得懂的人又有多少呢？

所以，才会出现同一家出版社，同时有两种译本存在的特殊现象。

作者维恩·史耐德（Vern Sneider，1916—1981）是美国军人，战后派驻亚洲，1951年以冲绳为背景写了一本《秋月茶室》（*The Teahouse of the August Moon*）而声名大噪，后来改编成舞台剧剧本，得了1953年的普利策戏剧奖，还拍成电影。这本以台湾为背景的《一桶蚵仔》（*A Pail of Oysters*）是史耐德1953年的作品，由于书里对于蒋介石当局有诸多批评，史耐德的遗孀说当年他离开台湾时，还得偷偷摸摸地把笔记带出去。当然，像这样敏感的小说，戒严期间也不可能在台湾出版。但这本书没有《秋月茶室》畅销，英文也早已绝版，只是在海外的台湾人社群间流传。

这两个译本，都是草根出版公司出的，洪湘岚译本出于2002年，五分珠译本出于2003年。同一家出版社很少会如此密集地出两种译本，这样不是自己跟自己对打吗？但翻开内页才知道，原来一本是普通话译本，一本是闽南语译本。

先出的洪湘岚译本是普通话译本。但就像赛珍珠的《大地》和林语堂的《京华烟云》这类书一样，这种涉及回译（back translation）的翻译，技术上比一般翻译还要困难，一不小心就会留下翻译腔的破绽。洪湘岚译本的对话就有此痕迹：

> · 我们试着在岗哨之间过马路，也许我们可以勉强溜过去，然后回家。
> · 我们也要为没出生的小孩开始做准备，现在也许可以准备一块鲜亮的布来包裹他。
> · 一个土地改革的官员今天来视察，李流。他已经让我十分疲倦。
> · 日本人夺取，但他们也给予。
> · 我知道烈日灼烧我的背是什么感觉，我也知道在日落许久后才躺在床上，累得全身酸痛的感受。

这些句型都不是中文原有的，是我们改翻译作业时常会遇到的翻译式中文。如"试着""包裹他""他已经让我十分疲倦""夺取"后面没有受词；最后一句"我也知道……的感受"前饰太长。结果就是书里的人对话都不太像人话，何况他们说的是闽南语。你可以想象南部种田的老农说出最后一句那么文艺腔的长句吗？

后出的五分珠译本是闽南语本。五分珠当然是笔名，译者吴英资（1936—2003），日据时期出生，留美后就一直住在美国。这个译本连介绍文字都是用闽南语写的："亻因这本册中，作者对白色恐怖时代的台湾社会环境、政治腐败、贪官污吏佮无公平有深刻的描写，对台湾当时的风俗民情有透彻的了解，并且会当看出作者对台湾人的命运有十分的同情。"再来看看他翻译的同样几句对话：

> ·咱佁这二岗位的中间爬过路，凡势咱会当闪过因，转去咱厝。
> ·咱爱照顾犹未出世的，减采爱一条婿布通包婴仔。
> ·今仔日有一个土地改革的人来四界看土地。李流，伊互我真无爽。
> ·日本人来提去，唔阁因嘛有互咱。
> ·我知影烧烘烘的台湾日头曝着勾脊是啥款。佮我做稿做到日头落海真久了后才倒店眠床顶是啥款的滋味。做到归日拢真疲劳，归身躯酸痛。

的确看起来是没有翻译腔，但另一个问题是，其实我看不太懂。我从小讲普通话，闽南语能力仅限于与长辈的几句简单对话，基本上无法连续讲三句以上，看歌仔戏要看字幕才能懂。所以这个闽南语译本读起来非常吃力（我也打字打得很辛苦啊）。既然普通话版有翻译腔，闽南语版又看不太懂，那也只能大概翻翻这本，看看那本，再不然就要去看英文的了。这时候，觉得如果能出版"叙述用普通话，对话用闽南语"的折中版本，像萧丽红的《千江有水千江月》或王祯和的《玫瑰玫瑰我爱你》那样，可能比较易读。

外国的月亮比较圆?

——《蒋介石秘录》也是译本

当代中文作者靠翻译回销中文世界的著作并不少见。林语堂的《京华烟云》,翻译的;陈香梅的情史《一千个春天》,翻译的;严君玲的《落叶归根》,翻译的;哈金的《等待》,也是翻译的。虽然这些作家都在中国长大,但他们一开始就是用英文书写;因此在英美大卖之后,再回译成中文,其实可以理解。更不必提像谭恩美(Amy Tan)这种自己中文就不行的华裔作家,虽然写中国故事,还是非得靠翻译不可。

但连《蒋介石秘录》也是翻译的,这就有点古怪了。事实上,这本传记根本是国民党提供蒋介石日记、国史外交秘密档案、公文等给日本人,让他们来写,再从日文翻译成中文。

这样不是很费事吗?里面大量引用蒋介石的日记和公文,日本人翻译成日文,译者还不是得乖乖翻出原文来抄录。从翻译的观点来看,提供原文给人家翻译,再把译文翻回原文,这不是多此一举吗?日本难道会找台湾人写他们天皇的传记,再译回日文吗?美国难道会找中国人写罗斯福传记,再译回英文吗?法国会找台湾人写戴高乐传记,再译回法文吗?其实,这种"多此一举"的背后,可以嗅到政治的考量。

《蒋介石秘录》是1973年由日本产经新闻社企划,提出的说法是因为老蒋 1974 年米寿（88 岁为米寿），以传记祝寿之意。这个计划得到国民党的大力支持，日方派人驻台数月，抄录翻译蒋氏日记、"国史"、"外交"、"总统府"各类档案，最后由古屋奎二执笔。1974 年 8 月开始在日本《产经新闻报》连载时，名为《蒋介石秘录》；国民党党报《中央日报》同步连载。中文版的联络人是老蒋文胆秦孝仪，译者是当时任职农民银行董事会秘书的陈在俊，他后来成为国民党党史委员会专员，曾发表一些与国民党党史有关的论文。从《中央日报》总编辑薛心镕的回忆录可知，陈在俊"中日文造诣俱深，译笔严谨"，《蒋介石秘录》的第一册也有如下的说明：

> 本报的译文，由陈在俊先生执笔，力求忠实于原著，每因一字一句之推敲而数易其稿。最难得者，为蒙秦孝仪先生于百忙中不独身督其事，抑且亲正其讹。

秦孝仪是留美的，怎么校订日文的翻译？其实是政治审查的成分居多。但除了第一册有说明译者之外，其他几册不但封面没有译者名字，连版权页都找不到。

第一册连载完出单行本，出版日期就是老蒋生日：1974 年 10 月 31 日，封面上还印有"恭祝总统八秩晋八华诞"，马屁意味十足；此外，第一册还详细交代了老蒋的身体健康状况。日文本的单行本是 1975 年 2 月才出第一本，可见中文的单行本比日文还早好几个月，就是为了赶祝寿。只是人还在就出版"秘录"，还叫日本人执笔，总觉得哪里怪怪的。连载未完，老蒋 1975 年就走了；但传记仍继续连载，至来年全文刊完。不过中文版其实重新编辑过，更改了标题分段，也没有日文版每一册的独立标题。因此日文版有 15 册，中文版只有 14 册，第 15 册则是索引。

政治人物的传记，跟执笔人的立场当然有很大的关系。《产经新闻报》是亲国民党的日本报纸，动笔时传主蒋介石还在世，又有祝寿之意；中文译本则是由国民党党报《中央日报》翻译出版，立场之清楚，简直是整个 20 世纪 70 年代造神运动的一环，所以内文当然没有什么公允客观可言。以台湾人熟悉的"八百壮士"这个故事为例，日文版说上海沦陷前夕，谢晋元中校率领八百名官兵死守四行仓库，18 岁女学生杨惠敏夜间泳渡苏州河，献一面国旗给谢晋元，士气大振等，但这个故事现在已被多人证明不符合事实。因为杨惠敏（1915—1992）当时已经 22 岁，不止 18 岁；四行仓库里面也不是八百人，而是四百多人；而且根据当时守在四行仓库里的军官上官志标的儿子上官百成说，杨惠敏也不是游泳过去的，而是从垃圾桥通道摸进去的，甚至杨惠敏也没见到谢晋元，第二天早上升起的那面国旗也不是杨惠敏带进去的。杨惠敏当了民族英雄没多久，就被戴笠关了四年，战后心灰意冷跑到台湾当老师，绝口不提往事，连她的儿子都看了电影才知道妈妈是"民族英雄"。虽然不知道是谁加油添醋的，但日文版本的确采用了这个"八百人、18 岁女学生、游泳献旗"的故事，中文版本自然照样"翻译"了过来，1976 年林青霞主演的电影《八百壮士》也随即上映。可见中日在造神运动上，的确是合作无间。

有趣的是，这书居然被大陆抄袭。湖南某出版社在 1988 年出版了《蒋介石秘录》，译者写的是"蒋介石秘录翻译组"，但其实就是抄袭台湾的译本，版权页有"内部发行"的字样，推测一般书店是不卖的。该书编辑李建国在书前写了长达五页的《致读者》警告读者：

> 在阅读《秘录》时，读者应特别注意以下两点：
>
> 一、《秘录》的观点是亲蒋反共的。通读全书就不难发现，书中有些内容完全是蒋介石的独白……全书极力美化蒋介石，把蒋介石描写为足智多谋的将军……书中尽量摘抄蒋介石的漂亮词句，把蒋介石打扮成国家、民族和人民利益的忠实代表。由此而诋毁共产党……对一些历史事实的评述，也是片面地摘抄蒋介石的讲词、日记作为论据，而不予以实事求是的分析。
>
> 二、《秘录》所涉及的历史事实，有些是不可靠的。特别是关于蒋介石反共反革命的事件，《秘录》竟颠倒是非，混淆黑白。……（以下长篇叙述中山舰事件）基于以上两点，恳切希望读者有批判、有鉴别地阅读《秘录》，切忌被书中美化蒋介石的词句和一些歪曲的历史事实所迷惑。

感觉很像清朝纪晓岚在编《四库全书》时，遇到西洋人的著作总不免先消一下毒，如"所述多奇异，不可究诘，似不免多所夸饰。然天地之大，何所不有，录而存之，亦足以广异闻焉"（《职方外纪·序》）。其实李建国说的这几点也不无道理，台湾读者也不妨从这种"有批判、有鉴别"的观点来看《蒋介石秘录》。但打了预防针以后，他们就全文照抄了。如第十一册开头，《中央日报》版本是：

夜半枪声

1937 年（民国二十六年）7 月 7 日深夜。在盛暑的季候里，北平市长秦德纯沐浴之后，穿上一件短衫，当即将就寝之前的片刻，静静地堕入沉思。突然，电话响了起来，时钟指着十一时四十分。电话是由冀察政务委员会外交委员会主任委员魏宗翰专员林耕宇所打来："刚才日本特务机关长松井太久郎来说：在卢沟桥附近演习中的日军某中队，受到中国军的射击，日军一名，去向不明；日本军官要求进入宛平县城检查。"

这是从古屋奎二写的第十二集《日中全面战争》翻译的。原文是：

盧溝橋事件の第一報

一九三七年（昭和十二年）七月七日深夜。あまりの暑さに、北平市長、秦德純は水ブロを浴び、シヤツ一枚の姿で、寝る前のひととき を、物思いにふけっていた。電話が鳴った。時計をみると十一時四十分であった。電話に出たの冀察政務委員會外交委員會主任委員、魏宗翰と専員、林耕宇である。

　「いま日本の特務機関長、松井太久郎が来て、盧溝橋付近で演習中の日本軍のある中隊が、中国軍から射撃され、一名が行方不明になったので、その調査のため、宛平県城（盧溝橋城）に立ち人り検査すると要求してきている。」

再来看所谓"《蒋介石秘录》翻译组"的译文：

"卢沟桥事变"的第一个报告

　　1937 年 7 月 7 日深夜。在盛暑的季候里，北平市长秦德纯沐浴之后，穿上一件短衫，当即将就寝之前的片刻，静静地堕入沉思。突然，电话响了起来，时钟指着 11 时 40 分。电话是由冀察政务委员会外交委员会主任委员魏宗翰专员林耕宇打来的："刚才日本特务机关长松井太久郎来说：在卢沟桥附近演习中的日军某中队，受到中国军的射击，日军一名去向不明；日本军官要求进入宛平县城检查。"

台湾版与大陆版最大的不同只有标题，前者标题大都重新拟过，后者则依日文版直译。

撇开标题不看，大陆版的内文除了汉字数字改为阿拉伯数字，还有删掉"民国二十六年"之外，几乎全文照抄台湾的版本，即使是骂共产党的部分也都照抄不误，如批评共产党"煽动群众""花样百出的阴谋""照例又是信口诳骗"等词句也都不见更动。本是多此一举的翻译，又明知不可尽信，还要抄对手的译本来骂自己，果然是奇案一件。

又，《秘录》也有英文节译本，1981 年由蒋介石集团驻联合国的"代表"张纯明（1902—1984）翻译。张纯明是耶鲁大学政治学博士，卸任以后就一直留在美国终老。书名为 *Chiang Kai-Shek: His Life and Times*。版权页只有作者 Keiji Furuya（古屋奎二）和译者 Chun-Ming Chang（张纯明）署名，英文读者大概以为这本书是直接从日文翻译成英文的；其实张教授并没有留日或日文学习经历（他是河南人），我猜还是从中文本翻译的可能性比较大。尤其这本书大家最想看的就是蒋介石的日记，这部分一定是直接从中文翻译成英文。这样看来，日文本还真是个幌子了。

老蒋棺材中的《荒漠甘泉》，
跟市面上卖的不一样

亲爱的同志，新年已展开在我们的面前，迎接我们的是胜利。谁也不能预知在未来的路程中，将有什么遭遇、什么危险、什么需要。可是我们确信现在已踏上了胜利的边缘。

——王家棫译《荒漠甘泉》1月2日

1975年，蒋介石过世，遗孀蒋宋美龄在棺木中放了四本书：《圣经》《三民主义》《唐诗》和《荒漠甘泉》。这段故事流传甚广，也见诸英文媒体。老蒋不谙英文，他看的《荒漠甘泉》当然是中译本。蒋介石不只自己爱读，他还叫张学良也要读。奉命翻译的王家棫版在1959年出版，来年张学良在日记中便记载着：

"总统"于昨日来西子湾。董大使（按：董显光）告知我，今晨十时，"总统"将彼唤去，询问我对于教理的感想，并特问对于《荒漠甘泉》看了否。董大使告诉"总统"说，《荒漠甘泉》不但天天看，而且有题注。……董说"总统"听后满意。

　　董显光是奉蒋宋美龄之命，向张学良传教的。看起来，张学良也借着《荒漠甘泉》这本书，向老蒋夫妇表示自己很受教。张学良后来也受洗成为基督徒，《荒漠甘泉》这本书的作用显然不小。当过"经济部长"的李国鼎也说："每天清晨起床后，我都要阅读蒋'总统'审定的《荒漠甘泉》作为灵修日课，这一版本每日的标题都是蒋'总统'亲撰的。"问题是，一本翻译的灵修书，为什么每日标题都是蒋介石亲撰的？其实，老蒋棺木里那本《荒漠甘泉》，跟今天我们在书店里买到的中文版完全不同，两者差距之大，实在超乎想象。

　　《荒漠甘泉》原名 *Stream in the Desert*，是美国高曼夫人（Lettie Burd Cowman，1870—1960，又译考门夫人）写作的每日灵修书，1920 年出版。每天先引一则经文，然后有一段对于经文的省思，有时也引用别人的诗文。现在中英文都有 App，可以每天把当日灵修内容传到你的手机或平板上。以 1 月 1 日为例，首先引用的经文出自《旧约·申命记》：

　　　　你们要过去得为业的那地，乃是有山有谷，有天上雨水滋润之地，是耶和华你神所眷顾的；从岁首到年终，耶和华你神的眼目时常看顾那地。（申命记 11：11–12）

接下来，高曼夫人则引申此段经文鼓舞自己：

　　　　亲爱的读者，今天我们站在一个新的境界上，前途茫然。摆在我们前面的是一个新年，等待我们经过。谁也不能预知在将来的路程中有什么遭遇、什么变迁、什么需要。可是在这里有一段从父神那里来的信息，顶能安慰我们，顶能激励我们。（1939年唐醒与袁周洁民合译本，上海福音书房）

Today, dear friends, we stand upon the verge of the unknown. There lies before us the new year and we are going forth to possess it. Who can tell what we shall find? What new experiences, what changes shall come, what new needs shall arise? But here is the cheering, comforting, gladdening message from our Heavenly Father, "The Lord thy God careth for it."

但老蒋"审定"的《荒漠甘泉》,1月1日所引的经文却出自《约翰福音》：

耶稣说："我已战胜了世界。"（《约翰福音》16：33）

正文的开头则是：

世界是一个大战场，人生在世，就是在这战场上，度着战争生活。

这也差太多了吧！《约翰福音》的经文虽然不是杜撰，但也未免断章取义。原来《圣经》写的是："在世上，你们有苦难；但你们可以放心，我已经胜了世界。"竟然可以变成耶稣说，我已战胜了世界？

这个"总统审定"的译本，译者是新闻局的王家械（1908—1980），根据译者自述，他在1956年奉"总统"命令翻译、整理《荒漠甘泉》，表示"原稿曾蒙总统亲自核阅，对于体例、内容及文字，多所指示与匡正"。第一篇篇末有注，原来首篇是老蒋亲撰，原著1月1日的文章硬是被往后推到了1月2日。王家械版1月2日引用的经文是：

> 凭信前进，收复河山。（《申命记》11：11-12）

出处和原作1月1日引文的确是一样的，但把"你们要过去得为业的那地乃是有山有谷、雨水滋润之地"改为"收复河山"，这个审定还真的很厉害，连和合本也能改来为革命服务。

接下来的正文也有修改：

> 亲爱的同志，新年已展开在我们的面前，迎接我们的是胜利。谁也不能预知在未来的路程中，将有什么遭遇、什么危险、什么需要。可是我们确信现在已踏上了胜利的边缘。因为这里有一段最能给我们鼓舞、安慰的信息，就是《申命记》所说的……

此版本除了将 friends 改为"同志"之外，也多了"迎接我们的胜利""已踏上了胜利的边缘"等不知从哪里冒出来的翻译。接下来更厉害，连续几日所引用的经文都和原作不同。

王家棫版的引用经文是：

1月3日："非经激战，魔鬼决不肯放弃他的掌握；要获得精神解放，必须偿付血的代价。"（《马可福音》9：26）

1月4日："从战斗中获得试炼，从战斗中增强信心和力量，使我们不仅战败敌人，而且得胜有余。"（《罗马书》8：37）

1月5日："踌躇一刻，即将危害你的神圣使命。"（《约书亚记》1：1–2）

1月6日："只有战斗才能造就光荣胜利的军人。"（《申命记》32：11–12）

原作1月2日的经文出自"《以西结书》41：7"，1月3日的经文出自"《创世记》33：14"，1月4日出自"《马可福音》11：24"，1月5日出自"《历代志下》14：11"，都与王家棫版不同。事实上，我一路沿着两个版本对下去，除了1月2日译自原作的1月1日之外，从1月3日到1月31日，竟没有一篇和原文相同。就连王家棫在1975年追悼文中所提及的4月5日，引用经文也和《荒漠甘泉》原文不同。而根据引文所注的出处去翻查《圣经》，也没有一句和《圣经和合本》的文字相同。几乎每日所引经文都有"胜利""战胜""仇敌""信心""战争"这些关键词，真是战地版新编《荒漠甘泉》，既非原来那本《荒漠甘泉》，所引《圣经》也不是经文原貌，只能说是面目全非了。

有人说这个版本其实是蒋宋美龄翻译的，也有人说董显光也翻译过一些，但最后出版的是王家棫定稿，专给老蒋灵修之用。王家棫并非基督徒，而是作家兼老蒋随员。这本为老蒋量身定做的《荒漠甘泉》似乎是从《圣经》中筛检出有"胜利""战斗"等关键词的经文，重新"翻译"成老蒋喜欢的句子，再加上一些符合老蒋心境的小故事，包装成一本"灵修书"。但这本书跟原来的《荒漠甘泉》真的不是同一本。既然如此，干脆自己编就算了，为什么还要用《荒漠甘泉》这个书名，又注明"美国高曼夫人原编"？到底是谁骗了谁？谁要骗谁？还是谁在骗自己？看来这版精心制作的"假"译本还真是内幕重重啊！

其实，老蒋还不只"审定"这个《荒漠甘泉》译本，他连《圣经》都审定过，就是吴经熊的《圣咏释义初稿》。

"圣咏"是天主教的说法，基督教称为"诗篇"，是《旧约》中的歌集。这部译本全用中文古诗翻译，五言、七言、四言、骚体都有；1946 年出版之时，白话和合本[1]已通行半世纪以上，这样的返古现象还蛮有趣的。从经文的内容来看，很多也都符合老蒋的心境，如"虽在重围，何所用摄""虽闻凶音，无有恐怖。惟

---

[1] 《圣经和合本》（*Chinese Union Version*）是今日华语人士最普遍使用的《圣经》译本，起源自 1890 年在上海举行的传教士大会，会中派代表成立了三个委员会，分别负责官话、深文理、浅文理三种译本，称为"圣经唯一，译本则三"。后来深浅文理合并为文理和合本，因只发行十余年，知者甚少，至于官话和合本，即现今称为"国语"和合本者，则广泛流行，成为教会常用译本。

贞无畏,知敌必溃""何列邦之扰攘兮,何万民之猖狂。世酋蠡起兮,跋扈飞扬"等等,与《荒漠甘泉》颇有辉映之妙。

商务 1946 年版附上老蒋的书信,虽然信上很客气地说"惟中不识外国文字不敢为足下臂助乃为毕生之遗憾",但这本书出版时还是在书名上冠上"蒋主席手订"五个字,不但封面如此,连版权页也是如此。

封面题字的是第一位亚洲的枢机主教田耕莘,还有于斌总主教和江苏海门主教朱希孟作序,面子十足。

译者吴经熊(1899—1986)是法学教授,20 世纪 20 年代担任过东吴大学法学院院长、南京立法院立法委员、上海法院院长等要职,还是《中华民国宪法》的起草人之一。为什么法院院长要翻译《圣经》呢?根据于斌总主教的序:"数年前,主席嘱吴子德生重译新经及圣咏。吴子既衔命,即毅然屏挡一切,从事翻译。"这不是宗教之事吗?怎么听起来"主席"比主教还大呢?跟那些历代奉诏翻译的佛教大师实在相去不远。不但是"主席"交代,而且还亲自动笔:"主席于万机之余,三阅译稿,予以修正,加以润色……其改善原稿之处,不一而足。"因此,"夫以一国之元首,重之以空前之战事,竟能深思远虑,躬亲主持译经之事。有史以来,未之前闻。今乃目睹之矣。此不特圣教之光,亦中华之幸也。"唐太宗还是请大学士去译场帮忙润笔,蒋主席连大学士都不用,自己就能提笔润色,真是比唐太宗还厉害。

一本真正的伪译

——《南海血书》

翻译侦探事务所破的案子，大都是本来确有译本，只是台湾出版社把译者名字改掉或不署名。但本案的主角《南海血书》却是一本真正的伪译了——因为它根本不是翻译作品。虽然"译者"朱桂确有其人，当时是"崇右企专"的老师，但《南海血书》并不是他从别的语言翻译过来的，而是他的创作。

《南海血书》于1978年美国与台湾当局"断交"之际，登在《中央日报》副刊，署名"阮天仇绝笔，朱桂译"，"译者"朱桂宣称这是其内弟在南海捕鱼时发现的一封绝笔血书。血书写在衬衫上并塞入一海螺内，朱桂之内弟于荒岛上偶然拾获，全篇以越南文写成，

《南海血书》封面

51

朱桂遂将其翻译出来以公之于世。文曰：

> 我再也支持不下去了！……在南海中一个不知名的珊瑚礁上，我脱下衬衫，用螺蛳尖蘸着自己身上仅余的鲜血来写这封信。我不知道该写给谁？写给天主吧？天主当吴廷琰被杀的时候就舍弃了越南子民；写给佛祖吧？佛祖在和尚自焚的日子就已经自身难保了；写给当年口口声声为我们争自由谋幸福的民主斗士吧？民主斗士正在巴黎、伦敦、纽约忙着享受自由幸福……

此文一出，人心惶惶，唯恐美国在越南落荒而逃的例子重演。1979 年 1 月，《中央日报》出版单行本，在六页的血书前后加了几张越南难民的照片，又放了几篇宣扬台湾当局政绩的文章，包括前"行政院"秘书长薛香川（用笔名薛翔川）写的《故乡行》，大赞台湾的建设；诗人涂静怡得到国民党军"文艺金像奖第一名"的长诗《从苦难中成长》，呼吁国人团结；还有一篇温良恭的《商青》，居然通篇在痛斥七等生的《我爱黑眼珠》"悖礼背德""不知所云""心理幼稚"，警告社会大众"防微杜渐"，以免"匪谍渗入文坛"。这几篇文章都是从《中央日报》副刊选登的，就是台湾当局的文宣。最后一篇尤其恐怖，写个小说都被人怀疑是"匪谍"？这本小册子一出，台湾当局全力营销，不但中小学都要买来上课写心得，还编入小学课本《怒海求生》，甚至还拍成电影《南海岛血书》，真是无所不用其极。"行政院长"孙运璇那句"今日我们不能做一个为自由奋战的斗士，明天就会沦为海上漂流的难民"，全民朗朗上口。

不过，打从一开始就有人质疑《南海血书》的真伪。林浊水当年就在《八十年代》上痛斥这是拙劣的骗局，质疑从未见过血书这件证物的影像，而且"人体的血液容易凝固，从伤口流出来，流量无法控制；螺蛳尖硬，又不易蘸上液体；衬衫是布质，远比纸张粗糙、太软，吸水又极多，这三样，都是最差的书写工具"。这么难用的书写工具，大概要十个小时以上才能写三千字；"阮天仇"先生已四十二天未进食，饿死前还能流十个小时的血，实为"神人"。再说血书的字不可能太小，拼音的越文比中文更占空间，三千字的血书大概要十件衬衫才写得下，十件衬衫又如何能塞进一个海螺？

至2003年，"译者"朱桂本人也亲口承认造假，说他本意只是创作，但被政战头子王升拿来作为文宣工具。现在看起来或许十分荒谬，但我记得小学的时候，大家都相信这是真的（也许大人不相信也不会告诉我），学校还举办过《南海血书》心得比赛，一个写得比一个悲惨。优胜作品一篇篇贴在走廊上，我每次经过走廊去上厕所的时候，都觉得许多越南难民的冤魂就在那里眼睁睁地看着我，心里毛毛的。

偷天换日

　　台湾翻译书目问题重重，伪译众多，译者不详的、代以假名的、署以"编辑部"的，甚至张冠李戴的都有。目前我们已确认为抄袭的译本超过 1400 种，被抄袭的"种子书"超过 600 种，有些种子书甚至被抄袭 20 次之多，像傅东华的《飘》、李霁野的《简·爱》、林疑今的《战地春梦》、东流的《傲慢与偏见》、杨普稀的《蝴蝶梦》、张爱玲的《老人与海》，都被北中南大小出版社一抄再抄。

　　造成抄袭盛行的原因，一开始是政治。戒严期间，所有"附匪"或"陷匪"的译者，译作一律列为禁书。可怜台湾人才刚刚脱离日本的压迫，还在学普通话和"我手写我口"的白话文，哪里一时生得出那么多译者，既要外文够好，还要能写白话文？因此，把身陷大陆的译者名字涂掉，出版他们的译作，既无政治风险，又有书可卖，还不必付译者半毛钱，就成了出版社赚钱的方便法门，也算是做文化功德。只是抄袭抄多了，有时连港台译者的也抄，甚至消费名家，例如俄国作品都算耿济之翻译的，莎士比亚都算朱生豪的，连林语堂名下都多了好几本译作。

　　辨伪的方法，是否署名、出版社、年代、用语、序跋都是线索。只有作者，没有译者的，可疑。署名"编辑部"跟没有署名差不多，也很可疑。新兴、大中国、义士、五洲、正文、青山、综合、逸群等出版社，抄袭译本的比例很高。远景的世界文学全集颇有集旧译大成的味道，志文则新旧参半，而且还抄袭到"文革"之后的大陆新译本，取的假名也不太重复使用，有时不易辨别真伪。被抄袭的大陆译本以20世纪40年代最多，有时从用语还看得出时代痕迹，例如1990年的《野性的呼声》，里面出现"水门汀"（水泥）、"推事"这种20世纪30年代的上海说法，或是20世纪70年代的《西线无战事》译序中说"我们华北地区正受到日军的侵略"，当然都是明显的年代破绽。发现可疑译本，再去找大陆或香港译本来比对，大概九成五以上都能破案。

树大招风

——揭露几本冒名林语堂的译作

阳明山仰德大道上的林语堂故居，是 1966 年老蒋赠送给林语堂的，希望能吸引这位国际知名的作家来台定居，为老蒋的"自由形象"加分。林语堂（1895—1976）是福建漳州人，因此晚年能听到家乡话，足慰老怀。他在这里断续住了十年（有时住在香港女儿家），备受礼遇，最后在香港过世，移灵回台，长眠于故居后园。林语堂故居清幽可爱，现在由台北市文化局管理，对外开放，里面当然有收藏林语堂的著作，包括他英文著作的中、日译本在内。不过，虽然是林语堂故居，也不能保证里面挂名林语堂的都真的是他的著译作。根据目录判断，当中至少有七册不是他的，也都收在里面了。

这七册都是英译中的著作，包括三册《彷徨飘泊者》、一册《励志文集》、一册《成功之路》和两册《如何出人头地》。《励志文集》、《成功之路》和《如何出人头地》只是书名不同，其实内容一样。也就是说，有两本不是林语堂写的也不是林语堂翻译的书，却被当作林语堂的译作在港台发行，最后还被收进林语堂纪念图书馆。林语堂若天上有知，大概也是啼笑皆非。

第一本《彷徨飘泊者》其实是林语堂的好友黄嘉德译的。这本书原名 *The Autobiography of a Super-Tramp*（1908），是威尔士作家戴维斯（W. H. Davies）的自传。作者不是很出名，但原书有萧伯纳的序，中译本有林语堂的序，算是名家加持。黄嘉德的译本书名为《流浪者自传》，1939年上海西风社出版，封面上印有"林语堂萧伯纳推荐"字样。黄嘉德（1908—1992）、黄嘉音（1913—1961）是林语堂的朋友和事业伙伴。他们兄弟和林语堂一样是福建人，一样出身基督教家庭，又都是上海圣约翰大学的学生。西风社就是黄氏兄弟和林语堂一起办的。西风社的书，黄嘉德翻译，黄嘉音发行，林语堂写序推荐，合作无间。林语堂于1936年举家赴美，之后在美国30年，黄家兄弟则留在大陆，黄嘉音死于"文革"，黄嘉德藏书全被没收，命运多舛。

不过，黄家兄弟虽然与大师林语堂交好，但因为他们没有来台湾，不是"附匪"就是"陷匪"，所以他们的书仍被列为禁书。1957年，《流浪者自传》在台湾重出，署名"序周"翻译，台北书局出版。封面的"流浪者自传"字样是从右至左书写，"戴维斯原著　序周译"却是从左至右，一看就知道是拼装书。内装书名页比较规矩，全部从右到左，也有"萧伯纳　林语堂推荐"。再看到林语堂序，铁证如山，第六行明明白白写着"兹承黄嘉德先生全本译出，按期在《宇宙锋》半月刊发表"，不知是编辑没看到这个大破绽，还是故意留下线索，让有心人可以按名索骥，知道这是谁译的。

台北书局的《流浪者自传》还算有诚意，没有改书名，林语堂序也照录：

郎当郎当又郎当，老残之串铃，头陀之孟钵，戴氏

1979 年德华出版社的《彷徨飘泊者》不是林语堂译的，而是黄嘉德译的

1939 年上海西风社的《流浪者自传》，封面上有"林语堂萧伯纳推荐"字样

1986 年金兰文化版的《彷徨飘泊者》，封面上居然变成"林语堂著"

之放弃每星期十先令的固定生活，知之匪艰，行之维艰也。……观其自述叫化撞骗，一句一句道来，全无自豪气概，是所谓纯出天籁。至此文生于事，事生于文，文章与事实调和，可称化工，是属于本色美一派，与《浮生六记》同一流品也。

1979 年，林语堂已过世，死无对证，德华出版社把此书改名为《彷徨飘泊者》，假托是林语堂所译。1984 年，另一家金兰出版社就直接把这本书列为"《林语堂全集》之十四"，当作是他的作品了。林语堂本来只是写个序，这下居然成了译者，占了好友黄嘉德的便宜。黄嘉德还有一本《萧伯纳传》，也在台湾被匿名盗版多次。林语堂的英语著作 *My Country and My People*（多半译为《吾国与吾民》）据说原本是属意黄嘉德翻译的，但我始终没有见过黄嘉德译

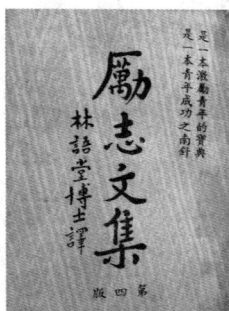

1961 年海燕的《励志文集》，署名"林语堂博士译"，实为曹孚译的《励志哲学》

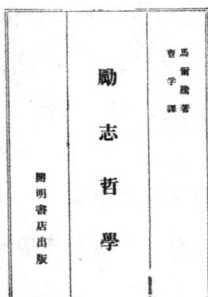

1932 年上海开明的《励志哲学》，由曹孚翻译

本。陕西师范大学在 2006 年出版了署名"黄嘉德"译的《吾国与吾民》，但一翻内文，其实是郑陀译本。林语堂的 *Moment in Peking*（《瞬息京华》或《京华烟云》）指名郁达夫翻译，但郁达夫没译完就过世了，因此郑陀、应元杰的译本满天下，远景没署名的译本就是郑陀和应元杰的。看来，林语堂虽然自己中文文笔过人，但不肯翻译自己著作的结果，就是始终没有等到他心目中的理想译者，只能任人翻译了。

《流浪者自传》至少是林语堂写的序，另外一本是美国 20 世纪初的励志作家马登（Orison Swett Marden）在 1913 年出版的 *Training for Efficiency*（《励志文集》、《成功之路》或《如何出人头地》）。林语堂创作力旺盛，中译英或半译半作的作品是有，英译中就很少了，连自己的书都没时间译了，更不会译这种美国通俗励志书。再说，他不是常常笑美国人过于认真、不会生活吗，又怎么可能鼓吹励志? 也就是说,这本号称林语堂译的励志书,当然不是林语堂译的。问题是,原来的译者是谁?

先看《励志文集》,译文生涩,一点也不像林语堂的手笔:

> 假使我们有志气而不想去实践志气,则我们的志气将不能保持一种锐利而固定的态度,我们的天秉将变成迟钝而失去能力。

译序尤其奇怪:

> 译者对于时代青年所经验到的烦闷、消极,等等滋味,译者未曾错过,自读马氏的原书后,精神为之大振,人之观念为之一变。烦闷、消极、悲观、颓唐的妖雾阴霾,已经驱除尽净。

跟印象中的林语堂形象太不合了。乐观积极的做人道理,林语堂自己随便写都可以写一堆,还可以教美国人过生活呢,何须读美国人的书才能精神大振? 颇令人不解。原来,这本是曹孚翻译的《励志哲学》,译序也是曹孚写的,1932 年开明书店出版。曹孚(1911—1968),江苏宝山人,19 岁时就翻译了这本书,后来留美拿到教育博士,死于"文革"。不过,这起案子其实并不是从台湾的海燕开始抄的,在大陆时期就已经开始挂林语堂的名字了。

1939 年,新月出版社把曹孚的译本改名为《成功之路》,并挂上林语堂的名字出版。林语堂当时已经赴美，对于别人用他的名字大概并不知道，或是鞭长莫及。但就我所见，许多书目还真把这本书列为林语堂的译作，真是误会大了。又，香港的授古书店在 1953 年也出过一本《励志哲学》，署名"曹明"翻译，其实也是曹孚版本。这个版本很有意思，虽然封面和版权页用了假名"曹明"，但内页又留下"曹孚"的署名与日期。这本现在看来没什么特别的励志书籍，想不到却在海峡两岸和香港皆有冒名伪译，还真是有志一同。

另一本书名很像，内容不同的书，也伪托林语堂译，是人际关系大师卡耐基（Dale Carnegie）在 1936 年出版的超级畅销书 *How to Win Friends and Influence People*。还好林语堂纪念馆没有收藏这一本。今天可能没什么人听说过马登，但卡耐基在台湾却因为黑幼龙的"卡耐基训练机构"而红到今天。这本书号称史上最畅销的励志书籍之一，中文译本很多，现在最常看到的是《卡耐基人际沟通》，其他译名还包括《人性的弱点》《影响力的本质》（以上两本合起来才是完整译本）、《如何赢得友谊和影响力》、《使你成功的书》、《创造影响力》等，都是译自同一本书。商周还在 2012 年出过 75 周年纪念版：《改变一生的人际沟通关键法则：〈人性的弱点〉七十五周年最新增订纪念版》，真可说是历久不衰。这本书最早的中译本是《处世之道》，1938 年在上海出版，由谢颂羔和戴师石两人合译。后来还有林俊千的《处世门径》、仲渊才和谈伦合译的《处世教育》，出版时间都差不多，可说是竞相出版。作家林良在回忆录《永远的孩子》中提过，他从家乡逃难到香港

1958年新陆书局的《励志教育》，署名林语堂译，实为仲渊才和谈伦合译的《处世教育》

1942年重庆文座出版社的《处世教育》，已经抄袭仲渊才和谈伦的译本

时，身边还慎重地带了卡耐基的《处世教育》仔细研读。林良生于1924年，初中大约是1937年到1940年，从书名来看，林良看的或许就是仲渊才和谈伦的译本。我最感兴趣的是最后一篇《怎样保持家庭快乐》。他先举出历史上几位可怕的太太为例，如拿破仑太太、林肯太太和托尔斯泰太太，说她们不但使丈夫丧失了一切幸福，并且创造了自己一生的悲剧，接着奉劝夫妻不要争吵，要讨好对方，要注意小节，还要记得快去买一本关于性知识的名著来读。最后甚至附上了夫妻习题，例如给丈夫的第四题是："当她因生理关系郁闷不乐，或性情暴躁时，能够原谅她并安慰她吗？"给妻子的第三题是："你平日做菜能够常常翻新，使你丈夫捉摸不出吗？"现在看来，好像在看白朗黛漫画（Blondie）。

　　1956年，文化图书公司出版了仲渊才和谈伦合译的《处世教育》，把书名改为《处世文粹》，署名"谈伦合译"。这个署名十分诡异：难道译者是叫作"谈伦合"吗？否则一个人究竟要怎么"合译"？跟卡耐基合译吗？1958年，新陆署名林语堂翻译的《励志教育》，正是仲渊才和谈伦的合译本，一字不差。这个版本也在大陆时期就有抄袭本，1941年重庆的建国书店出版署名"黄毅"翻译的《处世教育》；而后又有中国文化服务社版（1941）、国风版（1942）、文座版（1942）等，都是重庆的出版社。不只台湾出版社会冒用林语堂的名号，香港也有冒用之事。香港百乐书店在1954年印行的《丹麦童话集》，号称是林语堂所译，其实是许达年从日文译出的版本。[1]

其实，林语堂自己的翻译功力一流，只是很少出手。萧伯纳的《卖花女》（*Pygmalion*，电影《窈窕淑女》的原著）是少数的例外。像女主角的无赖父亲跑去教授家里找人那段就十分精彩：

郝先生：是你唆使她来的不是？

杜立达：天地良心，相公，我没有。我敢赌咒，我这两个月来就不曾看见我的女儿。

郝先生：那么，你怎知道她在这儿的？

杜立达：（音调铿锵，而有悲楚之致）我要告诉你，相公，倘使你准我说一句。我情愿告诉你。我正要告诉你。

---

〔1〕 许达年译《丹麦童话集》，中华书局1934年出版，原作是大户喜一郎的『デンマルク童話集』（金蘭社，1929）。

1964 年三一剧艺社
的《卖花女》没有署
名，实为林语堂所译

我等着告诉你。

这一段的最后一句，原文是这么写的：

DOOLITTLE [most musical, most melancholy] I'll
tell you, Governor, if you'll only let me get a word in. I'm
willing to tell you. I'm wanting to tell you. I'm waiting to
tell you.

最后一句尤其翻得活灵活现，声调铿锵，是相当成功到味的
剧本翻译。不过 1964 年李曼瑰的三一剧艺社重出这个剧本，竟然
没有署名。

林语堂的著译作署名情形一片混乱，可分为三大类。

1. 林语堂翻译，却没有署名的：

　　《卖花女》(台北：三一剧艺社，1964)。原为 1945 年上海开明出版。

2. 不是林语堂翻译，却署名林语堂译的：

原作	原译	假托林语堂
The Autobiography of a Super-Tramp (1908)	黄嘉德译《流浪者自传》(上海：西风社，1939)	林语堂译《彷徨飘泊者》(台北：德华，1979) 林语堂著《彷徨飘泊者》(台北：金兰文化，1986)
Training for Efficiency (1913)	曹孚译《励志哲学》(上海：开明，1932)	林语堂译《成功之路》(台北：台北书局，1956) 林语堂译《励志文集》(台北：海燕，1961) 林语堂译《如何出人头地》(台北：新力，1976)
How to Win Friends and Influence People (1936)	仲渊才和谈伦合译《处世教育》	林语堂译《励志教育》(台北：新陆，1958)
大户喜一郎的『デンマルク童話集』(1929)	许达年译《丹麦童话集》(上海：中华书局，1934)	林语堂译《丹麦童话集》(香港：百乐书店)

　　3. 林语堂用英文写作，但中文版不是他自己翻译的：此类作品台湾出版社往往没有署名译者，读者很容易误以为是林语堂的中文著作。

原作	原译	台版
With Love and Irony（1940）	蒋旗译《讽颂集》（上海：国华，1941）	林语堂著《讽颂集》（台北：志文，1967）
My Country and My People（1935）	郑陀译《吾国与吾民》（上海：世界新闻，1938）	林语堂撰《吾国与吾民》（台北：大方，1968）
		林语堂撰《吾国与吾民》（台北：金川，1975）
		林语堂著《吾国与吾民》（台北：远景，1976）
		林语堂著《吾国与吾民》（台中：义士，1976）
		林语堂著《吾国与吾民》（台北：金兰，1981）
		林语堂撰《吾国与吾民》（台北：风云时代，1989）
The Importance of Living（1937）	越裔译《生活的艺术》（上海：世界文化，1940）	林语堂著《生活的艺术》（台北：大方，1975）
		林语堂著《生活的艺术》（台北：远景，1976）
		林语堂著《生活的艺术》（台北：德华，1979）
Moment in Peking（1939）	郑陀、应元杰译《京华烟云》（上海：春秋社，1940）	林语堂著《京华烟云》（台北：文光，1956）
		林语堂著《京华烟云》（台北：远景，1976）
		林语堂著《京华烟云》（台北：风云时代，1989）

　　想来真是无奈，该署名的不署名，不是他的偏又说是他的。尤其是励志、如何成功这种书籍，根本和林语堂的人生哲学相悖，竟然还堂堂混入林语堂纪念馆！只能说树大招风，建议林语堂故居倒不如另辟一小区收容此种署名林语堂的伪书，也是一种另类的收藏。

小毕偷看的《查泰莱夫人的情人》，
原来是朱光潜译的？

1983 年的电影《小毕的故事》中，饰演小毕的钮承泽拿手电筒偷看《查泰莱夫人的情人》的一幕，青春洋溢，深入人心。但他看的究竟是哪一个译本？又是谁翻译的？

电影中的这个版本不但没有写上译者的名字，也没有出版年份，一看就是盗印本。但一翻内文，其实是 1936 年饶述一在上海出版的译本。说也奇怪，1982 年的台湾一窝蜂出了好几本《查泰莱夫人的情人》，包括：

1982 年　蔡明哲译的《查泰理夫人》　台北：德华

1982 年　潘天健译的《康妮的恋人》　台北：金陵图书

1982 年　"本局编译室"译的《查泰莱夫人的情人》　台南：鲁南

1982 年　施品山译的《查泰莱夫人》　台南：大孚

如果小毕手上那本也是 1982 年出版的，那么那一年台湾就出了五种《查泰莱夫人的情人》，而且全都是抄饶述一的版本。其实这个版本盗印者众，目前看到最早的盗印本是 1952 年香港泛亚堂署名"冈田樱子"的版本。这个香港版有诸多难以理解的地方：首

香港泛亚堂出版署名"冈田樱子"译的《查泰莱夫人的情人》

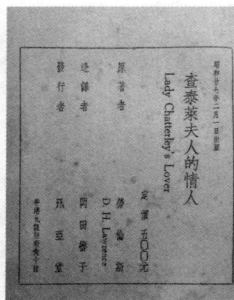

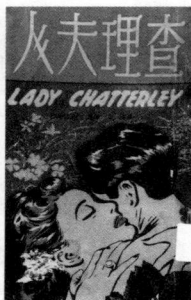

台湾第一个译本，署名"李耳"，实为饶述一译本

先，版权页上的纪年是昭和二十七年。虽在战争末期，香港曾短暂为日本所占，但1952年已是战后7年，为什么香港的出版品还在用昭和纪元？其次，这个假名"冈田樱子"是一个日本的菜市场名，但内文完全是中文的，何以一本英文译成中文的小说，执笔的是日本人？这个香港版信息诡异，其实就是饶述一版，一字不差。而台湾从1953年就开始盗印这个版本了，最早是台北纽司周刊社出版，署名"李耳"的《查理夫人》。《查理夫人》后面附有广告多种，包括一位肾毒专科中医师的广告，还注明"本医师专治肾病梅毒，其他谢绝，请原谅"，暗示读这本书的读者容易肾亏或得梅毒，简直把这本名作当成色情书刊了。后来还出现没有版权页的《查夫人》，也是同一个版本。

到了1981年，由于美国电影 Lady Chatterley's Lover 上映的关系，忽然又掀起一波查泰莱夫人热。1981年，远景出了香港名译者汤新楣的《康斯坦丝的恋人》（后来也从众，改名为《查泰莱夫人的情人》）；而其他小出版社就纷纷拿早期的饶述一版本来盗印，反正这种 1949 年以前的老译本，译者九成以上在大陆，不会有人追究，抄汤新楣的比较危险，抄饶述一的可以说毫无风险，一本万利。但既然人人可出，各家出版社的营销就各出奇招。德华版的《查泰理夫人》封面上写着"林语堂郑重推荐'西方《金瓶梅》'"，有林语堂大师挂保证，又有《金瓶梅》这个比喻，应该颇为有效。更有趣的是，书里附了 30 张彩图，全是裸女图：包括德加的《盆浴》、雷诺阿的《金发浴女》、戈雅的《裸体的玛哈》、毕加索的《红色背景的裸妇》，倒真的都是名家作品没错，只是跟这本小说毫无关系就是了，算是给读者的福利吗？金陵版的《康妮的恋人》封面火辣，署名"潘天健"，推荐人是"英国大文豪萧伯纳"，还号称是"50 年来中国唯一全部重新翻译的版本"，也是莫名其妙：1982 年的 50 年前是 1932 年，中国根本还没出现译本。第一个中文译本是王孔嘉在《天地人》连载的《贾泰来夫人》，比饶述一的译本早几个月出现，但两者都是在 1936 年出版的，到 1982 年也还不到 50 年，不知"全部重新翻译"是哪里来的？这家金陵图书的其他出版品也让人颇为傻眼，包括《中国帝王回春术》《中国百家气功图解》《中国民俗搜奇》等，《康妮的恋人》看来是他们唯一的一本翻译小说。可见各出版社有志一同，从纽司周刊社到德华出版社到金陵图书公司，都把这本书当作色情小说来出版就对了。

这本 1928 年的作品，公认是英国作家 D. H. 劳伦斯（David

德华出版过《林语堂全集》，这部书的封面也写上"林语堂郑重推荐"字样

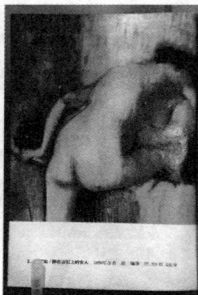

德华版本附上的裸女彩图之一，这张是德加的作品，跟本书内容毫无关系

金陵图书公司的版本，封面火辣，封面上有"英国大文豪萧伯纳特别推荐"字样

Herbert Lawrence，1885—1930）最"海淫"的作品。内容描写查泰莱男爵因第一次世界大战伤残而失去性功能，膝下无子，竟建议年轻貌美的查泰莱夫人去"想办法"生一个孩子，以继承爵位和财产。于是，夫人真的和男爵家猎场的管理人发生关系，也真的怀了孩子，男爵却又嫉妒反悔，处处刁难。由于 D. H. 劳伦斯几场云雨桥段写得十分详细露骨，导致《查泰莱夫人的情人》常被当成淫书，不但作者生前无法在英国本地出版，死后多年也只能出被删节过的"净本"，一直到 1960 年，该书才在英国首度以完整的版本问世，出版商还得上法庭辩护。不只在英国，该书在澳大利亚也被禁，日本20 世纪 50 年代的译本也被罚过款。

译者当然也知道这本书有被当成淫书的风险。林语堂在 1934年的《人间世》上发表过一篇《谈劳伦斯》，用一种间接的方式讨论了这本书。这篇《谈劳伦斯》是假托"朱柳两位老人"的闲谈，"柳先生"就是林语堂自己，"朱先生"则是《查泰莱夫人的情人》的译者。

"朱先生"说自己虽已差不多译完，但并不打算发表，因为：

> 我想一本书如同和人说话一样，也得可与言而与之言，才不至于失言。劳伦斯的话是对成年人讲的，他不大容易懂，给未成熟的社会读了，反而不得其旨。……现在的文人、教士、政治都跟江湖卖膏药的庸医差不多，文字以耸人观听为主……我颇不愿使劳伦斯沦为走江湖卖膏药的文学，所以也不愿发表了。

后来饶述一在 1936 年出版的《查泰莱夫人的情人》收录了林语堂的这篇文章，看来饶述一可能就是那位文章中的"朱先生"。而根据译者序的线索，这位朱先生可能就是北大教授朱光潜（1897—1986）。译者序开头便说：

> 这本书的翻译，是前年在归国途中开始的。后来继续翻译了大部分，便因私事，和某种理由搁置了。

朱光潜 1933 年在法国取得博士学位，同年应北大文学院院长胡适之聘，返国任教。

因此 1933 年归国途中起手翻译，正好符合林语堂《谈劳伦斯》

一文中的朱先生所述，1934 年已译完大半。而且朱光潜 1934 年在北大开的"现代小说"一门课，其中授课书目就包括《查泰莱夫人的情人》，边教边译也是很自然的事情。至于搁置的理由，林语堂的文章中已经写得很清楚，就是觉得社会不够成熟，恐怕会让劳伦斯沦为走江湖卖膏药的文学。那为何最后又决定出书呢？主要是受了劣译的刺激所致：

最近偶阅上海出版的某半月刊，连续登载某君的本书译文，便赶快从该刊第一期起购来阅读。不读犹可，读了不觉令人气短！原来该刊所登的译文，竟没有一页没有错的（有好多页竟差不多没有一段没有错的！），而且错得令人啼笑皆非。不待言，许多难译的地方，该译者连下笔都不敢，便只好漏译了，把一本名著这样胡乱翻译，不单对不住读者，也太对不住作者了。因此使我生了把旧稿整理出来出版的念头。在人事倥偬中，花了数月的功〔工〕夫，终于将旧稿整理就绪，把未完的部分译完了。

文中的某君就是王孔嘉，上海的半月刊就是《天地人》，主编徐吁曾向朱光潜邀稿，因此很有可能朱光潜也看了王译。王孔嘉的《贾泰来夫人之恋人》从第一期连载到第九期。3 月开始连载，7 月饶述一的译本就出现了，饶述一果真是气得厉害。不过，被这么重的话批评的结果，是王孔嘉译本后来没有连载完，7 月中就被腰斩，成了残本，当然后来也没有发行单行本，是"良译驱逐劣译"的好

台北图书馆收藏的
1949 年饶述一版本，
纸张极差

1949 年渝版扉页，写明
该书由译者"饶述一"自
费发行，北新经销

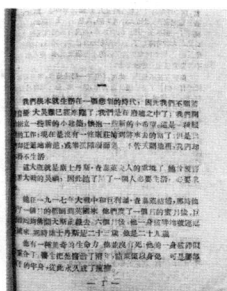

1949 年重庆出版的饶述一
版本，第一页第二行有个
破洞，导致多本抄袭本断
句错误

例子。另一个"饶述一"是朱光潜的证据，是他用的法国版本和
法文译本：

> 本书系根据未经删节过的法国印行的大众版本（英
> 文本）翻译的，兼以 Roger Cornaz 氏的法文译本做参考。
> Cornaz 氏是劳伦斯指定的法文翻译者，他的译文是可靠而
> 且非常优美的。有许多原文晦涩的地方，都是靠这本法译
> 本的帮助解决的。

由于原作在英国只能出删节本，法国才买得到未删节的英文
全本，译者还用法文译本作为辅助，可见其与法国渊源甚深。20
世纪 30 年代人在法国，又有这样兴趣和能力的译者应该不多。最
后一项证据，则是译者的所在地。这个译本虽然是在上海出版，但

我们可以看到译者序署"于北平"。回推朱光潜 1936 年还在北大任教，当然住在北平。到这里为止，"饶述一"是朱光潜的"一次性笔名"已经呼之欲出，而他之所以使用笔名，可能就是因为这本书争议性太大的关系。

翻译这样一本经典名作的饶述一生平不详，毫无资料，正是笔名的关系。然而事后诸葛，还好朱光潜当时用了笔名。因为蒋介石在 1949 年派了一架飞机接北大教授到台湾时，胡适上了这架飞机，朱光潜却没有，主要的理由是他的小女儿患有骨结核，医生说不适合长途旅行。"文革"开始以后，他被视为"资产阶级右派""反动学术权威"，备受凌辱，但幸亏他这本"资产阶级淫书"用了笔名，不然恐怕被斗得更惨。

1936 年北新书局的版本，台湾未见，台北图书馆内藏有一本 1949 年重庆版。饶述一版本是译者自费发行，北新书局只是经销，朱光潜抗战期间在四川大学教书，因此于重庆重新出版此书也颇为合理。该版小说一开头是这样的：

我们根本就生活在一个悲剧的时代，因此我们不愿惊惶自扰。大灾难已经来临，我们处于废墟之中，我们开始树立一些新的小建筑，怀抱一些新的微小的希望。这是一种艰难的工作。现在没有一条康庄的到未来的路了，但是我们却迂回地前进，或攀援障碍而过。不管天翻地覆，我们却不得不生活。这大概就是康士丹斯·查泰莱夫人的处境了。

Ours is essentially a tragic age, so we refuse to take it tragically. The cataclysm has happened, we are among the ruins, we start to build up new little habitats, to have new little hopes. It is rather hard work: there is now no smooth road into the future: but we go round, or scramble over the obstacles. We've got to live, no matter how many skies have fallen. This was more or less Constance Chatterley's position.

然而，几个抄袭版本的第一段却都不知所云。如"蔡明哲"译本：

> 我们生活在一个悲剧的时代，我们不愿惊惶自扰大灾难已经来临，或在废墟之中，我们开始树立一些新的小建筑，怀抱一些新的小希望。这是一种艰难的工作。现在没有一条到将来去的康庄之路了，但是我们却迂回地前进，或攀援障碍而过。不管天翻地覆，我们却不得不生活。这大概就是康士丹斯·查泰理夫人的处境了。

第二句和第三句之间少了一个标点符号，变成"我们不愿惊惶自扰大灾难已经来临"，简直不知所云。为什么会这样呢？看了台湾图书馆的饶述一版本，才知道原因：因为渝版纸张极差（抗战期间物资缺乏，四川出的版本都非常差），有许多小破洞，而那个标点符号的位置正好就有一个破洞。所以抄袭者以为那里没有

1992 年汉风未署名版本，仍为饶述一版本。这本封面上正在读书的女性，显然不是第一次世界大战前后的查泰莱夫人了

标点符号，就造成了这个难以理解的句子。

金陵版的改动比较口语一点：

> 我们本来就生活在一个悲剧的时代里，因此我们不会庸人自扰地认为大祸临头，我们本来就出生在废墟中，于是我们建造了新的小房子，怀抱着新的小希望。这是艰难的工作：前面没有康庄大道，我们只能迂回前进，或攀援障碍而过。就算天塌下来，我们也必须生活下去。这大概就是康斯坦丝·查泰莱夫人的处境了。

金陵版的断句也还是错的，还自圆其说，改成"庸人自扰地认为大祸临头"，完全悖离原文语意。看来编辑也很急，想要快点进入精彩床戏部分，这种哲学思考的部分就随便删删改改，能省则省。所以"这是一种艰难的工作"就变成"这是艰难的工作"，"天翻地覆"改成"天塌下来",这样也能号称是"50 年来中国唯一全部重新翻译的版本",厚颜程度令人吃惊。

20 世纪 80 年代,台湾的"小毕们"还能看到各种饶述一版本的《查泰莱夫人的情人》(当然他们不知道饶述一是谁,可能也不知道朱光潜是谁),大陆却只有手抄本在地下流传。"文革"结束之后,第一个推出这本"资产阶级禁书"的出版社是湖南某出版社。他们在 1987 年重出饶述一的译本,据说订了书的书商,车子排在印刷厂外领书,场面相当壮观,可见想看这本书的读者很多。但没过几天就被查禁了,不只出版社的总编辑被撤职,连湖南省出版局局长和出版社社长都被记过处分。

回到台湾,这个译本的盗版情形也并不是只发生在解严前,1992 年台南汉风署名"编辑部"译的《查泰莱夫人的情人》,依然是饶述一译本。只能说,饶述一(朱光潜)还真是"嘉惠"两岸青年良多。1994 年,也就是朱光潜翻译此书的 60 年后,台北新锐出版社才终于出版了如实署名"饶述一"的繁体字译本。然而,我在一本研究劳伦斯的硕士论文中,看到天真的研究生竟把饶述一译本当成"20 世纪 90 年代"的译本来分析,真是心头火起。如果找我去口考,这论文一定要重写了!

耿济之在大陆失传的《罪与罚》在台湾重现？

——空欢喜一场

> 外公怎么也想不到的是，《罪与罚》在他去世 65 年后的今天奇迹般地出现在台湾……我简直不敢相信自己的眼睛！……（台北图书馆馆藏）列表上竟然清清楚楚、赫然列出了耿济之译的《罪与罚》！

2009 年，耿济之的外孙陈逸，听说外公失传的《罪与罚》在台湾出现，特地从美国飞来台湾见证奇迹。并在 2012 年，由远景出版祖孙合译新版，扉页上印着"献给敬爱的外公济之先生"，署名"耿济之原译，陈逸重译"。如此一段佳话，只可惜到头来并不是真的。原来，陈逸手上那本署名"耿济之"的译本，其实是上海启明汪炳焜的版本。耿济之在天之灵，恐怕不是陈逸所想象的"悲喜交集"，而是"啼笑皆非"吧！更尴尬的是，序还是郑振铎的孙子郑源所写，真是两个"憨孙"。

耿济之（1899—1947），上海人，民初名译者，北京俄文专修馆出身，从俄文翻译了许多重要作品，包括陀思妥耶夫斯基的四本作品：《死屋手记》、《少年》、《兄弟们》（后来书名改译为《卡拉

1936 年上海启明出版的汪炳焜译本，是远景版的来源

马助夫兄弟们》[1]）、《白痴》。根据耿济之的女儿耿静芬的说法，《罪与罚》也译了，可惜手稿送进商务印书馆排印时，被日军炸毁了。据说耿济之为此常感落寞，这么大部头的书，要重译谈何容易？当年手稿只有一份，又没有影印店，丢了就丢了，战乱期间的译者不少人有类似的经验。如战后来台的德文译者周学普，曾在歌德《爱力》的序中说，自己其实早就翻译过一次，1947 年把手稿寄给杭州友人准备出版，谁知两岸隔绝，稿子拿不回来，只好硬着头皮重译一次。

既然稿子被炸掉了，为何台湾会有"耿济之"的《罪与罚》呢？其实很简单：这不是耿济之译的，是戒严期间台湾出版社常见的张冠李戴手法。现在电子资源方便，只要比较一下就知道译本是

---

〔1〕 即《卡拉马佐夫兄弟》。——编注

谁的了。

远景所谓"耿济之"版是这样开头的：

7 月初的一个酷热的晚上，一个住在 S 城的青年，从他的寓所楼上出来，懒洋洋地一直向着康桥踱去，看去似有所思般的。当他在下楼时很敏捷地避开了老板娘的视线。他所住的房间是在一座高耸着的五层楼的房子的屋顶底下，这间房倒很像一个饮食橱呢。那每天供给他膳宿，和服侍的老板娘是住在下一层楼的，他每次出去时，必须经过她的厨房，厨房的门总是开着的。他每次经过这儿就要发生一种不快的，怕惧的情绪，使他皱着额似觉有点腼然的样子。为的是他欠老板娘的房钱无法偿付，委实有点怕看见她呢！

而 1936 年汪炳焜版是这样开头的：

是在 7 月开始的一个酷热的晚上，有一个住在 S 城的青年，从他的寓所楼上出来，懒洋洋地一直向着康桥踱去，看去似有所思般的。当他在下楼时很敏捷地避开了老板娘的视线。他所住的房间是在一座高耸着的五层楼的房子的屋顶底下，这间房倒很像一只饮食橱呢。那每天供给他膳宿，和服侍的老板娘是住在下一层楼的，他每次出去时，必须经过她的厨房，厨房的门总是开着的。他每次经过这

儿就要发生一种不快的，怕惧的情绪，使他皱着额似觉有
点腼然的样子。为的他欠老板娘的房金无法偿付，委实有
点怕看见她呢！

两者差异极小，除了"7月开始"改成"7月初"、"一只"改成"一
个"、"房金"改为"房钱"，其他重要的句子主干都没动，甚至像
"使他皱着额似觉有点腼然的样子"这种不自然的句子都一字未改，
可见远景版实为汪炳焜版无可置疑。那为什么陈逸会有这样的误
会呢？这要从这个译本在台湾的流传历史谈起。

1936 年汪炳焜译本由上海的启明书局出版。上海启明书局的
老板沈志明是世界书局老板沈知方之子，在战后沈志明夫妇来台开
设台湾启明书局，由沈志明妻子应文婵担任发行人，落脚在重庆
南路。台湾启明在 1949 年以前就带了大批上海启明版本的书过来
贩卖，没想到 1949 年以后两岸隔绝，回不去了，更糟的是国民党
颁布戒严法，宣布"附匪"及"陷匪"作家、译者的作品通通不
能卖。那岂不是等于无书可卖？所以启明想出了一个巧妙的对策，
就是把所有译者都改署"启明书局编译所"，就这样出了数百种署
名"启明书局编译所"的书。

启明书局并不用假名，在台湾一开始时也规规矩矩只出自己
上海启明的书。不过，1959 年时，沈志明夫妇因出版"匪书"被
捕而遭叛乱罪起诉，还好他们夫妇是胡适的学生，时任"中研院"
院长的胡适找美国施压营救，两人得以在获释之后逃往美国，终
老于斯。自此之后，启明便从 20 世纪 50 年代译印大陆旧译的大本

营，变成 20 世纪 60 年代全台大小出版商的免费盗印来源。因为老板跑了，自己也心虚，不能告别人抄袭（怕万一又被人告密说在印 "匪书"），所以启明就成了大宗种子书的来源。这本《罪与罚》即是在这种情况下成为台湾的主流译本。以下是按年代排列的已知版本：

1960 年　"启明编译所"译　台北：台湾启明书局

1968 年　"甲兵"译　台中：一善书店

1968 年　未署名　台北：江南

1974 年　未署名　台北：学海

1975 年　未署名　台北：青山

1977 年　未署名　台北：远行

1979 年　"远景编辑部"　台北：远景

1980 年　未署名　台北：喜美

1981 年　未署名　台北：名家

1986 年　"书华编辑部"译　台北：书华

1986 年　"耿济之"译　台北：远景（八版）

1999 年　"耿济之"译　台北：锦绣

根据陈逸的《出版缘起》，他在台北的图书馆看到了四个版本，分别是江南、学海、远行三个没有署名的版本，以及远景署名 "耿济之"的第八版。因为这四个版本全同，又只有最后一个版本有署名，所以他就误以为所有版本都是 "耿济之"的。其实远景自己就是翻印大陆旧译的大本营（远行的发行就是远景，书华和锦

1977 年远行版，不著译者。实为汪炳焜译本

1986 年书华版，署名"书华编辑部"，也是汪炳焜译本

绣也都和远景同属一脉），江南、学海这几家出版社也都是翻印旧译常客，只能说图书馆的馆员热情有余（陈逸还特别感谢台北图书馆馆员的热情协助），专业水平不足，否则应该要警告陈逸这几家出版社都有出版资料不实的前科，应该要更谨慎查证才是。

陈逸的修改，据说是根据俄文版和英文版。改的幅度相当大，至少比远景的"耿济之"改汪炳焜的幅度大很多：

> 7 月初一个十分炎热的晚上，一个年轻人从他租住的第七小巷的一栋公寓里走了出来，似乎很犹豫地，慢慢地朝 K 桥走去。下楼的时候，他成功地避开了女房东的视线。他所住的阁楼是在一幢五层楼房的顶层，与其说那是一个房间还不如说像一个壁橱。每天为他提供膳宿和服务的女房东就住在他的下一层。他外出必定要经过她的厨房门口，

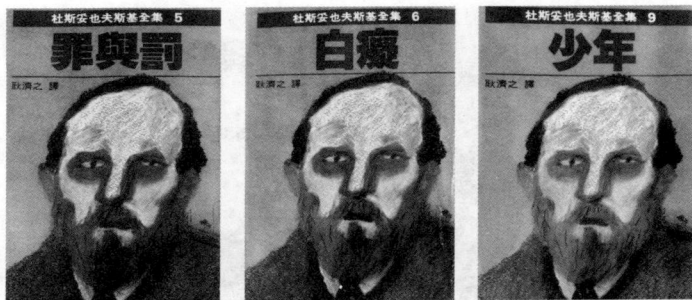

1986 年远景推出多本陀思妥耶夫斯基作品，译者全数署名"耿济之"，但真假难辨。
左图《罪与罚》，实为汪炳焜版。中图为《白痴》，实为高滔、宜闲（胡仲持）译本。
右图为《少年》，这本才真的是耿济之译本

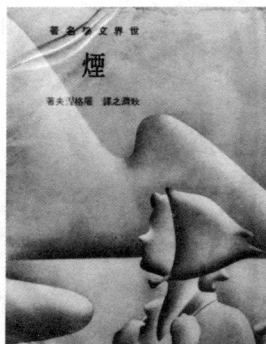

1973 年台南东海出版社的
《烟》，署名"耿济之译"，
其实是 1940 年陆蠡的译作

而厨房的门一直是开着的。每次经过那里时，年轻人总是有一种病态的害怕心理，使他皱着眉头好像感到羞耻一样。他欠了女房东的房租无法偿付。他很怕撞见她。

除了修改这本张冠李戴的《罪与罚》之外，陈逸欲罢不能，2013年又修改了一样是署名耿济之的远景版《死屋手记》，还好这就真的是耿济之译的了。

1986年远景出版的六本陀思妥耶夫斯基著作全挂名耿济之译，其实只有《死屋手记》《少年》和《卡拉马助夫兄弟们》这三本是他译的。而其他三本虽然都署名"耿济之"，但原译者与其译作其实分别是：汪炳焜的《罪与罚》（1936，上海：启明），邵荃麟的《被侮辱与被损害的》（1943，上海：文光），以及高滔、宜闲合译的《白痴》（1943，上海：文光）。

其中最奇怪的是《白痴》，明明有耿济之的译本（1947，上海：开明），为什么挑了别人的译本，又要挂耿济之的名字？乱用耿济之的名字还不止远景一家出版社，1973年台南东海出版的《烟》，明明是陆蠡译的，也署名耿济之。反倒是耿济之本人译的《猎人日记》，却以"江子野""克强"等假名被翻印。其他莫名其妙多了几部作品的还有朱生豪、林语堂和伍光建，这些译者地下有知，可真是要哭笑不得。

一代不如一代? 台湾的三种《红与黑》

19世纪法国小说家斯汤达（Stendhal, 1783—1842）的名著《红与黑》(*Le Rouge et le Noir*)，号称中国翻译史上重译次数最多的法国小说，中国大陆还将此书列在大学生必读、中学生阅读推荐的世界名著书单中。1995年，南京大学的许钧教授主持了一个大规模的读者反应研究，列出五种译本的几段译文，请读者票选最喜欢的译本。结果反应热烈，回收了300多份问卷，激起许多讨论，最后结集出版了《文字·文学·文化——〈红与黑〉汉译研究》一书。那次读者调查中，发现大多数读者其实比较喜欢有点翻译腔的译作，跌破很多翻译教师的眼镜。那本集子中也有一篇许钧的《社会、语言及其他——读海峡彼岸的〈红与黑〉》，文中说他请朋友帮他调查台湾译本，结果得知台湾只有一种译本，就是"1978年远景出版社黎烈文的译本"。许钧教授所托非人，如果他来找我，就会知道他的信息错得很离谱。事实上，非但大陆早期的两种译本——赵瑞蕻和罗玉君的译本——台湾都翻印了多次，黎烈文的译本也不是1978年初版的，而是1966年就已出版了。

台湾最早出现的《红与黑》译本，是1956年署名"刘颂文"的版本，有文友版和百成版，重印多次。这个译本其实就是1947年赵瑞蕻的译本。百成重印至少四次，可见在20世纪50年代相当

赵瑞蕻译的《红与黑》(1947
年版),藏于台大,为 2010 年
凌德麟教授捐赠特藏

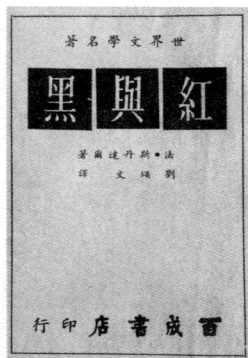

1958 年高雄百成书店的《红
与黑》,署名刘颂文译,实为
1947 年赵瑞蕻译本

受欢迎。

　　赵瑞蕻在书前写了长达 32 页的译者序,前面 20 余页是在介绍法国文学和作者作品,后面则写自己的心路历程。从高中听老师讲故事,到大学时从图书馆借到书来读,到后来在越南看到二手书,想买却买不起,最后在重庆借到书开始准备翻译⋯⋯

　　　　我从相识这部法国文学名著,以至欣赏它、爱惜它,
　　不时抚摸它,而有心把它迻译出,献给中国的读书界以来,
　　也快有十度华年了。⋯⋯我第一次晓得斯丹达尔和这部小
　　说的名字,是在我的故乡——温州,一个妩媚而柔情的山
　　水之乡。⋯⋯二年后,我离开了故乡,到那红樱碧海之都

的青岛。有一天偶然在国立青岛大学图书馆的卡片上与它
邂逅……1938 年我乘粤沪路车南下，经过香港，再搭轮船
穿过东京湾（越南），到了海防。某个芭蕉味的南国黄昏，
我和二三个朋友上街走走，踏进一家安南人开设的书铺子，
想买几本旧法文书。

我瞧见靠窗口，满是尘埃和蜘蛛网的书架上，在薄暮
的幽暗里，仿佛明耀的星球似的——闪出了 *Le Rouge et le
Noir*。……拿下来一计算钱，还不够买上册，怅然若失，
抚爱再三……1941 年冬日，我从昆明到了重庆以后，便托
一个多年未见的朋友向中央大学图书馆借到一部巴黎纳尔
孙丛刊本的《红与黑》。……我正式开始翻译此书，还是
当我在嘉陵江畔一个寂静的小村镇柏溪安居下来的时候。
那已是 1942 年的秋天了。……不管这书译得好，译得坏，
在我总算偿还了一桩心事，做完一场辽遥的红黑色的幻
梦！又仿佛一个纤夫，把这只满载我十年悲欢的醉舟，沿
着记忆的江岸，拉回那碧澄澄的海了。——嗳，好累！

——赵瑞蕻，民国三十三年九月一日，柏溪国立中央大学

前言写得这么曲折动人，让我恍惚觉得他笔下的小城市竟然
就是柏溪了：

维鲤叶可以算是莼乐熙－康忒州一座最妩媚秀美的小
城市了。那里粉白色的房屋，有着高高耸耸的屋顶，朱瓦

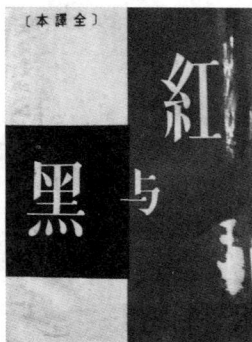

1968 年台南的北一出版社版
本，署名陈文德译，实为罗玉
君译本（上海：平明，1954）

1981 年喜美出版社的版本，
也是罗玉君的译本

红檐，绵延散落在一个山丘的斜坡上。山坡上最浅隘的曲
折蜿蜒之处，都显露着一丛丛茁壮的栗树。那条杜河在炮
垒堡垱底下，约莫有数百呎的地方奔流着。这垒垱原是往
年昔日西班牙人所建造的，如今却已毁圮荒废，仅留遗迹了。

赵瑞蕻（1915—1999），浙江温州人，诗人；太太是以翻译《呼
啸山庄》出名的杨苡（1919—　　），杨苡又是翻译家杨宪益的妹妹，
所以赵瑞蕻是杨宪益的妹夫，一家子个个都是名译者。他还译有
一本斯汤达的中篇小说集《爱的毁灭》，1951 年被文艺出版社改书
名为《她接受了爱的酷刑》重出，署名"刘士敏"译。

　　第二个版本是罗玉君 1954 年的上海平明版译本。根据许钧的研
究，这个译本在 1986 年郝运译本出现之前，一直是大陆的主流译

本。这个版本在台湾也能见到，最早的版本是 1967 年海燕出版社的版本，1981 年喜美未署名版本也是罗玉君译本。不过，为什么戒严期间还会有 20 世纪 50 年代的大陆译本流入？这就要问海燕（五洲）出版社了。海燕能够在 20 世纪 60 年代大量引进香港和大陆 20 世纪 50 年代译本，想必有其特殊渠道。

其实罗译也流畅可读，但似乎不如赵瑞蕻的译本精致玲珑：

> 维立叶尔小城可算是法朗士－孔德省里最美丽的城市当中的一个了。它的白色的房屋，有着用红瓦盖成的尖尖的屋顶，疏疏密密，排列在一个山坡的斜面上，曲折蜿蜒的地方，却被一丛丛的茁壮的栗树衬托出来。杜伯河在旧堡寨的下面，约有数百步的地方奔流着，这旧堡寨是从前西班牙人建筑的，到今日只剩下断瓦颓垣了。

罗玉君（1907—1988），本名罗正淑，四川人。曾经被军阀看上要纳为小妾，幸而脱逃，后来留法，1933 年拿到巴黎大学博士学位，成为山东大学文学院第一个女教授，也在那时候开始翻译《红与黑》。赵瑞蕻是 1915 年生，在青岛读大学时看了《红与黑》，算起来不也就是罗玉君在山东任教的时候吗？原来《红与黑》与山东这么有缘分。

第三个版本则是大陆未见的黎烈文译本。黎烈文（1904—1972）在三人中年纪最长，也很早开始翻译《红与黑》，无奈世事多变，译本反而最晚出。他 1946 年即应留法同学李万居之邀，来

1966 年文坛社的黎烈文版本

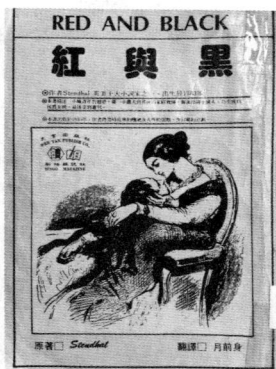

1982 年文言出版社的版本，署名
月前身译，是修改自黎烈文译本

台任职《台湾新生报》，1947 年开始在台大任教，由于大陆时期与许多左派文人交好，台湾当局颇有疑忌，日子过得挺抑郁，他的《红与黑》直到 1966 年才在台湾出版：

> ……一部《红与黑》才译出二十万字，便发生了"卢沟桥事变"，我也就放下一切，奔赴国难……迨抗战胜利，来到台湾，又以时会艰难，遭遇种种意外的变动，生计日蹙，负担日重……总之，译书微志，二十年无成。

黎烈文在翻译上是鲁迅一派，强调翻译是要用来改革中文的，现在读来未免过于直译：

威利埃那小小的城市，可以算得佛朗黛·孔特最美的城市之一。白色的房子，带着盖有红瓦的尖屋顶，展开在一座小丘的斜面。壮大的栗树的枝叶，描出了这小丘的极微的起伏。朵河在往日西班牙人筑成而现在颓败了的城壁下面几百米远的地方流着。

远景1978年的世界文学全集收了黎烈文的《红与黑》，之后同一脉的书华、桂冠当然也都是用黎烈文译本，此本可说是台湾知名度最高的译本。远景至少出到28印，销售量惊人。1982年台南的文言出版社译本署名"月前身"，看来是根据黎烈文译本"再翻译"，文学性越来越薄弱：

威利埃这小城可说得上是法兰斯·孔特最美的城市之一。红瓦尖顶的白屋在一座小丘的斜面舒展开来。茂盛的栗树丛使这山坡看来极微起伏。朵河在城垣碉堡下数百呎处流着。这个很久以前由西班牙人建盖的城垣现已成废墟了。

但一路看下来，这四个译本，从20世纪40年代的赵瑞蕻译本，到50年代的罗玉君译本，到60年代的黎烈文译本，再到80年代的月前身译本，恐怕只能说是一代不如一代。

十本《茵梦湖》，六本源头

很小就看过"茵梦湖"这个书名，印象深刻，一方面是因为意境太美，另一方面也是因为美丽的女星胡因梦。这本薄薄的小书，很多世界文学名著都会收录，版本也很多。日前因在旧书店买到一本1957年的《三色紫罗兰》，里面也收录了《茵梦湖》一篇，于是把手边的信息整理比对，竟然发现岛内众多抄袭本有三个源头，错综复杂。

茵梦湖是19世纪德语小说家施笃姆（Theodor Storm, 1817—1888）的中篇小说，原名 *Immensee*。故事很简单：青梅竹马的一对情侣，长大后男生离乡读书之际，女方的母亲做主，让女生嫁了当地的有钱少爷，两人事后湖边相见，徒留怅惘。《茵梦湖》的第一个中译本是郭沫若1921年译的，大概"五四"时很多人对于婚姻不能自主颇感戚戚，译本非常受欢迎，后来也出了多种译本，有不同的书名，像《漪溟湖》《意门湖》《蜂湖》等，但还是以最早的《茵梦湖》胜出，后来连巴金的《蜂湖》也都改名为《茵梦湖》了。

初见《三色紫罗兰》一书，猜想是香港张丕介的译本。张丕介（1904—1970），山东馆陶人，留德的经济学博士。1949年后落脚香港，是香港中文大学新亚书院的创校元老之一。

由于这本署名"亮华"译的版本收有三篇作品，包括《茵

1955 年香港人生出版社的张丕介译本。台湾流传的《三色紫罗兰》几乎全出自张丕介译本

1957 年台中重光书店版本，署名亮华译。《三色紫罗兰》为张丕介译本(1955)，《茵梦湖》不是

1959 年台中现代家庭杂志社版本，署名张治文，内容与重光版全同

梦湖》、《三色紫罗兰》和《史陶慕的生平与作品》。而我所见过的张丕介译本收的也是这三篇，并且也把作者名字译成风雅的"史陶慕"，而不是现在常见的"施笃姆"或"史笃姆"。但实际拿出张丕介的版本来比对时，才赫然发现没这么简单。《三色紫罗兰》和《史陶慕的生平与作品》的确如我猜想，是张丕介的作品，一字未改；《茵梦湖》却不是，另有源头。

署名"亮华"的译本：

> 一个深秋的下午，有一个服装整齐的老年人慢慢地下街走着。他形乎从散步后回家去，因为他的不时式的扣鞋上盖满了灰尘。

张丕介译本：

一个衣履整齐的老人，在一个深秋的下午，缓缓地沿街而来。看他那双过了时的满布着灰尘的皮鞋，他好像散罢了步，走回家去。

两个版本的叙述顺序差异很大，看起来不是改的，是另有所本。这就激起我的好奇，又找了更多版本来比对。1959年台中现代家庭杂志社的《茵梦湖》，跟重光版的《三色紫罗兰》除了书名不同以外，内文完全一样，根本是同一个版型印的。也就是说，《三色紫罗兰》和《史陶慕的生平与作品》是张丕介的，《茵梦湖》却不是。比对了巴金的《蜂湖》、唐性天的《意门湖》、朱偰的《漪溟湖》、张友松的《茵梦湖》，也都不是。看来又要成为悬案之际，忽然出现一个意想不到的转机。

这个转机就是1956年文光图书署名"吕津惠"译的中英对照版本。这本中英对照版本，中文部分的译文就和重光版及家庭杂志社版本一模一样。"吕津惠"是早期常见假名，既然查不到更早的源头，难道真有吕津惠这个译者，而重光出版社（1957）和家庭杂志社（1959）都是抄吕津惠的吗？还好文光版前面附了一篇《华英对照的意义》。这篇引文我是眼熟的，上海三民书局出版的一套华英对照丛书的每本前面都有这一篇。于是，我立刻上网搜寻三民华英对照版本的《茵梦湖》（1947），果然顺利破了案，译者叫作李绍缪。1952年香港的三民书局也有重出这个华英对照版本，版型和上海版一致。吕津惠版本就是抄袭三民的华英对照版本；而重光和家庭杂志社都采用了这个版本的《茵梦湖》，再加上张丕介

1956 年文光版是抄 1947 年上海
三民书店的华英对照系列

1952 年香港三民图书的华英对照
版，版权页署名译者为李绍缪

的《三色紫罗兰》和《史陶慕的生平与作品》，出版成书。

　　奇怪的是这个华英对照版的《茵梦湖》翻译得并没有张丕介
好，译名也比较古老，例如伊丽莎白译为"依璃萨勃"，第一人称
都用"吾"，不知为什么重光和家庭杂志社都已经有张丕介的译本
了，却还要采用这个原本是为中英对照而翻译的版本。如以下的诗：

李绍缪版本：　　　　　　　　　　　张丕介版本：

　　　吾母亲强做着主　　　　　　　母也强做主

　　　要吾另嫁作别人妇　　　　　　我作伊人妇

　　　吾心属意的那人儿　　　　　　心系多情郎

　　　他呀！必要我把他忘　　　　　此情岂能忘

吾心里反对着，没奈何	呜呼岂能忘
吾曾诉苦	母也铸大错
怨母亲把创痛给吾	幽怨我最多
吾以前矢志本无他	光荣付逝水
今竟铸成了大错	而今成大过
何时再希望着他和我？	呜呼可奈何

可以看出李译并不像诗，尤其是"怨母亲把创痛给吾"实在并无诗意，远不如张丕介译本。下一个译本就同时采用了张丕介的《茵梦湖》和《三色紫罗兰》，但又加上了巴金1943年译的《迟开的蔷薇》和《钟声残梦》（巴金原译《马尔德和她的钟》），还有一篇毛秋白译的《杏革莉筋》等几个短篇。1987年大夏出版社未署名的《茵梦湖》，则几乎都采用巴金译本，包括《茵梦湖》（巴金原译《蜂湖》）、《迟开的蔷薇》、《钟声残梦》几篇，只有《三色紫罗兰》和《施笃姆的生平和作品》是抄张丕介的。

也就是说，源头中有三种包含了《茵梦湖》：

A.1943年　巴金《迟开的蔷薇》　上海：文化生活

B.1947年　李绍缪《茵梦湖》　上海：三民

C.1955年　张丕介《茵梦湖／三色紫罗兰》　香港：人生

还有两种源头不包括《茵梦湖》：

D.1935年　毛秋白《德意志短篇小说集》　上海：商务

1966 年大众的吕津惠版本，不是
双语对照本，只有中文。可能太薄
了，后半又加上《少年维特的烦恼》
（罗牧译）

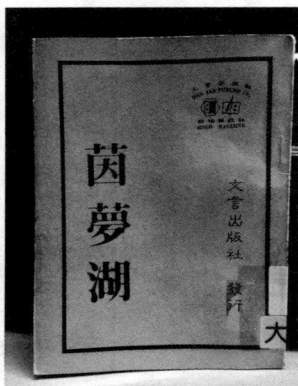

1981 年文言出版社版本，未署名，
还是李绍缪译本

1982 年署名"谢金德"的辅新译本，
同时收录张丕介和巴金译作

1987 年大夏的版本，收录多篇巴
金译作，但《三色紫罗兰》还是张
丕介译本

E.1931 年　罗牧《少年维特的烦恼》 上海：北新

各家出版社再各自搭配出自己的版本：

1956 年　文光《茵梦湖》：B

1957 年　重光《三色紫罗兰》：B+C

1959 年　现代家庭《茵梦湖》：B+C

1966 年　大众《茵梦湖》：B+E

1981 年　文言《茵梦湖》：B

1982 年　辅新《茵梦湖》：A+C+D（《茵梦湖》是张丕介版）

1987 年　大夏《茵梦湖》：A+C（《茵梦湖》是巴金版）

1988 年　久大《茵梦湖》：B/C

1990 年　汉风《茵梦湖》：A+C+D

2001 年　桂冠《茵梦湖》：B/C

1988 年署名"俞辰"的译本，很多地方看起来很像张丕介的版本。这个译本的开头是：

　　一个深秋的午后，一位衣履整齐的老人，缓缓地沿街走着。从他那双满布着灰的旧皮鞋上看来，他好像才散罢了步，正要回家去。

许多用词都和张丕介译本一致。除了上段画线的部分以外，还有"奇异的对照""举目四顾""安适而清静的地方""娴雅的小

1988 年久大署名"俞辰"的译本，是根据张丕介译本修改的。桂冠到 2001 年还在采用"俞辰"译本

1990 年汉风版，未署名，收七篇短篇，皆有上述各版的影子

姑娘"（李绍缪版作"文雅态度"，巴金版作"秀美"）等，看起来是根据张译本编辑修改的。但诗却跟李绍缪的译本比较像，看来只能说是一个综合版。

俞辰版本的诗：

> 母亲强做着主
> 要我另嫁他人妇
> 我心属意的人儿
> 必要我将他遗忘
> 我心里反对，但没奈何

我曾苦苦申诉

怨母亲狠心

把创痛给我

我矢志无他

如今竟成春梦

何时再能与他相聚?

而 1990 年的汉风版也有这样的情形。下面再与郭沫若及巴金的版本相比较:

汉风出版社版本	郭沫若版本	巴金版本
我母亲强做主 要我另嫁他人妇 我心属意的那人儿 却要我把他忘 我徒然的反对 我曾怨母亲伤我心 以前本我矢志无他 今竟铸成了大错 何时再能默默相对? 叫我怎奈何?	阿娘严命不可违 要我嫁作他人妻 以前所爱的一切 如今得通通忘记 我可真不愿意! 怪只怪我的妈妈 是她铸成了大错 从前的一身清白 如今只留下罪过 叫我怎么办啊!	依我母亲的意思 我得嫁给另外一个人 从前我想望的事 现在要我心里忘记 我实在不愿意 我埋怨我母亲 实在是她误了我 从前的清白与尊荣 现在却变成了罪过

由此可知,对台湾译本影响最大的其实是李绍缪译本。郭沫若和巴金都是名译,但其实对台湾众译本的影响并不大。尤其是郭沫若译本,未见任何抄袭版本。(大概那句"阿娘严命不可违"实在有点难接受吧!)

也算是翻译界的天方夜谭

——一个曲折离奇的译本流传史

1959 年，台北世界书局的主编杨家骆写了一篇长达六页的《一千〇二夜》，为成伟志翻译的《新译一千〇一夜》作序。文中详细介绍原书 *Arabian Nights* 的故事梗概及流传历史，并依序介绍九个中译本，包括周桂笙本、译者不详的大陆书局本和绣像小说本、悉若本、彭兆良本、姚杏初本、纪蟾生本、汪学放本及纳训本。末段提及出书因缘：

> 自从去年 7 月起，直到今日，我为了维护世界书局，曾遭遇到一连串举世骇然的灾难，成伟志先生是我新认识的朋友，有一天来社慰问，将这"一千〇一夜"的缮本留在我处。他的原意是让我看着遣愁。……但我以为不应独享，同时世界书局本有译印世界古典文学名著足本的计划，于是我决心把它出版。

乍看之下似乎是一段佳话。白色恐怖时期，出版业人人自危，随时会惹上麻烦，此时居然有新识毫不避讳，不但亲自来访，还以新译一本相赠。但仔细分析，这段话另藏玄机。最重要的疑点就是，这本所谓"成伟志"翻译的《新译一千〇一夜》，译者其实是上述

1958 年香港建文版

1959 年台北世界书局版，实为
纳训译本

九位中的最后一个：纳训。

纳训译本（1957）是这样开头的：

国王山鲁亚尔及其兄弟的故事

相传在古代印度和中国的海岛中，有一个萨桑国，国
王养着庞大的军队，宫中婢仆成群。他的两个儿子，都是
英勇的武士。大儿子山鲁亚尔比小儿子沙宰曼更勇武。

而成伟志译本（1959）的首页是：

国王山鲁亚尔及其兄弟的故事

相传在古代印度和中国的海岛中，有一个萨桑国，

> 国王养着庞大的军队，宫中婢仆成群。他的两个儿子，
> 都是英勇的武士。大儿子山鲁亚尔比小儿子沙宰曼更
> 勇武。

两个译本一字不差。纳训（1911—1989）是回族译者，曾留学开罗，这个版本是从阿拉伯文翻译的，在 1959 年以前出过两版，第一版是抗战期间的长沙商务版，第二版是 1957 年的北京人民文学版。纳训在《译者前言》中说明，他第一次翻译"是在抗日战争时期，译了六个分册，由商务印书馆出版了五册……近年来，决心再度从事翻译《一千零一夜》的工作。我们找来旧译一看，觉得译笔实在太差，于是决定重新译过"。

所以，是杨主编受骗了吗？真的有一个叫"成伟志"的人来看过他吗？

以杨家骆对九种中译本如数家珍的介绍看来，他不太可能没看过纳训的译本，他很清楚纳训译本的册数、文体及篇数。即使有新旧译之别，译者的个人风格通常都还是明显可辨。再从杨家骆的背景来看：他出身上海书香世家，是大名鼎鼎的目录学家及藏书家，战前已编过《民国以来出版新书总目提要》和《中国文学百科全书》，战后又任上海世界书局的总编辑；1949 年来台后，继续当台北世界书局总编辑，且根据徐泓的说法，"利用其特殊的关系，在每本书前写一'识语'，书页注明杨家骆主编的方式，大量影印大陆新

点校的古籍"。[1]以这样的资历背景，世界书局又是第一个翻印大陆
出版品的台湾出版社[2]，难道会一时糊涂，被来历不明的友人以大
陆新译本蒙混？想来可能性甚低。比较可能的真相，大概是杨家
骆拿到大陆或香港的纳训新译，于是以这篇长文作为"识语"，婉
转告诉读者这是大陆的新译本。的确，相较于纳训1940年到1941
年的长沙商务版，这也是"新译"没错。至于"成伟志"这个名字，
所有书目资料都只出现在世界书局的《新译一千〇一夜》中，别
无资料，应是只使用一次的化名。

　　杨家骆在戒严期间，苦心积虑地规避当局骚扰，易名出版的纳
训译本，后来便成为横跨解严前后的畅销译本来源。远景出版社
在1981年出版了上下两册的《天方夜谭》，收入"世界文学全集"，
译者署名"钟斯"，但这个译本的开头如下：

国王山鲁亚尔及其兄弟的故事

　　相传在古代印度和中国的海岛中，有一个萨桑国，国
王养着庞大的军队，宫中婢仆成群。他的两个儿子，都是
英勇的武士。大儿子山鲁亚尔比小儿子沙宰曼更勇武。

---

〔1〕　徐泓《民国六十年间的明史研究：以政治、社会、经济史研究为主》，刊
　　　载于《明代研究》第12期。
〔2〕　蔡盛琦《台湾地区戒严时期翻印大陆禁书之探讨（1949—1987）》，刊载于《台
　　　北图书馆馆刊》2004年第1期。

署名钟斯的译本，来源为 1957 年纳训译的《一千零一夜》

　　显然这个"钟斯"也是纳训的另一个化名。这个版本相当畅销，一开始的 32 开本就多次再版，1984 年远景改为 25 开本后，至 1992 年已经出了 20 版。1993 年桂冠也出版了同样署名"钟斯"的相同译本，书前还有外文系教授的导读。1994 年书华出版社继续出版"钟斯"译本，锦绣出版社也在 1999 年同样推出"钟斯"版。不过，远景、桂冠、书华都是上下两册，收录 31 则故事，版型完全相同；锦绣则改为小本单册，只收了 5 则故事。因此到 1999 年为止，纳训版本的流传史可能是这样的：

1957 年　纳训译《一千零一夜》　北京：人民文学

1958 年　纳训译《一千零一夜》　香港：建文

1959 年　成伟志译《新译一千〇一夜》　台北：世界

1981 年　钟斯译《天方夜谭》　台北：远景

1993 年　钟斯译《天方夜谭》　台北：桂冠

1994 年　钟斯译《天方夜谭（又译一千零一夜）》 台北：书华

1999 年　钟斯译《天方夜谭》 台北：锦绣（节本）

在上述七种版本中，台湾出版的五家出版社版本皆为伪译。其中纳训的名字曾出现在锦绣版的书背简介上："中译本有多种，以纳训直接从阿拉伯文原著翻译的译本最善。"这段话出自《中国大百科全书》，但锦绣出版社的版本仍署名钟斯所译，似乎浑然不知钟斯即纳训。

梁实秋和朱生豪以外的莎剧译者们

　　不知为何，提到戒严时期的莎士比亚剧本，似乎不是梁实秋就是朱生豪。

　　但仔细追查，其实还有好几个版本在台湾流传。

　　1966 年正文出版社的《莎士比亚悲剧全书》，署名彭生明编译，收录六个剧本：《哈默莱特》《该撒大将》《麦克白》《安东尼与枯娄葩》《李耳王》《柔蜜欧与幽丽叶》[1]。彭镜禧老师的《细说莎士比亚论文集》一书中，认为这本书是根据梁实秋版本，其实不是。根据我逐一比对的结果，这六个剧本没有一个是梁实秋译本，也没有一个是朱生豪译本。那究竟是谁的译本呢？

彭生明编译作品	真实译本源头
《哈默莱特》	周平（周庄萍，1938）《哈梦雷特》（上海：启明）
《该撒大将》	孙伟佛（1938）《该撒大将》（上海：启明）
《麦克白》	周庄萍（1938）《马克卑斯》（上海：启明）
《安东尼与枯娄葩》	曹未风（1946）《安东尼与枯娄葩》（上海：文化合作）

---

〔1〕　这六本书通常译作《哈姆雷特》《裘力斯·恺撒》《麦克白》《安东尼和克莉奥佩特拉》《李尔王》《罗密欧与朱丽叶》。

续表

彭生明编译作品	真实译本源头
《李耳王》	曹未风（1946）《李耳王》（上海：文化合作）
《柔蜜欧与幽丽叶》	曹禺（1945）《柔蜜欧与幽丽叶》（上海：文化生活）

这六个译本体例差别很大，有的有序，有的没有；前三个启明版本都是散文体，后面三个剧本的无韵诗却都是分行的仿诗体。

引一段梁实秋的《李尔王》和曹未风的《李耳王》的父女对话，便可知两种译法的差异：

梁译：

李　你不说我便不给，再说说看。

考　我诚然不幸，我不能把心呕到嘴里；我按照我的义务爱陛下；不多亦不少。

李　怎么，怎么，考地利亚！把你的话稍修补一下罢，否则要毁了你的财产。

考　陛下，你曾生我，养我，爱我；我的回报亦将恰如其分，服从你，爱你，尊敬你。我的姊姊们为什么要嫁丈夫，如其她们说她们只爱你一个？我出嫁的时候，和我誓盟恩爱的郎君，或者就要携去我一半的爱，一半的眷怀与义务；一定的，我不能像我的姊姊似的结婚，而还专爱我的父亲一个。

曹译：

李　没有话说就没有产业；你重说吧。

蔻　我满心是悲伤，我不能将我的心思用我的唇舌来褒扬；我按照我的名分敬爱你大人；一些不多也一些不少。

李　怎么，怎么，蔻黛里亚！把你的话改正一些，不然它可要妨害你的财产了。

蔻　我的好大人，你生了我，养育我，又深爱我；我把这些恩典全依照我的本分报答给你，服从你，敬爱你而且给你最大的尊崇。我的姊姊们为什么要出嫁，如果她们说她们全心爱你？也许，在我结婚时，那位行将接受我的爱情的大人只能够携去我一半的爱情，我一半的照顾与责任。一定的，我绝不能似我姊姊们那样出嫁，还全心爱着我父亲。

梁实秋的翻译是 20 世纪 30 年代的散文译法，20 世纪 40 年代曹未风的译法已经注意到文体，不再采用朱梁的散文译法。曹未风也有翻译《罗米欧与朱丽叶》（1946），我觉得比曹禺的《柔蜜欧与幽丽叶》（1945）高明，但可惜正文采用的却是曹禺的译本。

这些早期译本还有一个很特别的现象，就是在人名翻译的选字上常带有暗示意味。如：

·哈"梦"雷特（Hamlet）：赶快去报仇,不要再做梦了！

·马克"卑"斯（Macbeth）：想篡位吗？人品卑劣！

·安东"逆"（Antony）：逆子！

·"枯"娄"葩"（Cleopatra）：令万人枯骨的奇葩？

· 李 "耳" 王（King Lear）：耳根子太软，只想听好话？

· "柔" 蜜欧（Romeo）：温柔的情人？

· "霸" 礼（Paris）：一方之霸？想要强取幽静的幽丽叶？

· "猛" 泰（Montague）：太猛？所以害死自己柔弱的儿子柔蜜欧？

· 悌 "暴"（Tybalt）：脾气暴躁好斗殴？

　　正文出版社的《莎士比亚悲剧全书》名实并不相称，至少《奥赛罗》没有收录，就是一大遗憾。

　　该书其实是翻印自李石曾主编的启明版《莎士比亚悲剧六种》（1961），但并没有全用启明版本，而采用了更佳的曹未风和曹禺译本，也是颇有眼光。该书出版时已在启明老板出事系狱之后，应是员工自己拼凑出版。《莎士比亚悲剧六种》是老实的书名，《莎士比亚悲剧全书》就有点言过其实了。

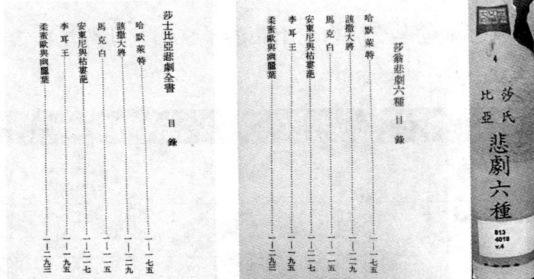

通过比较 1966 年正文版《莎士比亚悲剧全书》目录（左），及 1961 年启明版《莎士比亚悲剧六种》目录（中），可知 1961 年启明版《莎士比亚悲剧六种》（右）是正文版《莎士比亚悲剧全书》的源头

朱生豪（1912—1944）是浙江嘉兴人，大学一毕业就进了世界书局，开始翻译莎士比亚。可惜英年早逝，终究没能译完莎士比亚全集。照理说，他戒严前就已过世，既没有"附匪"也没有"陷匪"，禁书令应该与他无关才对，但台湾还是改名出版过他的翻译。

朱生豪的翻译	台版
《仲夏夜之梦》（上海：世界，1947）	宗翰《仲夏夜之梦》（台北：新陆，1966）
《汉姆莱脱》（上海：世界，1947）	宗翰《汉姆莱脱》（台北：新陆，1966） 陈宪生《汉姆莱脱》（台北：新陆，1969）
《女王殉爱记》（上海：世界，1947）	（不著译者）《女王殉爱记》（台北：新陆，1966）
《麦克佩斯》（上海：世界，1947）	陈宪生《麦克佩斯》（台北：新陆，1969）
《罗密欧与朱丽叶》（上海：世界，1947）	（不著译者）《罗密欧与朱丽叶》（台北：新陆，1966）
《奥瑟罗》（上海：世界，1947）	（不著译者）《奥瑟罗》（台北：新陆，1967） 陈宪生《奥瑟罗》（台北：新陆，1969）
《李尔王》（上海：世界，1947）	陈宪生《李尔王》（台北：新陆，1969）

更神奇的是，朱生豪当年因肺结核而没有译完的《亨利五世》，居然在台湾有完整的译本！这当然不是朱生豪在地下译的，而是别人的译本，挂了他的名字。台湾出版的《亨利五世》署名"朱生豪"译，其实是方平的《亨利第五》。

原译	署名朱生豪的台湾版本
方平《亨利第五》（上海：平明，1955）	朱生豪《亨利五世》（台北：河洛，1981）
方重《理查德三世》（北京：人民文学，1959）	朱生豪《查理三世》（台北：河洛，1981）
章益《亨利六世》（北京：人民文学，1978）	朱生豪《亨利六世》（台北：河洛，1980） 朱生豪《亨利六世》（台北：国家，1981）
杨周翰《亨利八世》（北京：人民文学，1978）	朱生豪《亨利八世》（台北：河洛，1980）

生物学家译的《茶花女》，风行台湾半世纪

"可怜一卷《茶花女》，断尽支那荡子肠。"这两句严复写给林纾的诗句，说明了小仲马的 *La Dame aux Camelias*（1848）在中国翻译史上难以取代的地位：林纾 1899 年出版的《巴黎茶花女遗事》是近代第一部西洋翻译小说。春柳社 1907 年上演的舞台剧《茶花女》也是中国第一部话剧，由李叔同饰演茶花女一角。至于为何名满天下的 Dumas 父子不叫"杜马"而叫"仲马"，也跟林纾是福州人有关：这在声韵学上叫作"知端不分"，也就是说现在汉语中的"zh"声母在中古音系是"d"声母（"猪""箸"都是类似的例子），所以用闽南语念"仲马"就比较像法文了。毕竟林纾的年代

台湾最流行的译本：1929 年
上海知行书店的夏康农译本

蒙马特墓园中阿方西娜·普莱西之墓，享年仅 23 岁

还没有所谓的"普通话"，当时所翻译的人名地名，不少都有方言影响；另一个有名的例子就是 Holmes 译为福尔摩斯。林纾影响力太大，小仲马大概很难翻案成为小杜马了。

茶花女名满天下，近年我去法国蒙马特墓园，前后遇到一对台湾旅人和一位美国年轻人，都拿着地图在找茶花女本尊阿方西娜·普莱西（Alphonsine Plessis，1824—1847）的墓，可见茶花女魅力仍在。不过林纾用的是古文，对今天的读者来说有点艰深，看过《巴黎茶花女遗事》的人不多。如果不算东方出版社林文月从日文翻译的《茶花女》改写本，在台湾最流行的译本，其实是夏康农的白话译本《茶花女》。夏康农（1903—1970），湖北人，留法的生物学家；1929 年就译出《茶花女》，此外并无甚文艺作品，其他著作都是《脊椎动物比较解剖学》之类的，颇为有趣。

台湾早年可见译本几乎都是夏康农译本，平常出版旧译的老面孔如大中国、新陆、远景、雷鼓、南台、文言、书华、锦绣都是夏康农译本，真是族繁不及备载。至少到 1999 年都还有出版署名"钟斯"的夏译本，直到 2001 年的桂冠版才正名为夏康农译。

1959 年　胡鸣天《茶花女》　台北：大中国

1961 年　林立文《茶花女》　台南：大东

1962 年　宗惕《茶花女》　台北：新陆

1972 年　陈君懿《茶花女》　台北：正文

1972 年　未署名《茶花女》　高雄：光明

1977 年　未署名《茶花女》　台北：文翔

1978 年　钟斯《茶花女》 台北：远景

1978 年　许小美《茶花女》 台南：新世纪

1981 年　文言出版社编辑部《茶花女》 台南：文言

1982 年　未署名《茶花女》 台北：将门文物

1984 年　未署名《茶花女》 台南：大夏

1986 年　编辑部《茶花女》 台北：书华

1986 年　林贵珠《茶花女》 台南：利大出版社

1987 年　唐玉美《茶花女》 台北：文国

1990 年　未署名《茶花女》 台南：汉风

1993 年　未署名《茶花女》 台北：雷鼓

1995 年　侯妃贞《茶花女》 台南：南台

1999 年　钟斯《茶花女》 台北：锦绣

夏康农译此书时，也不过二十来岁，和小仲马写作《茶花女》的年龄差不多。他在译完后写了两篇文章，一篇是《〈茶花女〉的前前后后》，交代作者和作品背景；另一篇是《赘语》，交代翻译的版本和翻译动机。当然，台湾各抄袭版本都没有附上这两篇文字。在《赘语》中，夏康农声明他在第三章末尾删去了三段文字，理由是：

> 那作者简直翻开了《圣经》卷册，干脆就布起道来。这三段之前已经有五段文字开始了这正面的说教的，我译到这里一时大胆，删去了作者鲜明提出基督教义来说法的三段。

到底夏康农删了哪些东西呢？我找了王振孙的全译本来比对，果然小仲马在此说了一大篇道理，难怪我们的年轻译者不耐烦。《茶花女》是第一人称叙述，第一章叙述者看到拍卖广告，知道名妓之死；第二章叙述者回忆见过玛格丽特的情景；第三章是拍卖会，叙述者买了一本有男主角亚芒签名的书作纪念；第四章亚芒才找上门来索书。所以第三章男主角都还没现身呢，作者还拖戏说教。删掉的三段，根据王振孙译本是这样开头的：

　　基督教关于浪子回头的美妙的寓言，目的就是劝诫我们对人要仁慈……

　　为什么我们要比基督更严厉呢？

　　我这是在向我同时代的人呼吁……我们千万不要丧失信心……

果然如夏康农所说，简直是翻开《圣经》布道来的。其实这一大篇文字，只是辩解自己为什么要为烟花女子写书立传罢了，用意跟《肉蒲团》的前言颇有异曲同工之妙。我也觉得译者大笔一挥删得不错，第五、六章掘过墓，第七章亚芒才开始自叙与茶花女的交往，我们又不是基督教国家，看到这样的长篇说教多半也只会跳过去吧。

虽然台湾最常见的《茶花女》都是抄夏康农的译本，但还是有例外，就是启明版本以及抄启明版本的译本。启明版本是王慎之所译，1936 年由上海启明书局出版。1957 年以"启明编译所"名

大中国图书 1955 年版本，署名"胡鸣天译"，实为夏康农版本，再版多次

香港汇通书店 1963 年版本，版权页署名夏康农，并收录译者跋语

雷鼓 1993 年版本，未署名，也是夏康农译本

新陆书局 1962 年版，署名"宗惕译"，英汉对照，中文也是夏康农版本

影响深远的远景版。1978 年署名"远景编辑部"，再版时改署"钟斯"，还是夏康农译本

南台 1995 年版本，署名"侯妃贞译"，仍为夏康农版

义在台重出。此后被抄袭多次，包括：

1972 年　施国钧《茶花女》　台南：综合

1977 年　陈慧玲《茶花女》　台南：新世纪

1979 年　未署名《茶花女》　台北：同光

1980 年　喜美出版社《茶花女》　台北：喜美

1981 年　本社编辑部《茶花女》　台北：名家

王慎之是根据夏康农译本改的，第一条线索，就是夏康农在第三章末尾删掉的那三段，王慎之译本也跟着删掉了，并在第三张标题下面以括号说明"本章略有删略"。第二条线索是王慎之看过夏康农译本。根据 1966 年香港启明版的译者序：

本书介绍到中国来，已在好久之前，林琴南先生以冷红生的笔名，和晓斋主人[1]共译此书。……现在还有夏康农先生从法国原文的译本、刘半农先生从法文原本译出的戏剧，坊间颇可购到。本书的重译，并不是对于林夏诸先生的译本有什么异议，可是好书不妨多译，尤其让一般的读者，也有欣赏西方名作的机会，所以第三度将《茶花女》穿上中国文字的新装。——慎之

---

〔1〕晓斋主人，即王寿昌，小说家王文兴的祖父。

　　这段文字颇有玄机，一来译者并没有交代自己是否从法国原文翻译，看来应该没有；二来承认前面有夏康农译本，只是自己的目标读者是"一般的读者"，暗示夏译本曲高和寡？

　　香港启明版和王慎之版本相同，但译者署名"黄慎之"。为什么有时写王慎之，有时写黄慎之，还有时写许慎之呢？其实三位慎之先生都是施瑛的笔名。施瑛（1912—1986），浙江人，是启明的编辑，把不少名著的译本改写得好读，有点像"语内翻译"。施瑛大多只改表达的部分，语法结构改得较少，所以还是很多句子是很相似的。例如把生物学家夏康农的"蛋形颜面"改成"鹅蛋脸"，把"消失在脑盖后部"改成"隐于脑后"。施瑛尤其喜欢用四字结构，如"名花飘零""死灰复燃""不速之客""泪珠盈眶""掩面失声""心碎肠断"等。而相较之下，原译夏康农的语言就朴实直白许多：

夏康农译本	施瑛译本
一样度了堕落的生平	名花飘零
要不是遇到一件新的事故发生，我也差不多忘记了我是怎样留意这桩公案的	我最近遇到一件新的事，才使我心中死灰复燃
叩访的客人	不速之客
眼睛里噙满了泪液	泪珠盈眶
掩住了他的脸面	掩面失声
哭过了并且又要哭起来的神情	心碎肠断的神情

　　这么一改，鸳鸯蝴蝶的味道就比夏康农版本浓厚许多。我尤其不喜欢他把夏康农"一个娼家姑娘的房子"直接改成"妓院"。茶花女当然是卖身的，但妓院也未免太贬低她的身份了，她至少也算是个体户吧。

最后，茶花女本人究竟长什么样子呢？根据小说描述，是高
高的黑发美女。

看看林纾的描述：

> 马克长身玉立，御长裙，仙仙然描画不能肖，虽欲故
> 状其丑，亦莫知为辞。修眉媚眼，脸犹朝霞，发黑如漆覆额，
> 而仰盘于顶上，结为巨髻。耳上饰二钻，光明射目。

夏康农的描述：

> 女人里面再也没有看见有比玛格莉特更美丽动人的姿
> 色的了。身材高高瘦瘦的……她的克什米尔披肩的下端一
> 直拖长到地，两边飘露出绸衫的宽阔的衣襟，厚茸茸的皮
> 袖头里藏着她的两手，紧贴在她胸前，旁边围着折纹的曲
> 线是那样地匀称，任你再爱挑剔的眼睛，看去也没有话说。
> 你试在一个描画不出地柔媚的蛋形颜面上，放下一对黑黑
> 的眼珠，上面盖着两弯如画地纯净的眉毛；再在眼睛前面，
> 遮掩一层长长的睫毛，它们低垂在玫瑰般颜色的两颊上洒
> 下一阵轻微的阴影……黑得像墨玉的头发，或有或无地漾
> 着天然的波纹，在额前分作宽阔的两股，消失在脑盖后部，
> 露出两只耳朵的下尖，尖端闪耀着价值四五千佛郎一件的
> 钻石耳坠。

施瑛的描述:

> 世上任何美物，没有比玛格丽特更爱娇的，身材异常的高瘦……她的鬵宾披肩长长垂地，两边飘露出绸衫的宽阔的衣襟，厚茸茸的皮袖，紧贴在她胸前，旁边围着折纹，是安排得很巧妙的，任你再爱挑剔的眼睛，看去也无话可说。你试在一个描画不出地柔媚的鹅蛋脸上，点上一对黑眼珠，上覆两弯纯净如画的眉毛；遮以一层长长的睫毛，它们低垂时，一阵轻微的阴影，投在玫瑰色的双颊上……乌黑如墨玉的头发，轻漾着天然的波纹，在额前分作宽阔的两股，隐在脑后，露出两耳的下尖，尖端各闪耀着的钻环，价值当皆在四五千佛郎以上。

有兴趣的人也可以上网查查阿方西娜·普莱西本尊的小像，的确是位黑发美女。但大中国图书的封面一律都是裸体的维纳斯，《小妇人》也是裸体维纳斯，《茶花女》也是裸体维纳斯，毫无诚意；新陆封面居然是金发美女，根本不是黑发。而且原文是法文的，为什么要出英汉对照本？也是莫名其妙。远景版 1978 年第一版的封面是小仲马的画像，再版时的彩图似乎与内容都没有什么关系。东方改写版的封面，茶花女是棕发，手上拿的花也不是山茶花。看来看去，只有香港汇通书店版本的小像比较符合书中描述。

踏破铁鞋无觅处

——《鲁宾逊漂流记》奇案

1955 年，台北的大中国出版社出版了一本署名"胡鸣天"译的《鲁宾逊漂流记》。

20 余年之后，台北的远景出版社在 1978 年也出版了一本《鲁宾逊漂流记》，译者署名"远景编辑部"，内文即"胡鸣天"译本，后来远景在 1987 年改版时又改署"钟斯"翻译。

由于 20 世纪 50 年代台湾几乎所有的文学译本都是直接由大陆或香港引进，本地译本极少；大中国、远景又都是出版战前旧译的大本营，我强烈怀疑这是 1949 年前的译本。

但我在上海图书馆比对了该馆所有民国时期的译本，皆非源头；在古籍网、孔夫子网、清华大学各图书馆、北大图书馆、国家图书馆、香港中文大学图书馆、香港中央图书馆等地，也都找不到相似版本。难道真有"胡鸣天"此人存在？最后在台湾的全台图书书目信息网发现台湾师大图书馆书目中有一本 1946 年版的"吴鹤声"译本，全台湾仅此一本，可惜跑去图书馆追查，书早已亡佚不存，无法比对；孔夫子网曾有一本 1937 年版的吴鹤声译本，还注明"稀见版本"，可惜也已卖出。无计可施之下，我注意到吴鹤声译本的作者译名为"特福"，与通行的"迪福"或"笛福"不同；而书目上看到 1972 年台南的综合出版社署名"纪德钧"的译者翻译的《鲁

宾逊漂流记》，作者亦译为"特福"，因此我猜测或许有可能为吴
鹤声译本。通过文献传递借到综合出版社版本，翻开内页第一页，
赫然印有两行小字："英国特福著／吴鹤声译述"，内文果然和"胡
鸣天"版一字不差，显然是同一个译本。因此我跑了上海、北京、
香港均无所获，最后竟依赖台湾一个冒名翻印版本而得知译者名
字，也算是奇案一桩。至于综合出版社的编辑是因为拿"种子书"
直接翻印，无意间留下这个破绽，还是有意留下线索，以待后人
查考，都因年代久远而不可得知了。

　　也许有人会问，"胡鸣天""纪德钧""钟斯"会不会是吴鹤声
的笔名？这只要看看同样署名的其他作品就可知道。就我目前所
过目译本，同样署名"胡鸣天"的伪译本还有下列数种：

　　《小妇人》（1953）　实为林俊千《小妇人》（上海：
春明，1946）

　　《好妻子》（1954）　实为章铎声《好妻子》（上海：
春明，1947）

　　《孤儿历险记》（1957）　实为章铎声《孤儿历险记》（上
海：光明，1940）

　　《顽童流浪记》（1957）　实为铎声、国振《顽童流浪记》
（上海：光明，1942）

　　《傻子旅行记》（1959）　实为刘正训《傻子旅行》（上
海：光明，1941）

　　《天方夜谭》（1955）　实为林俊千《天方夜谭》（上

海：春明，1940）

"纪德钧"的记录（皆由台南综合出版社出版）也不遑多让：

《汤姆历险记》（1972） 实为章铎声《孤儿历险记》
（上海：光明，1940）

《小男儿》（1972） 实为汪宏声《小男儿》（上海：启
明，1937）

《简·爱》（1972） 实为李霁野《简·爱》（上海：文
化生活，1936）

《诱》（1977） 实为罗塞《诱》（上海：正风，1949）

《双城记》（1977） 实为许天虹《双城记》（上海：神
州国光社，1950）

《傲慢与偏见》（1981） 实为东流《傲慢与偏见》（香
港：时代，1951）

"钟斯"（远景出版社）更是英、法、俄、意、西各种语种包办，
如以下数种：

《红字》（1979） 实为傅东华《猩红文》（上海：商务，
1937）

《钟楼怪人》（1980） 实为陈敬容《巴黎圣母院》（上
海：骆驼书店，1948）

《天方夜谭》（1981） 实为纳训《一千零一夜》（北京：人民文学，1957）

《马丁·伊登》（1981） 实为吴劳《马丁·伊登》（上海：平明，1955）

《十日谈》（1982） 实为方平、王科一《十日谈》（上海：上海文艺，1958）

《何索》（1986） 实为宋兆霖《赫索格》（桂林：漓江，1985）

《青楼》（1986） 实为韦平、韦拓《青楼》（昆明：云南人民，1982）

《傲慢与偏见》（1987） 实为东流《傲慢与偏见》（香港：时代，1951）

《块肉余生录》（1988） 实为董秋斯《大卫·科波菲尔》（上海：骆驼书店，1947）

《小妇人》（1988） 实为林俊千《小妇人》（上海：春明，1946）

《天路历程》（1988） 实为谢颂羔《天路历程》（上海：广学会，1935）

《安娜·卡列尼娜》（1990） 实为高植《安娜·卡列尼娜》（上海：文化生活，1949）

《包法利夫人》（1990） 实为李健吾《包法利夫人》（上海：文化生活，1948）

《茶花女》（1991） 实为夏康农《茶花女》（上海：知

行，1929）

《复活》（1993） 实为高植《复活》（重庆：文化生活，1943）

《简·爱》（1993） 实为李霁野《简·爱》（上海：文化生活，1936）

由此可知"胡鸣天""纪德钧""钟斯"这三个是常见的假名，所取代的真正译者超过20人，绝不可能是某一位译者的笔名。而真正的译者吴鹤声，则从未出现在台湾各翻印版本的封面与版权页，可以说埋名在小岛上超过半世纪而无人知。但他的译本在台湾一点都不"稀见"，简直可称为主流译本，至少有八家出版社发行过，大中国和远景都至少再版六次：

1954年 胡鸣天《鲁滨逊漂流记》 台北：大中国（再版至少六次）

1972年 纪德钧《鲁滨逊漂流记》 台南：综合（再版一次）

1975年 未署名《鲁滨逊漂流记》 台北：伟文

1978年 远景编辑部《鲁滨逊漂流记》 台北：远景（再版至少六次）

1978年 未署名《鲁滨逊漂流记》 台北："国防部总政治作战部"

1982年 未署名《鲁宾逊飘流记》 台北：阿尔泰

不同版本的《鲁宾逊漂流记》。左为远景出版社版本，右为阿尔泰出版社版本

1994 年　书华编辑部《鲁滨逊漂流记》　台北：书华（再版一次）

2000 年　未署名《鲁滨逊漂流记》　台北：桂冠

也就是说，这很可能是戒严期间台湾最多人看过的译本，但其实并不是全译本。林纾的文言译本都还比较接近全译。吴鹤声以翻译法国作家勒布朗的亚森·罗苹系列丛书著名，与徐霞村的学术精英路线相比，是比较倾向于通俗作品的译者。吴鹤声译本在大陆知道的人不多，许多图书馆并未收藏，在二手书网站也是稀见版本，在台湾却是印行次数超过徐霞村的名译，是一个稀见变主流的例子。

至于徐霞村的译本，有没有在台湾发行呢？其实也有，而且还是平行输入：台湾商务 1965 年就出版了如实署名徐霞村的译本，志文出版社则在 1984 年出了署名"齐霞飞"的抄袭本。徐霞村（1907—1986）人在大陆，按理说戒严期间是不能出现名字的，但台湾商务因为王云五的关系，在台湾地位特殊，几乎爱出谁的书都可以。徐霞村译本跟原文一样不分章，志文版却拆为十四章，并加上章名，似乎刻意与徐译本区隔，但抄袭痕迹十分明显，而且显然是采用 1930 年的旧版，而非 1958 年的修订版。下面以下段文字为例比较一下 3 个版本的译文：

He called me one morning into his chamber, where he was confined by the gout, and expostulated very warmly with me upon this subject. He asked me what reasons, more than a mere wandering inclination, I had for leaving father's house and my native country, ...

徐霞村 1930 年版：

有一天早晨，他把我叫到他的房里……因为他在患着风湿症，不能行动……很热烈地规劝了我一番。他问我除了由于一种无根的妄想之外，到底有什么理由要离乡背井地去远游。

徐霞村 1959 年版：

　　有一天早晨，他把我叫到他的房里（他因为害痛风病不能行动），十分恳切地规劝了我一番。他问我，除了仅仅为了出去瞎跑以外，我有什么理由要离开自己的家庭和故乡。

"齐霞飞" 1984 年版：

　　一天早晨，他把我叫到他的房间里……因为他患有风湿症，不能走动……很恳切地规劝了我一番。他问我除了由于无稽的妄想之外，到底有什么理由要离乡背井。

　　原文 gout 应为"痛风"而非"风湿"，徐霞村 1930 年版本误译，1959 年以笔名"方原"发表的版本改为正确的"痛风"；但志文版是根据 1930 年的版本修改，以至于照样误译为"风湿"。而"由于一种无根的妄想"一句，徐霞村 1959 年版本改为"为了出去瞎跑"，改动幅度颇大，志文版为"由于无稽的妄想"，与 1930 年版比较接近。志文版改动不多，如"有一天"改为"一天"、"房里"改成"房间里"、"患着"改为"患有"、"热烈"改为"恳切"、"无根"改为"无稽"等，但句构悉如徐译，"规劝一番""妄想""离乡背井"等词语皆同。相较之下，徐霞村本人在 1959 年版本中的改动还大于所谓"齐霞飞"的译本。

功过难论的远景世界文学全集

  远景出版社在台湾翻译史上占有相当重要的一席之地。1978年推出的"世界文学全集"极为畅销,具有经典化的重要性。也就是说,远景有纳入其全集的,多半就会是现在大家印象中的世界名著;没有纳入其中的,往往就不易在读者心中留下印象。远景在戒严期间出版的"世界文学全集",印刷及编辑都比以往翻印大陆译本的出版社更为精良美观,文字也加以润饰,为台湾读者提供了许多可读性甚佳的译本。更新旧译,广为流传,自是有功于文化;但假名流传三四十年,固然是起因于戒严政策,罪不在彼;但解严后也从未更正,有负于原译者和读者,因此这里才说功过难论。

  早期新兴、新陆、正文等出版社出版大陆旧译时,往往一字不改,远景则多会经过编辑润饰。以1979年署名"黄蓉"的《嘉莉妹妹》(*Sister Carrie*)为例:这个伪译本的来源是钟宪民1944年出版的《嘉丽妹妹》,初译至1979年已超过35年之久,语言变化不小。因此钟译地名"支加哥""温高泉"等,远景版改为现在通行的"芝加哥"和"威斯康辛";一些用词如"充鳄鱼皮""钱袋""四块现洋"等改为"假鳄鱼皮""钱包""四块钱"。虽然如此,抄袭痕迹还是非常明显。如钟宪民译本的这个段落:

远景世界文学全集有一半以上是大陆译本

　　一个少女年已及笄，一旦远离家庭，不外两个结果。或者遇救而上进，或者染上都市的恶习而堕落。其间没有中庸之道。大都市充满着欺诈诱惑，智巧所及，无奇不有。霓虹灯光，如情人秋波，令人迷惑。

而"黄蓉"的译本同段落如下：

　　一个及笄少女离家出外，不外两个结果。要不是遇救而上进，就是染上了都市的恶习而堕落。其间绝没有中庸之道。大都市充满着奸诈，种种引诱，千变万化，智巧所及，

嘉莉妹妹

德萊塞 著　黃蓉 譯

1979 年署名"黄蓉"
的《嘉莉妹妹》

　　无奇不有。数不尽的霓虹灯光，如情人秋波，令人迷惑。

　　钟宪民选用"年已及笄"来翻译"When a girl leaves her home at eighteen"；用"遇救而上进"翻译"falls into saving hands and becomes better"；用"中庸之道"翻译"intermediate balance"；用"情人秋波"翻译"the persuasive light in a wooing and fascinating eye"，都是相当归化且个人风格鲜明的用语。现代译者多半选择译出"十八岁"或"成年"，而不会用"及笄"这么古典的词语。但在所谓"黄蓉"译本中，这些中文色彩鲜明的用词全数保留，结构几乎未变，用字相同比例高达 84%，显然是以钟译本为底本稍加编辑而已。但直到 2000 年桂冠仍继续署名"黄蓉"出版此译，不知黄蓉实为假名。

　　远景的世界文学全集再版多次，也多次改版，书目偶有抽换。

有不少原来署名"编辑部"的,后来再版时改署名为"钟斯"或"钟文"。有些初版时未署译者,只有署名校订者,再版时把校订者改为译者,如黄燕德校订的《基度山恩仇记》,其实原译是李牧华的译本,但后来再版时多次改署黄燕德翻译。有时则是内容都改了:1978年初版的《悲惨世界》是单册的节本,来源是李敬祥的译本;但1986年以后却改用李丹夫妇合译的五册全译本,两次都署名"编辑部"。另一个例子是1978年的《咆哮山庄》[1],来源是罗塞译的《魂归离恨天》,但1983年忽然改用梁实秋译的《咆哮山庄》,并加上梁实秋的一篇文章作序,让读者很容易误以为罗塞的《魂归离恨天》也是梁实秋译的。

由于远景的影响力实在太大,从《林语堂全集》《世界文学全集》到《诺贝尔奖全集》都有译者标示不实的问题,一起整理如下:

	远景译作	来源
1	林语堂著(1976)《吾国与吾民》	郑陀译(1938)《吾国与吾民》(上海:世界新闻)
2	林语堂著(1976)《生活的艺术》	越裔译(1940)《生活的艺术》(上海:世界文化)
3	林语堂著(1976)《京华烟云》	郑陀、应元杰译(1940)《京华烟云》(上海:春秋社)
4	编辑部(1978)《简·爱》	李霁野(1936)《简·爱》(上海:文化生活)
5	编辑部(1978)《复活》	高植(1943)《复活》(重庆:文化生活)
6	编辑部(1978)《大地》	由稚吾(1936)《大地》(上海:启明)
7	编辑部(1978)《茶花女》	夏康农(1933)《茶花女》(上海:知行)

---

[1] 即《呼啸山庄》。——编注

	远景译作	来源
8	编辑部（1978） 《父与子》	巴金（1943） 《父与子》（上海：文化生活）
9	编辑部（1978） 《双城记》	许天虹（1950） 《双城记》（上海：神州国光）
10	编辑部（1978） 《悲惨世界》	李敬祥（1948） 《悲惨世界》（上海：启明）
11	编辑部（1978） 《咆哮山庄》	罗塞（1945） 《魂归离恨天》（重庆：艺宫）
12	编辑部（1978） 《包法利夫人》	李健吾（1948） 《包法利夫人》（上海：文化生活）
13	编辑部（1978） 《傲慢与偏见》	东流（1951） 《傲慢与偏见》（香港：时代）
14	编辑部（1978） 《唐吉轲德传》	傅东华（1939） 《吉诃德先生传》（上海：商务）
15	编辑部（1978） 《儿子们》	唐允魁（1941） 《儿子们》（上海：启明）
16	编辑部（1978） 《分家》	唐长儒（1941） 《分家》（上海：启明）
17	编辑部（1978） 《猎人日记》	耿济之（1936） 《猎人日记》（上海：文化生活）
18	编辑部（1978） 《块肉余生录》	董秋斯（1947） 《大卫·科波菲尔》（上海：骆驼）
19	编辑部（1979） 《天路历程》	谢颂羔（1935） 《天路历程》（上海：广学会）
20	编辑部（1978） 《小妇人》	林俊千（1946） 《小妇人》（上海：春明）
21	编辑部（1978） 《鲁滨逊漂流记》	吴鹤声（1946） 《鲁滨孙飘流记》（上海：春明）
22	编辑部（1978） 《侠隐记》	曾孟浦（1936） 《侠隐记》（上海：启明）
23	编辑部（1978） 《续侠隐记》	曾孟浦（1939） 《续侠隐记》（上海：启明）

续表

	远景译作	来源
24	编辑部（1978）《神曲》	王维克（1939）《神曲》（上海：商务）
25	编辑部（1978）《奥德赛》	傅东华（1929）《奥德赛》（上海：商务）
26	编辑部（1978）《忧愁夫人》	北芒（1948）《忧愁夫人》（上海：国际文化）
27	编辑部（1978）《约翰·克利斯朵夫》	傅雷（1947）《约翰·克利斯朵夫》（上海：骆驼）
28	耿济之（1978）《卡拉马助夫兄弟们》	耿济之（1947）《卡拉马助夫兄弟们》（上海：晨光）
29	编辑部（1979）《飘》	傅东华（1940）《飘》（上海：龙门）
30	编辑部（1979）《红字》	傅东华（1937）《猩红文》（上海：商务）
31	编辑部（1979）《高老头》	傅雷（1944）《高老头》（北京：人民文学）
32	钟文（1979）《野性的呼唤》	谷风、欧阳山（1935）《野性底呼声》（上海：商务）
33	编辑部（1979）《安娜·卡列尼娜》	高植（1949）《安娜·卡列尼娜》（上海：文化生活）
34	编辑部（1979）《罗亭》	陆蠡（1936）《罗亭》（上海：文化生活）
35	编辑部（1979）《琥珀》	傅东华（1948）《虎魄》（上海：龙门联合）
36	编辑部（1980）《罪与罚》	汪炳焜（1939）《罪与罚》（上海：启明）
37	海明（1979）《蝴蝶梦》	杨普稀（1946）《蝴蝶梦》（上海：正风）
38	杨泽（1979）《窄门》	卞之琳（1947）《窄门》（上海：文化生活）
39	黄蓉（1979）《嘉莉妹妹》	钟宪民（1944）《嘉丽妹妹》（上海：建国）
40	斯元哲（1979）《被侮辱与被损害者》	邵荃麟（1943）《被侮辱与被损害的》（上海：文光）

	远景译作	来源
41	黄燕德校订（1979） 《基度山恩仇记》	李牧华（1972） 《基度山恩仇记》（台北：文光）
42	黄燕德校订（1979） 《齐瓦哥医生》	许冠三、齐桓（1959） 《齐伐哥医生》（香港：自由）
43	编辑部（1980） 《白痴》	高滔、宜闲合译（1943） 《白痴》（上海：文光）
44	钟文（1980） 《娜娜》	焦菊隐（1947） 《娜娜》（上海：文化生活）
45	王兆徽校订（1981） 《静静的顿河》	金人（1949） 《静静的顿河》（上海：光明）
46	钟斯（1980） 《钟楼怪人》	陈敬容（1948） 《巴黎圣母院》（上海：骆驼）
47	编辑部（1981） 《少年》	耿济之（1948） 《少年》（上海：开明）
48	钟斯（1981） 《马丁·伊登》	吴劳（1955） 《马丁·伊登》（上海：平明）
49	邓欣扬（1981） 《白鲸记》	曹庸（1957） 《白鲸》（上海：新文艺）
50	钟斯（1981） 《天方夜谭》	纳训（1957） 《一千零一夜》（北京：人民文学）
51	邱素惠（1981） 《1984》	黄其礼（1957） 《二十七年以后》（香港：大公）
52	吴玛丽（1981） 《圣安东尼的诱惑》	钱公侠（1935） 《圣安东尼的诱惑》（上海：启明）
53	钟文（1981） 《穷人》	文颖（1949） 《穷人》（上海：文化生活）
54	钟文（1981） 《园丁集》	吴岩（1956） 《园丁集》（上海：新文艺）
55	钟文（1981） 《漂鸟集》	郑振铎（1922） 《飞鸟集》（上海：商务）
56	钟文（1981） 《新月集》	郑振铎（1954） 《新月集》（北京：人民文学）

	远景译作	来源
57	颜正仪（1981） 《布登勃鲁克家族》	傅惟慈（1962） 《布登勃洛克一家》（北京：人民文学）
58	钟斯（1982） 《十日谈》	方平、王科一（1958） 《十日谈》（上海：文艺）
59	何怀硕编（1982） 《复仇者》	赵景深（1930） 《柴霍甫短篇杰作集》（上海：开明）
60	邓欣扬（1982） 《伊利亚德》	傅东华（1958） 《伊利亚特》（北京：人民文学）
61	钟文（1982） 《坎特伯雷故事集》	方重（1946） 《康特伯雷故事》（上海：云海）
62	徐文彬（1982） 《盲人》	杨澄波（1923） 《梅灵脱戏曲集：群盲》（上海：商务）
63	叶丽芳（1982） 《七公主》	杨澄波（1923） 《梅灵脱戏曲集：七公主》（上海：商务）
64	钟文（1982） 《侵入者》	杨澄波（1923） 《梅灵脱戏曲集：闯入者》（上海：商务）
65	陈惠华（1982） 《人与超人》	蓝文海（1937） 《人与超人》（上海：启明）
66	钟斯（1986） 《青楼》	韦平、韦拓（1982） 《青楼》（昆明：云南人民）
67	编辑部（1986） 《悲惨世界》	李丹（1980） 《悲惨世界》（北京：人民文学）
68	钟斯（1986） 《何索》	宋兆霖（1985） 《赫索格》（桂林：漓江）
69	钟文（1986） 《笑面人》	鲁膺（1978） 《笑面人》（上海：译文）
70	钟文（1989） 《儿子与情人》	李建（1986） 《儿子与情人》（成都：四川人民）
71	颜正仪（1986） 《你往何处去》	侍桁（1980） 《你往何处去》（上海：译文）
72	钟文（1989） 《海流中的岛屿》	葛德玮（1987） 《海流中的岛屿》（北京：作家）

高手云集

　　台湾战后十余年间的重要译者，几乎都是所谓的外省人，即出生在大陆，在 1946 年到 1949 年来台。译者背景几乎全数是军公教或流亡学生；任教的最多，其次为担任各种公职或任职国营企业的。他们刚来台湾的时候，都以为是暂时的，没想到就像上了"飞翔的荷兰人号"一样，永远无法靠岸回家，只能埋骨异乡，而且半数都在美国终老。沉樱、思果、张秀亚、夏济安等都是。

　　译者的省籍比例完全不符合人口比例。战后台湾人口约六百万，来台的外省人号称百万，但户籍比台籍混乱许多，难以确切统计，何况有偷偷返回大陆的，有"被失踪"的，也有很多人又继续逃往美国等地，其实很多学者估算都不足百万。就以百万计算好了，大约也只占当时人口七分之一。但以战后到 1965 年台湾发行的翻译作品单行本来计算，外省籍译者比例高达九成五以上。

　　主因当然是语言。简单来说，白话文运动以前，台湾与中国其他地区一样，说各地的方言，但使用同样的书写文字，即文言文。白话文运动发生于 20 世纪第一个十年，当时台湾已被日本占据，虽然日据政府并未禁用汉文，但汉文私塾教的还是文言文。所以等到 1945 年，台湾人与其他中国人就有了严重的语言隔阂，不只是台湾人习用日文的问题，还有白话文的问题。白话文以北方官话为基础,"我手写我口",说不好就写不好;台湾人多为闽粤之后,本来就不在北方官话通行区,一下子又要学说北方话,又要写,困难重重。翻译一般都是把外语译为母语,台湾译者却面临外语译外语(白话文)的尴尬处境,难怪初期能跨越语言障碍的译者甚少。

除了语言之外,还有人脉关系。译者和作家一样,赞助者很重要。一本书由谁委托谁翻译、怎么翻译,都和人脉有很大的关系。战后出版社有些是上海来台开设分公司的,像商务、世界、启明、开明等;也有外省人新开设的,像新兴、大中国、大业、明华、文星等。

因此很自然地,这些出版社主要的译者人脉都是流亡的外省人。但这些译者虽以军公教为主,命运似乎也与国民党绑在一起,但他们未必都支持当局,有人因白色恐怖入狱,有人被限制自由,他们若有机会,也都是要逃到美国去的。

这一篇写了一些译者的故事,大多是流亡译者,只有英若诚、巴金、丰子恺父子和郁飞是大陆译者。

也是人间悲剧?

——寻找"钟宪民"

办案的过程中,总是会遇到一些难以侦破的案件,钟宪民先生的故事就是一例。就在我们快要放弃时,2015 年年末的某个黄昏,一位老先生抱着影印资料来学校找我。他说:"我是钟宪民的儿子。"

当时,我们寻找钟宪民的下落已经两三年了。钟宪民,1910年生(一说 1908 年),浙江崇德石门湾人。南洋中学毕业,为活跃于 20 世纪三四十年代的著名译者。翻译的文学作品超过 20 种,包括三部美国现代小说先驱德莱塞(Theodore Dreiser)的长篇小说,也曾把鲁迅的《阿 Q 正传》翻译成世界语。不知他何时来台,但1950 年有一本译作《英逊皇爱德华自传》(*A King's Story*)在台湾出版[1],足证 1950 年他人在台湾。来台后钟宪民除了重印几本德莱塞的小说之外,也在文艺杂志上继续发表文章,20 世纪 50 年代的《中国文艺》和夏济安主编的《文学杂志》都有他署名的翻译作品,如1956 年的《文学杂志》就有他翻译的托马斯·曼(Thomas Mann)的《骑士》。最晚见到他署名的文章出现在《文学杂志》1957 年三卷二期的附册《匈牙利作家看匈牙利革命》中,是针对 1956 年匈

---

〔1〕 该书英文版在 1951 年才出版,可见钟宪民是根据 1950 年《生活》(*Life*)杂志上的连载赶译出来的。

牙利革命出版的专刊。

　　钟宪民的译笔流畅动人，有点傅东华的味道，很多作品都一再重印。新兴书局重印《一个亚美利加的悲剧》（*An American Tragedy*）时，译者前言中说："原作于 1952 年摄成电影，名为《郎心如铁》，曾在本市（台北市）放映，我想看过该片的读者，一定留有深刻的印象。"可见他应该住在台北市。这个译本初版是 1947 年，由上海的国际文化社出版，书名为《人间悲剧》。内容描写一个出身寒微的青年，周旋于女工和千金小姐之间，后来女工怀孕，他懊恼之余，竟起了杀人之心，最后当然是以悲剧收场。这部小说后来改编成电影《郎心如铁》（*A Place in the Sun*），1952 年在台北上映，片中的千金小姐由伊丽莎白·泰勒出演。

　　1981 年的日升版不但用剧照作为封面，连英文书名都用片名 *A Place in the Sun*，但内文却还是用钟宪民译的《人间悲剧》，署名"黄夏"翻译。同年裕泰图书出版的《郎心狼心》，也是钟宪民译本，不过稍改了几个字。署名"叶富兴"翻译。

　　虽然钟宪民应该在台北居住过，但他的多本作品却不断被改名盗印，包括署名"黄蓉"译，收在远景世界文学全集中的《嘉莉妹妹》，以及后来系出同门的书华版和桂冠版；还有至少被盗印八次的《人间悲剧》。由于这两本德莱塞的作品在台湾几乎是独家翻译，所以不管署名的是谁，基本上都是钟宪民的版本。另一本独家是波兰小说《孤雁泪》（*Marta*），1930 年钟宪民初版译为《玛尔达》。台湾翻印多次，作家琼瑶书架上必有一本，因为她的小说《一帘幽梦》中，女主角汪紫菱不考大学以后，男主角楚濂送她的礼物，就是"一

1948 年国际文化服务社版
《人间悲剧》，有译序

1952 年台北新兴书局版
《一个亚美利加的悲剧》，
署名"顾隐"译，实为钟
宪民的《人间悲剧》译本

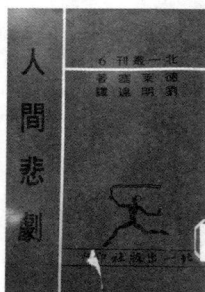

1969 年北一出版社版
《人间悲剧》，署名"刘
明远"译，也是钟宪民
译本

1981 年裕泰图书公司版
《郎心狼心》，为钟宪民的
《人间悲剧》译本

1981 年日升的《郎心如
铁》，署名"黄夏"译，
也是钟宪民的《人间悲
剧》译本

本《红与黑》、一部《凯旋门》、一本《湖滨散记》、一本《孤雁泪》、
一本《小东西》"。这些都是 20 世纪 70 年代台湾很流行的翻译小说，
也都是大陆和香港译本。

到钟宪民最晚署名的时间点为止，他看起来跟夏济安、黎烈文、
沉樱、钱歌川、何容等人很像，就是典型的流亡文人，《中国文艺》
和《文学杂志》这两份杂志集结的也都是有名的文人。台湾文学馆
的《台湾文学期刊提要》在介绍《中国文艺》这本杂志时，还说："我
们注意一下《中国文艺》翻译欧美名著的作家，如：钱歌川、苏雪林、
黎烈文、沉樱、钟宪民等，确实也是一时之选。"钟宪民在 1949 年
前的资料并不难找，他跟鲁迅有私交，《鲁迅日记》中有好几则提
到他。他会世界语，出过教材，萧红也曾提及跟他学世界语的事。
但大陆方面的资料都到 1949 年为止，因为后来他就"随国民党撤
退到台湾"，这也很合理。

奇怪的是，1957 年以后，他音讯全无，宛如人间蒸发。会不
会是病逝？但至今找不到发丧记录。何况以他的文坛人脉来看，不
可能连一篇纪念文章都没有。会不会被政治迫害？我们查过白色
恐怖的叛乱名册、枪毙名册等，也没有他的名字。当然，译者常
用笔名，也有些译者并不出名，找不到下落也不稀奇。可是钟宪
民并不是名不见经传的小译者，他从 20 世纪 30 年代就累积了文名，
到台湾又继续在文坛活动。那为什么查遍各种文坛回忆录，竟然
都没有人提过他？

一个翻译名家，来台后数年间还有文坛活动，忽然就消失得
无影无踪，这是我们调查译者历史时没有遇到过的事情。夏济安

去美国、钱歌川去新加坡、英千里过世，总会有迹可循。

于是，我陆续写了几篇有关钟宪民的文章，希望会有知情人士告诉我们一些蛛丝马迹，也私下问过几位外文系的师长，都没有确切的线索。结果却真的让我们等到了钟宪民的儿子！不过，随着钟老先生的出现，我们起初的惊喜却被益增的疑惑盖过。

首先，年籍不符。钟老先生说，他们是湖南醴陵人，不是浙江崇德人。再者，他父亲生于1876年，读明德学堂，留学日本法政大学，追随黄兴，从同盟会时代起就在反清搞革命。钟老先生自己生于1926年，上面还有长姐，父亲无论如何不会生于1910年。既然年纪差这么多，为什么钟老先生要来找我们呢？因为我们从大陆出版的民国名人百科中查到一条资料，说钟宪民1926年任国民政府军事委员会检查员。钟老先生翻出这张钟宪民的检查员任命状给我们看，上面还有蒋中正的大印。他指出我们的资料有问题，如果钟宪民真是1910年生，1926年不过是16岁的少年，大概中学都还没毕业呢！要怎么当国民党的军事检查员？

我们十分惶惑，忙追问他口中这位湖南钟宪民先生的生平经历。据说他跟随黄兴革命多年，后来在国民党内部担任不少职位，钟老先生还出示了好几张程潜签署的证明书，证明钟宪民的确是"忠党爱国"的革命同志。那么，钟宪民到底有没有来台湾呢？钟老先生说并没有。他本人是1949年来台的，他说临别前父亲帮他准备了入台证、船票、钱和姐姐的地址（他姐夫是埔里人，曾随日本海军去大陆作战，战后认识他姐姐，姐姐1947年随丈夫来台），说自己还有公务在身，叫他先来，却从此父子永别。他在解严后曾返乡询问父亲下落，亲戚说早在1951年就以"反革命"罪名枪决了。但他不平的是，父亲一生忠于国民党，也担任过不少党内职务，国民党党史馆里却没有任何钟宪民的资料。我拿出几本钟宪民的译作给钟老先生看，他说毫无印象，也从不知道父亲做过翻译。只是因为看到我们的博客文章有提及"当过国民党检查员的钟宪民"一事，想知道是否还有线索可查。

我们检视各种数据源线索，不得不承认这大概是可怕的巧合。另有一条信息是1929年，钟宪民曾任职于国民党中央党部宣传部国际宣传科。也就是说，其实有两个钟宪民，在差不多的时间分别任职于国民党，而且都数据奇少。湖南的钟宪民比较年长，担任的党职大多是财务方面；浙江的钟宪民比较年轻，跟左派文艺人士走得很近，他之所以这么年轻就被招进国民党宣传部，其实是因为他会世界语，1930年就把鲁迅作品译为世界语，因此1929年去帮国民党宣传也不会太离谱。《嘉丽妹妹》这些译作的白话已经很接近现在的用语，大概也不会是同盟会那个时代的文字。可能是大陆方面在编辑民国时期人物百科时，误认为这两个钟宪民是同一个人了。湖南的钟宪民是老国民党员，并没有来台湾；而他的同乡程潜抛弃国民党、投向共产党，台湾20世纪50年代的刊物上提到他还要说"程逆潜"，我猜国民党党史不提他可能是受到程潜的连累。至于本案的主角——浙江的钟宪民——应该是来台湾了，而且在台北住过几年，但后来不知为何失踪了，再也没听说过这个人。以他亲左派的背景看来，恐怕在白色恐怖时期凶多吉少。

钟老先生与我们谈了一个小时左右，后来他也逐渐意识到我

1948 年上海教育书店版《天才梦》

1964 年明华书局版《天才梦》，大中国图书公司发行

1964 年明华书局版《嘉丽妹妹》，大中国图书公司发行

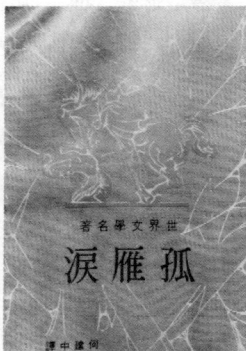

1975 年台南新世纪版《孤雁泪》，署名"何建中"译，实为钟宪民所译

们在找的钟宪民大概不会是他的父亲，还跟我们致歉，说耽误了我们的时间。我们起立向他道谢，看着 90 岁的钟老先生，抱着父亲的证书复印件风尘仆仆而来，落寞而去，愣愣的不知是什么滋味。

以下是钟宪民 1949 年以前的文学译作（部分由世界语转译）：

1928 年 《只是一个人》，匈牙利尤利·巴基著，光华书局

1928 年 《灵魂的一隅》，保加利亚斯泰马托夫著，光华书局

1928 年 《深渊》，波兰詹福琪著，光华书局

1930 年 《玛尔达》，波兰奥西斯歌著，北新书局

1931 年 《白马底骑者》，德国施笃姆著，光华书局

1933 年 《死去的火星》，俄国托尔斯泰著，《文艺月刊》

1934 年 《自由》，美国德莱塞著，中华书局

1934 年 《牺牲者》，匈牙利尤利·巴基著，现代书局

1935 年 《波兰的故事》，匈牙利育珂摩尔等著，正中书局

1943 年 《伪爱与真情》，波兰詹福琪著，进文书店

1943 年 《人间悲剧》，美国德莱塞著，建国书店

1944 年 《她的幸运》，捷克黑尔曼等著，万光书局

1944 年 《情网》，美国德莱塞著，万光书局

1944 年 《海尔敏娜》，匈牙利育珂摩尔著，世界出

版社

    1944 年 《娱妻记》,英国哈代著,万光书局

    1945 年 《嘉丽妹妹》,美国德莱塞著,教育书店

    1945 年 《若望·葛利斯朵夫》,法国罗曼·罗兰著,
世界出版社

    1945 年 《婚后》,美国德莱塞著,正风出版社

    1947 年 《钦差大臣》,俄国果戈理著,教育书店

    1947 年 《飘》,美国米契尔著,教育书店

    1947 年 《天才梦》,美国德莱塞著,教育书店

中文译为世界语的著作有:

    1929 年 《王昭君》,德国报道

    1931 年 《阿 Q 正传》,出版合作社

    1942 年 《抗战小说选》,世界语函授社

    1943 年 《小母亲》,世界语函授社

两岸分飞的译坛怨偶

——沉樱与梁宗岱

　　译坛佳偶不少，如翻译《红楼梦》的杨宪益和戴乃迭、翻译《悲惨世界》的李丹和方于，此外，巴金与萧珊、赵瑞蕻和杨苡也都是。但梁宗岱和沉樱却是一对怨偶，两人在翻译上都很有成就，分手后分隔两岸，没有再见过面，却也没有忘情。

　　1971 年，在台湾的沉樱（本名陈锳，1907—1988）出版了一本译诗集《一切的峰顶》，收录歌德、里尔克、雪莱、波德莱尔、尼采等多家诗人作品共 30 余首。这本书在沉樱的作品中相当特别。根据 1976 年大地出版社版本的封底介绍，这是她"选编作品中唯一的诗集"，版权页的译者也只有沉樱一人，但其实这本译诗集并不是沉樱的作品，而是她那留在大陆的名诗人丈夫梁宗岱（1903—1983）译的。戒严期间，梁宗岱人在大陆，名字不能出现，因此这本《一切的峰顶》并没有署名梁宗岱。可惜大地出版社在 2000 年重出此书，还是只署名沉樱一人，编辑大概不知此书来历。其实按照沉樱出版此书的心意，应该不是要冒前夫的名字，而是留作两人的纪念吧。毕竟这本书是 1934 年在日本翻译的，两人当时正在热恋。

　　沉樱与梁宗岱 1935 年从日本回到天津结婚，但 1942 年梁宗岱又移情粤剧名伶甘少苏，沉樱遂在 1948 年带三名子女来台教书，

左图为 1934 年梁宗岱译的《一切的峰顶》。中间是 1976 年大地出版社的《一切的峰顶》，署名沉樱编，实为梁宗岱译作。右图为 2000 年大地出版社版《一切的峰顶》，封面引用梁宗岱译诗，仍未署梁宗岱之名

自此终生不再与梁宗岱相见。不过沉樱在 1967 年从北一女中退休后赴美，两人通过香港还是有书信往来。1972 年沉樱写给梁宗岱的信中说："在这老[垂]无多的晚年，我们总可称为故人的。"又说："这几年内前后共出版了十本书，你的《一切的峰顶》也印了。"交代了自己 1971 年"冒名"出版前夫译作的事。有趣的是，这封信中还提到梁宗岱翻译的蒙田："最近在旧书店买到一厚册英译《孟田论文集》。实在喜欢，但不敢译，你以前的译文，可否寄来？"似乎不知台湾其实蛮容易见到梁宗岱翻译的蒙田。梁宗岱在台湾被盗印最多次的就是《蒙田试笔》，原来是 1935 年连载在《世界文库》月刊上的，但当年似乎没有出单行本。台湾启明首出单行本之后，20 世纪 60 年代被盗印多次，我在办案过程中见过的盗印版本就至少有五种：

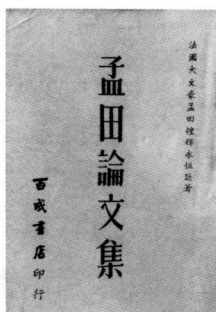

台湾盗印的《孟田论文
集》为梁宗岱译本

1961 年　启明编译所《蒙田散文选》　台北：台湾
启明

1962 年　朱浩然《孟田论文集》　高雄：则中

1962 年　冯渊才《孟田论文集》　高雄：百成

1968 年　胡宏述《蒙田散文集》　台北：正文

1969 年　陈文德《孟田论文集》　台南：北一

沉樱自己在 1968 年编的《散文欣赏》中，第一篇收录的是蒙田的《论说谎的人》，没有署译者名，看起来是根据梁宗岱的译文改的。梁宗岱此篇原名《论说诳的人》：

说诳确实是一个可诅咒的恶习。我们所以为人，人与人所以能团结，全仗语言。如果我们认识说诳底遗害与严重，我们会用火来追赶它，比对付什么罪过都合理。

沉樱《散文欣赏》所收录：

> 说谎确实是可诅咒的恶习。人之所以为人，以及人与
> 人所以能团结，全仗语言。如果我们认识说谎的为害与严重，
> 我们将会不惜用火来追赶它，这确比对付任何罪过都应该。

看来沉樱应该是把梁宗岱的译文加以润饰，拿掉"一个"这
种赘词，改掉"诳""底"这种旧日用语，但第二个"说诳"却漏
改了，留下一点点痕迹。这本《散文欣赏》有几篇有署名，除了
沉樱自己以外，也有黎烈文、何凡、齐文瑜（夏济安）的译作，
但也有几篇没有署名，原因不明。沉樱在《编者的话》中说，自
己原意只是把一些喜欢的文章收在一起，不知如何编次，"最后决
定采用拈阄，除蒙田这位散文大家请坐首席，而我应朋友之命忝
居末座之外，其余顺序全由'或然'决定"。为何只有蒙田不必抽
签？似乎自有深意：以梁宗岱翻译的蒙田为首，以自己的散文居
尾，正像西餐宴客一般，男女主人各坐一端。此集中还收了一篇
歌德的散文诗《自然颂》，文末缀了一个小括号"岱译"，知者自知，
简直像是爱情密码。她翻译的小说《婀婷》，扉页上印着一首小诗，
出自歌德的《浮士德》：

> 一切消逝的　不过是象征；
> 那不美满的　在这里完成；
> 不可言喻的　在这里实行；

《婀婷》扉页引用梁宗岱译诗

永恒的女性　引我们上升。

没有署名译者，其实也是梁宗岱的译笔。看来沉樱对梁宗岱的牵挂，也在这些小小的爱情密码上流露出来。梁宗岱是留学欧洲多年的名诗人，谙法语、德语，还曾把陶渊明译成法文，多译大师名作，如歌德《浮士德》、蒙田作品等。但"文革"中像这样背景的译者多半遭难，梁宗岱也不例外，吃了不少苦头。这一代译者最为不幸，"文革"中被折磨，台湾这边又不能提，读者对这一代译者自然所知不多。

沉樱在台湾以翻译名家著称，《一切的峰顶》之所以能在戒严时期的台湾印行，也是因为沉樱的知名度，而不是因为梁宗岱。沉樱是山东人，1929年就已经出版创作小说，相当早慧。她的第一任丈夫是马彦祥（马彦祥翻译的海明威小说也在台湾被盗印数次，盗印者包括文星和志文这样的知名出版机构），但因丈夫外遇而离婚，看起来她对这段短暂婚姻并无什么留恋，更不会帮马彦祥重出什么译本，完全不像她对梁宗岱的深情。

沉樱来台后，前后在私立大成中学和北一女中担任老师，又独力照顾三个子女，不再创作小说，倒是颇勤于翻译。她多半是在报刊连载中短篇小说，短篇小说《一位陌生女子的来信》（*Brief einer Unbekannten*）最为知名，本来是在《新生报》副刊连载，1967 年出版单行本后，一年内连印十次，相当轰动。据她在 1972 年写给梁宗岱的信中所述，当时已经印到三十次，总数达到十万册，让她颇感欣慰，"都可说晚景不错了"。《一位陌生女子的来信》是奥地利作家史蒂芬·茨威格（Stefan Zweig）的德文中篇小说，1935 年孙寒冰译过一次，名为《一个陌生女子的来信》，沉樱说她自己就是抗战时在重庆看过这个译本，印象深刻，到台湾后才买到英文本重译。

小说内容是一个名作家接到一封信，写信人说她从少女时期就暗恋邻居的房客作家，成年后与作家春风一度，怀了孩子。为了抚养这个孩子，她沦为妓女，又与作家重逢，但作家完全不记得她。现在孩子 10 岁，得了流感身亡（原作发表于 1922 年，当时西班牙流感刚结束），她觉得自己也即将随孩子而去，死前写下这封绝笔信给作家情人，可惜这位作家始终也想不起来这个女人是谁，真是令人心寒。"你是我唯一想吐露心事的人。我要告诉你每一件事，要你知道我整个的一生。那是完全属于你而你却一无所知的……"这样的委婉深情，实在很难不联想到沉樱对梁宗岱的感情。沉樱

《青春梦》

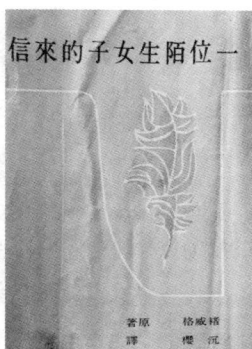

《一位陌生女子的来信》是沉
樱最有名的译作

《车轮下》为沉樱与司马秀媛
合译作品

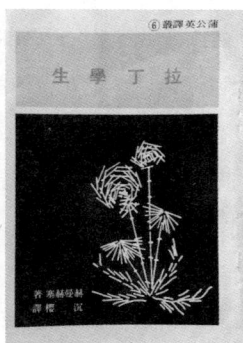

《拉丁学生》为沉樱赴美后的
译作之一

偏爱此类风格的小说,《断梦》(The Locked Room)、《婀婷》(Undine)也都是女性专情,但男生移情别恋的故事。《断梦》有点《蝴蝶梦》的诡异凄清,《婀婷》则是人与水仙之恋,徐志摩曾译过一次,名为《涡堤孩》,沉樱和徐志摩都译得很好。

和梁宗岱比较起来,梁宗岱多译名家巨作,又直接译自德、法语;沉樱的译作则多半是小品,德法作品皆由英语转译。翻译的选材上也比较随兴,多半是自己喜爱的故事,而不是根据作家的名气。沉樱的翻译当然也有名作家的作品,如毛姆的短篇集和黑塞的《悠游之歌》《拉丁学生》,以及她与邻居司马秀媛合译的《车轮下》等,但还是偏重小品与抒情短篇。不过,沉樱优雅从容的译笔,在台湾受到许多读者的真心拥戴,喜欢她的读者远多于喜欢梁宗岱的读者。看来沉樱毅然离开梁宗岱是对的,离开名气远大于她的大诗人之后,她在台湾静静地开创了自己的一片天地,就像林海音在回忆她们的交情时,说沉樱曾道:"我不是那种找大快乐的人,因为太难了,我只要寻求一些小的快乐。"

沉樱译作有连载后出书,也有多次改名、改版重组的情况,以下仅列出单行本:

1952 年《青春梦》,译自英国作家梅·埃金顿(May Edginton)的 Fair Lady。

1956 年《婀婷》,译自德国作家穆特·福开(Friedrich de la Motte Fouqué)的 Undine。

1963 年《毛姆小说选》,译自英国作家毛姆(William Somerset Maugham)的短篇小说。

1963 年《迷惑》，译自英国作家梅·埃金顿的 *Purple and Fine Linen*（1952 年以前连载于《路工月刊》，名为《出乎意外的故事》）。

1967 年《一位陌生女子的来信》，译自奥地利作家史蒂芬·茨威格的六篇中短篇小说，包括 *Letter from an Unknown Woman*[1]。

1967 年《怕》，译自奥地利作家茨威格的三篇短篇小说。

1967 年《断梦》，译自美国作家玛格丽特·贝尔·休斯顿（Margaret Bell Houston）的 *The Locked Room*（1957 年在《联副》连载）。

1967 年《同情的罪》，译自奥地利作家茨威格的 *Beware of Pity*。

1968 年《爱丝雅》，译自俄国作家屠格涅夫的 *Asya*。

1972 年《车轮下》，译自黑塞的 *Beneath the Wheel*（合译）。

1972 年《女性三部曲》，为《断梦》《婀婷》《爱丝雅》三部旧作合集。

1972 年《悠游之歌》，译自黑塞的 *Wandering*。

1974 年《拉丁学生》，译自黑塞的短篇小说集（部分为女儿梁思清所译）。

1975 年《一个女人的二十四小时》，译自奥地利作家茨威格的短篇小说（与梁思清合译）。

1976 年《玛娜的房子》，译自俄国作家索尔仁尼琴的短篇集。

———————————

〔1〕 因是从英译本转译，故列出的是英译名，下同。——编注

两个逃避婚姻的天主教译者

——苏雪林和张秀亚

"五四"以降，在旧时代与新时代的交会期间，许多女作家都面临婚姻不幸的尴尬处境。

苏雪林（1897—1999）是"五四"名家，因母亲坚持而与婚前未曾谋面的未婚夫成婚，婚后始终不和，最后独自在台湾终老。小一辈的张秀亚（1919—2001）虽然是自由恋爱，却因丈夫外遇，独自携带子女到台湾生活，与沉樱的经历有些类似。聂华苓（1925—　）在重庆嫁给大学同窗，婚后也不幸福，独自在台湾带小孩，多年后才遇到安格尔。

张秀亚和苏雪林都是天主教徒。苏雪林生于浙江，曾留学法国，被母亲逼婚而回国。与丈夫长年感情不睦，没有子女。1949年避难香港，在天主教真理学会工作，又再度赴法国。1952年来台，在成功大学执教，退休后终老台南，享年103岁。张秀亚是河北沧县人，北平辅仁大学西洋语文学系毕业，当时的系主任就是英千里。战时张秀亚在重庆结婚生子，战后回到北平辅仁大学任教，在此期间婚姻破裂，1948年独自带子女来台，先后任教于静宜大学和台北辅仁大学，退休后终老于美国。译作几乎都是天主教著作。

苏雪林和张秀亚同为散文名家，同样因为婚姻不幸，选择独自在台湾教书与生活，两人都是天主教徒，而且还翻译了同一本

1962 年光启社出版的《回忆录》

书，就是圣女小德兰（Saint Thérèse of Lisieux，1873—1897）的自传 *L'histoire d'une âme*（*The Story of a Soul*）。圣女小德兰是法国修女，年纪很轻就在修道院中去世，却在 1925 年封圣，台北万华也有一个圣女小德兰朝圣地。她的自传很早就有中译本，第一本是马相伯 1928 年翻译的《灵心小史》，在上海出版；第二本是 1950 年苏雪林翻译的《一朵小白花》，在香港出版；第三本是 1962 年张秀亚翻译的《回忆录》，在台湾出版。三个出版地正好反映了天主教由上海—香港—台湾的传承关系。三位译者中，马相伯（1840—1939）是耶稣会神父，复旦大学和辅仁大学的创办人；苏雪林是"五四"作家；张秀亚则是青年来台，成为台湾战后的重要作家，也代表了三个世代。

苏雪林在译者序中大力称赞马译本"劲健生动，妙趣横生，足堪杰构"，可惜是文言的，不畅销，所以香港真理学会请苏雪林用白话重译。但苏雪林很客气，说出面对杰出前译的困境：

> 有许多地方我想避免和他老人家雷同，但他的译文
> 太好，我竟像被他蛊住了一般，竭力腾挪，总跳不出他的
> 手掌心，最后，我想他那样"不可无一，不能有二"的译
> 文，我为避免雷同而故意不肯采用，那简直是"伤天害理"，
> 所以，只有老实不客气接收过来了。

张秀亚作为第三位译者，也在前记中说明新译并非对两种旧
译不满：

> 马先生的译本，确如苏先生所说：劲健生动，妙趣横
> 生，善能曲传原著的丰神，而文言白话糅杂，是其唯一的
> 缺点。……苏先生的译文空灵鲜活，朗润如珠，堪称媲美
> 原作。所以前年光启出版社的负责人要我试译时，我始终
> 犹豫，不敢应命。

最后张秀亚愿意重翻，主要还是因为版本差异：旧版是圣女
的姊姊增删润饰过的，新的版本则是恢复圣女文字的原貌。马相
伯接受法国耶稣会教育，应该是根据法文原本；苏雪林谦称自己
法文不够好，系根据法文原本，并参考两种英译本；张秀亚则根
据罗纳德·诺克斯（Ronald Knox）的英译本。以下比较一下三种
译本的风格：

1928 年马相伯版：

我说小花朵倘能说话，定说天主待他如何雨露恩深，天高地厚，断不会隐隐藏藏，不把真情吐露，不会装客气，不会假谦虚。不肯说无香无色，不肯说被太阳晒坏，不肯说被狂风吹坏。因他反躬自问，事实不然。今者小花叫自讲历史，不得不欢天喜地颂扬吾主仁慈，无缘故给她分外恩施。

1950 年苏雪林版：

倘若一朵小花也会说话，我想它定会把天主的好处，毫不隐藏，一一说出，她绝不故作谦词，说自己既无美色，又欠芬芳，也不说太阳炙澹了它的娇红，狂风吹折了它的茎干，即使它自己觉得事实恰恰相反。小花儿在自叙经历之前，公布耶稣白给的许多恩典，而感到高兴。

1962 年张秀亚版：

如果一朵野花会说话，我想它一定能坦率地告诉我们，天主对它所行的一切：为了可笑的谦虚，故意地说什么自己不够高贵体面，没有芳香，太阳炙晒的花朵而不能盛放，风又折断了花茎等等，这种说法完全不是真实的，我们应无须将主的恩典隐瞒不吐。一朵小花的生活史全然不是那样的。我绝不如此，我愿意将事实全部记录下来，将天主赐给我的一切宠爱，毫无遗漏地写出。

诺克斯的英译本：

If a little flower could speak, it seems to me that it would tell us quite simply all that God has done for it, without hiding any of its gifts. It would not, under the pretext of humility, say that it was not pretty, or that it had not a sweet scent, that the sun had withered its petals, or the storm bruised its stem, if it knew that such were not the case. The Little Flower, that now tells her tale, rejoiced in having to publish the wholly undeserved favours bestowed upon her by Our Lord.

其实马相伯的译本已经很白话了，还有点说书的味道，苏雪林称其为"明白如话的语录体"；但就像张秀亚所说，有点文白夹杂，"雨露恩深"也有点过于归化。苏雪林又说："马老翻译的体裁，乃系意译，我则极力保存原文句调和语气，属于直译。"可以明显看出时代差异。苏雪林的"即使它自己觉得事实恰恰相反"有点令人看不懂，是那种 20 世纪三四十年代极端直译风潮下典型的翻译腔，没有另外两种译本清楚易懂。

此外，张秀亚另有几本天主教译作，如《圣女之歌》和《心

1952 年香港新生出版社《圣
女之歌》

1959 年光启社出版的《心曲
笛韵》，是圣母玛利亚的小史。
译自英国女作家卡里尔·豪兰
德（Caryll Houselander）的
The Reed of God（1944）

曲笛韵》。

《圣女之歌》是 1952 年香港新生出版社出版，后来台湾的大
地出版社再版多次。原著是 *The Song of Bernadette*，作者是小说家
弗朗茨·韦尔弗（Franz Werfel），以小说手法描写法国封圣的 19
世纪修女伯纳黛特（Bernadette）的一生。小说家是犹太人，避纳
粹时逃到法国露德城，也就是伯纳黛特生活的地方，生死关头许愿
如能生还，将写圣女传记以报。1941 年出版德文本，1942 年英译本
成为美国畅销书，1943 年拍成电影，获得十二项奥斯卡提名，女
主角珍妮弗·琼斯（Jennifer Jones）凭此片封后。

《圣女之歌》有前序和后记。前序是在北平写的：

　　1947 年的初秋……人生在我似变成一场噩梦，在失望与消极之余，我分辨不清一日光阴的早晚，摆在我眼前的只是凄凉的晚云与落日。恰在这时，高乐康神父拿了这本书来叫我翻译……

　　张秀亚当时是结婚才五年的少妇，生了三个孩子（长子夭折），丈夫外遇，又有繁重的教职，"案头学生作业盈尺"，难怪心情抑郁。幸好在翻译的过程中，得以转换心境。但张秀亚没想到，1948 年竟开启了她的逃难生涯，所以写于 1949 年的"后记"中有这样一段文字：

　　译这本书是在一年以前，没想到未曾完成一半，便开始流亡的生活，自北平而南京，而上海，而台北，舟车递换，客舍为家，我已失去了平静的心情！

　　可见张秀亚 1947 年起笔，1948 年开始逃难，最后 1952 年才在香港出版。这本书的翻译历程，也记录了女作家最颠沛流离的一段生涯。

译者比作者还重要

——殷海光的《到奴役之路》

身为台大学生，殷海光（1919—1969）的名字不可能没听说过，也有好几次经过位于温州街巷弄间的殷海光故居。但是一直要到我从旧书店买到殷海光译的《到奴役之路》（*The Road to Serfdom*）时，才第一次从译者角度来看他的作品。这本翻译作品非常有意思，封面只有译者名字而无作者名字，相当少见，足见殷海光在台湾的地位。里面译者的分量几乎比作者还多，不但每一章前面都有一节"译者的话"，长可数页，内文也有一大堆按语，像是"此处吃紧！""妙！""一语中的！""这是真知灼见""这是经验之谈"等，就跟现在"点赞"的意思差不多。还有些按语长达数百字，简直比内文还长。

《到奴役之路》由殷海光 1953 年初译，此为 1970 年版本，收有 1965 年的自序

这本书的作者是经济学家哈耶克（Friedrich August von Hayek），原著 1944 年出版。殷海光初译是 1953 年到 1954 年间，在《自由中国》半月刊上连载，胡适还曾以这件事向《纽约时报》记者表示："在台湾的言论自由，远超过很多人的想象。"这段话后来收录在 1965 年版的《到奴役之路》自序中，殷海光写作此序时，已在 1960 年 "雷震事件" [1] 之后，《自由中国》也遭到停刊，难怪殷海光写来，语多激愤，频频质疑胡适所谓 "很多人" 是多少人，"超过" 又是超过多少。

1965 年时，殷海光的处境越来越严峻，导致他想重新修订 11 年前的初译也有困难。他在自序里说："我借来的《到奴役之路》原书因早已归还原主，以致无法将原文和译文查对。"

里面不少地方，明着是批评共产党，但说要批评国民党好像也说得通，难怪国民党视殷海光如芒刺在背。像《迷妄的平等》一章中，下文的按语就比正文还长：

> 在自由社会，一个雇主，除非肯出比任何人较多的价钱，否则没有人愿意跟着他干一辈子。（但是，在现代极权统治之下，政府是唯一的雇主。于是，你只有两条路可走：跟着他干一辈子；或者，死亡。——译者）

---

[1] 1960 年，雷震与在野人士李万居、郭雨新、高玉树等联署反对蒋介石违背 "宪法" 连任 "总统"，引发一场 "假匪谍，真坐牢" 案。后称之为 "雷震事件"。

想到殷海光跟当局作对的下场，这段话简直是自我预言了。又在《论思想国有》一章中，译文写道：

> 极权政府要使每个人为它底极权制度努力，重要的办法，就是使得一般人把政府所要达到的目标看作是自己底目标。（此画龙点睛之笔也！……一旦人众受宣传麻醉，觉得极权政府所要达到的目的正是自己所要达到的目的，则甘心供其驱策，甚至万死而不辞矣！——译者）

想象老蒋看到这里，应该气得脸都绿了吧？殷海光的这本"翻译"，读来就像是看译者与作者的对谈语录一般，惺惺相惜，相见恨晚。可惜哈耶克1967年访台时，殷海光已得罪当局，幽居在家，竟不得与作者相见。在翻译史上按语这么多的译者不多，大概从严复和伍光建师生之后，就很少看到了。看完此书，下次一定要进殷海光故居去致意一番。

乱世父子

——英千里与英若诚

英千里（1900—1969）和英若诚（1929—2003）父子，翻译都非常出色。大概之前只有伍光建（1867—1943）和伍蠡甫（1900—1992）父子可比。两人志业都不在翻译，英千里志在教学，英若诚则是专攻戏剧，谦称翻译剧本只是顺便为之。但两人偶一为之的翻译，都让人为之惊艳。

英千里出身名门，父亲英敛之（1867—1926）是满洲正红旗人，满姓赫舍里氏；母亲更是出身皇族爱新觉罗氏。英敛之是天主教徒，创办《大公报》和辅仁大学，是清末民初的名教育家。英千里从小留学欧洲，回国后继承父业，主持辅仁大学校务。1949 年 1 月，坐上最后一架"抢救"北平名教授的飞机来台，同机的还有胡适、钱思亮和毛子水。英千里只身来台，1950 年接任台大外文系主任，后来又协助辅仁大学在台复校，是台湾的名师。

英千里身体不佳，教学行政事务繁忙，译作不多。但翻译一出手就知道是不是高手，译作等身也未必就翻得好。下面录一小段英千里 1954 年节译的《孤星血泪》（*Great Expectations*），是孤儿主角的姐姐谈妥要他去陪伴有钱的老小姐：

我姐姐开口就说："今天这孩子要不谢天谢地的高兴，

那他可就太没有心肠了。"我就立刻在脸上做出一个"谢天谢地"的笑容,但是心中莫名其妙。

我姐姐又说:"我就怕把他给惯坏了。"

彭老伯说:"你放心,不会的。她不是那样的人,她也不会那么糊涂。"

我同姐夫互看了一眼,丈二和尚摸不着头,怎么也猜不着他们所说的"她"是谁。我姐姐看了我们这种神气,说道:"你们两人怎么都像吓傻了呢?难道房子着了火吗?"

我姐夫连忙答道:"没有!没有!可是我刚听说'她'……'她'……"

短短几句对话,姐姐的跋扈和主角的配合跃然纸上,的确是高手。姐姐说的那句"我就怕把他给惯坏了",另一个译本作:

"我希望毕普不会被过度宠爱,"姊姊说道,"但是我总有点担心哩。"

高下立判。可惜英千里大多编译英文教科书,很少翻译文学作品,只留下了三册英汉对照的节译,即《苦海孤雏》《浮华世界》和《孤星血泪》。

再说留在北平的英若诚。1949 年英千里到台湾时,英若诚还是清华外文系的学生,后来考进北京人民剧院,当了话剧演员。"文革"时入狱三年，出狱后重返舞台，后来官拜文化部副部长，还在电影《末代皇帝》中当过男配角。他的译作比父亲的多，几乎都是剧本，曾把老舍的《茶馆》译为英文，还译有美国剧作家阿瑟·米勒（Arthur Miller）的《推销员之死》。1983 年该剧在北京首都剧场上演时，阿瑟·米勒不但亲自导演，还指定由英若诚出演主角威利。

作者亲自导戏，译者主演，真是无法超越的明星组合。英若诚自己是演员出身，翻译的又全都是演出本，经过舞台检验；他译的剧本都是能演的。以他自己的话来说："语言存在着强烈的时代感和地方感，这种时代感与地方感又往往能赋予语言以生命。（翻译的）难点就在这里。我们必须创造一个有说服力的语言环境，才能把观众带进我们希望的境界。"在翻译《推销员之死》时，"因为原剧用的是 40 年代末纽约的中下层社会的语言，其中不乏土话，因此译文中也大胆地用了不少相应的北京俗语"。请看剧末威利自杀后，威利的儿子比夫批评父亲，朋友帮威利说话的一段对话：

　　比夫：他错就错在他那些梦想。全部，全部都错了。

　　查利：可不敢怪罪这个人。你不懂啊，威利一辈子都是个推销员。对推销员来说，生活没有结结实实的根基。他不管拧螺丝，他不能告诉你法律是什么，他也不管开药方。他得一个人出去闯荡，靠的是脸上的笑容和皮鞋擦得倍儿亮。可是只要人们对他没有笑脸了……那就灾难临头了。等到他帽子上再沾上油泥，那就完蛋了。可不敢怪罪这个人。推销员就得靠做梦活着，孩子。干这一行就得这样。

我想演员若能演到这么口语自然的翻译剧本，应该会很高兴吧。对比一下 1951 年香港的予同译的《淘金梦》，这几句话是：

> 他是一个生存在幻境里，穿漂亮的衣服，笑着周游各地的人。但当人家开始不笑的时候，那可不得了，到了头上出现几点白斑，便宣告完结。没有人会说他不好，一个售货员总会做梦，孩子。这和他的职业一起俱来的。

"他是一个……的人"长达二十六个字，又有"当……的时候"这样的句型，虽然整体表现不算差，但跟演员出身的英若诚一比，就明显有翻译腔了。1992 年杨世彭执导的《推销员之死》在台北戏剧院上演，就是用英若诚的译本，由李立群扮演主角威利。

1949 年父子匆匆一别，竟成永诀。1969 年，英千里在台过世，葬在大直天主教公墓，墓志铭是在大陆就熟识的同事台静农写的，把英若诚兄弟的名字都刻上去落款，其实当时两岸不通，他们连父亲过世都不知道。而且大陆正处于"文革"时期，英若诚入狱，当过图书馆馆长的妈妈被派去扫公厕。"文革"后英若诚重返舞台，但台湾还在戒严，仍无法来台为英千里扫墓。1983 年，英若诚到香港演出《推销员之死》，香港话剧团的名导杨世彭曾在台大受教于英千里，于是到后台探望英若诚，还送给英若诚一本当年英千里批改过的笔记。

1986年，英若诚出任文化部副部长，有了官职，来台更难。一直到1993年，他已卸下官职，才有机会在新象邀请之下随演出团体到台湾，一偿扫墓心愿。但他回北京之后即缠绵病榻，到2003年过世之前，都无法再次到父亲英千里的墓前，真是令人唏嘘。

父债子难还

——郁达夫和郁飞的《瞬息京华》

林语堂最著名的小说 *Moment in Peking*（1939），以《京华烟云》的书名传世，三次改编成电视剧：1988 年华视版由港星赵雅芝领衔，2005 年由大陆女星赵薇主演，2014 年四川电视台又重拍一次《新京华烟云》，还找了秦汉饰演姚老爷。其中以第一次改编最忠实于原著，后面两次剧情和人物性格都改得很厉害。不论剧情，这三次电视剧的改编有个有趣的地方：人名不一致。举例来说，主角姚木兰嫁给曾家三少爷，但曾家三少爷到底叫什么名字？1988 年版本叫作"曾顺亚"，2005 年版本叫作"曾荪亚"，2014年版本叫作"曾新亚"。曾家大少爷也有"曾彬亚"和"曾平亚"两种说法，二少爷也叫"曾襟亚"或"曾经亚"，算起来三兄弟竟有七个名字。为什么会这样呢？其实是剧本所据的中译版本不同所致。

林语堂虽然中英文俱佳，但他并没有自己翻译这部小说，而是委托在新加坡的好友郁达夫翻译。他预付了一千美元稿费，还把书中人名典故做了详注寄给郁达夫，建议中文书名可用《瞬息京华》。郁达夫 1939 年已经同意接受委托，但当时正在和王映霞闹离婚，心情不佳，迟迟没有动笔。人在美国的林语堂非常焦急，尤其是上海已经在 1940 年抢先出了未授权的郑陀、应元杰合译本，

1940 年藤原邦夫日
译本《北京历日》

日译本《北京历日》也已出版，林语堂遂在 1941 年元旦发表《谈郑译〈瞬息京华〉》一文，痛批郑译错误太多，且口吻全失，并说郁达夫已答应翻译，但"今达夫不知是病是懒，是诗魔，是酒癖，音信杳然，海天隔绝，徒劳翘望而已"。

郁达夫被老友如此隔海公开催稿，大概有点难为情，1941 年果然开始在新加坡《华侨周报》上连载译文，据郁飞回忆说是"两人的合作成果"，但也没说清楚是哪两人。乍看之下似乎是郁达夫和郁飞父子，但看了其他相关资料，才知"两人"应是郁达夫和当时在新加坡的女友李筱英（郁飞的后记写成"李小瑛"）。连载未久，日军占领新加坡，郁达夫逃到苏门答腊，上船时还记得带上林语堂的两大册批注本。可惜抗日工作忙碌，郁达夫在苏门答腊又娶妻生子，也没有心情翻译。1945 年 8 月战争才刚结束，郁达夫 9 月就被暗杀，这个翻译工作始终没有完成。

郁达夫当年没有完成的翻译，后来由儿子郁飞（1928—2014）

1991 年郁达夫之子
郁飞译本《瞬息京华》

完成了。郁飞是郁达夫和王映霞的长子，当年随父亲在新加坡，对
连载《瞬息京华》的事还有印象。1942 年郁达夫因太平洋战争逃
往苏门答腊前，把儿子郁飞辗转送回大陆，郁飞先到印度，再与
蒋夫人联络上，要到一张机票回重庆，由当时的行政院秘书长陈
仪照顾成人。当然，父子在新加坡的一别，就是永别了。郁飞后
来从浙江大学毕业，"文革"时因有人密告郁达夫是汉奸（曾帮日
本军人翻译），被牵连入狱 18 年之久。

郁飞 1977 年才获释，已经年近五十，仍心系《瞬息京华》的翻
译一事。1982 年，他的堂哥郁兴民从美国寄了英文版的 *Moment in
Peking* 给他，1986 年，林语堂的女儿林太乙又寄赠两种台版译本（郑
陀、应元杰合译本和张振玉译本）给他，终于在 1991 年译完，一
偿父亲郁达夫延宕 50 多年的稿债。

林语堂虽然为郁达夫亲自详注小说中的典故，郁飞却似乎没有
占到便宜，因为郁达夫的批注本和译稿都失传了，连郁飞手上也没

179

有。研究郁达夫的陈子善教授于 2015 年 4 月曾走访林语堂纪念馆，写了一篇文章《语堂故居仍在，达夫手稿安在？》，文中说林语堂的女儿林太乙亲口告诉过他，确实把刊有郁达夫译文的《华侨周报》捐给了台北市立图书馆，后来移交林语堂纪念馆，但馆方却说没有此文件，让陈子善无限惆怅。（比较不合情理的是，如果林太乙手上有郁达夫译文，为何不寄给郁飞？）时隔半年，林语堂故居在 10 月却公开一份刊登在《华侨评论月刊》上的《瞬息京华》，日期从 1946 年 7 月到 1947 年 2 月，连载到原作的第二章未完，署名"泛思"译。虽然刊名不是林太乙和郁飞说的《华侨周报》，署名也不是"郁达夫"，开始刊登的时候郁达夫也已经遇害，但林语堂故居官网直接宣布这就是郁达夫的译稿。虽不知故居的根据为何，但这份残稿倒真的是目前所见的最佳版本。

以底下这段英文原文为例：

It was the morning of the twentieth of July, 1900. A party of mule carts were lined up at the western entrance of Matajen Hutung, a street in the East City of Peking, part of the mules and carts extending to the alley running north and south along the pink walls of the Big Buddha Temple. The cart drivers were early; they had come there at dawn, and there was quite a hubbub in that early morning, as was always the case with these noisy drivers.

Lota, an old man of about fifty and head servant of the

family that had engaged the carts for a long journey, was
smoking a pipe...

泛思（郁达夫？）版：

　　话说光绪二十六年七月二十日那天，北京东城马大人
胡同西口停住一队骡车，有的排过街外沿着大佛寺粉红围
墙一条南北夹道。这日黎明，各骡夫俱已来到，聚首相谈，
吵吵闹闹总是不免，故此满街人声嘈杂。

　　原来这些车辆专为出远门打发来的。那雇户老管家名
唤罗大，年方五十岁上下，一边抽着旱烟袋……

郁飞版：

　　光绪二十六年七月二十日清早，一批骡车来到北京东
城马大人胡同西口，有几头骡子和几辆大车一直排到顺大
佛寺红墙的那条南北向的小道上。赶车的起身早，天刚亮
就来了。他们七嘴八舌，大清早就免不了人声嘈杂的。

　　五十上下的老人罗大是雇了这些骡车即将出远门的这
家子的总管，正抽着旱烟管……

　　光这两小段就可看出父子功力差距甚大（如果泛思就是郁达
夫的话）。"北京东城马大人胡同西口停住一队骡车"，先谈地点，

再谈物事，正规中文写法；"一批骡车来到北京东城马大人胡同西口"，则受英文影响，以骡车为主语，但车是停着的，并不是现在来的，所以后一句不如前一句。第二段的第一句尤其可以看出翻译功力高下。原文以罗大在抽烟作为主要句子，其他信息都包在层层子句中，郁飞拆解不开，翻成"五十上下的老人罗大是雇了这些骡车即将出远门的这家子的总管，正抽着旱烟管"，正是让林语堂头痛不已的欧化句型。而泛思（郁达夫）轻巧的一句"原来这些车辆专为出远门打发来的"承上启下，看来全不费力，其实大师手笔就在此处。

再看其他两个译本。郑陀、应元杰译本：

> 罗大已经是个五十来岁的老年人，便是这一家雇了大批骡车儿，准备赶路的公馆里的总管家，正吸着旱烟管……

张振玉译本：

> 罗大是五十来岁的老年人，是这一家的管家，雇了这些骡子车，是准备走远道儿的。他现在正抽着旱烟袋……

两个译本也都是由"罗大"开头，信息芜杂，远不如"泛思"译本精简优雅。张振玉的译本节奏比较好些,但跟高手"泛思"一比，还是明显不及。

最早出的郑陀、应元杰译本并未获得林语堂授权，早在1941

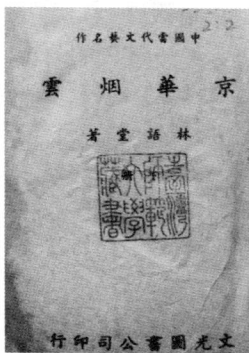

1957年文光图书版《京华烟云》，只有"林语堂著"而无译者署名，其实是郑陀、应元杰译本

远景推出过多个封面版本的《京华烟云》，也是郑、应译本。但封面上都只有署名"林语堂著"，未说明译者是谁

年就被作者林语堂点名骂过了，如将曼妮一席话翻成"有一种不可见的力量控制我们的生命"，林语堂说曼妮是前清山东乡下塾师的姑娘，哪里会说出这种"洋话"，原意不过是"冥中有主"四字而已。又木兰说："我老早想和你会面，盼望了好久了。"原意不过是"久仰"二字。说句公道话，译者又不是作者肚子里的蛔虫，哪有办法一一还原作者所想？不过从这几个例子，的确可以看出这个译本的翻译腔很严重，让中文很好的林语堂极为光火，痛斥"痰"不必译为"黏膜"，"点菜"不必译为"支配菜单"，"天意"不必译为"天上的意志"，"管我"不必译作"控制我"，等等，让这篇批评简直可以拿来当作翻译的负面教材。

但这个译本相当畅销，台湾也出了好几次，1957年文光图书、

2009 年北京群言出版
社的张振玉译本

1966 年大东、1976 年远景、1989 年风云时代的版本，都是郑、应译本，但都只有署名"林语堂著"，根本没有说明这是译本，当然也没有署译者名字。不知情的读者恐怕还会想，原来林语堂号称大师，中文也这么怪腔怪调的。郑陀还译过林语堂的《吾国与吾民》，里面有极为恐怖的句子：

> 中国烹饪别于欧洲式者有二个原则。其一，吾们的吃东西吃它的组织肌理，它所抵达于吾们牙齿上的松脆或弹性的感觉，并其味香色。……组织肌理的意思，不大容易懂得，可是竹笋一物所以如此流行即为其嫩笋所给予吾人牙齿上的精美的抵抗力。

看了实在很担心郑陀会被林语堂追杀。

第二个译本是文化大学的张振玉教授翻译的。张振玉（1916—

1998）生于北京，毕业于北京的辅仁大学，曾师事名译家李霁野、张谷若、英千里等，其译本对话自然流畅，远胜郑、应合译本。张振玉退休后住在美国，1988 年其译本出第二版，还添加回目，如"曾大人途中救命／姚小姐绝处逢生"等。曾家二哥改名为经亚，长媳孙曼妮改为孙曼娘，姚家长子迪人改为体仁，纪元也从公元改为光绪，更有中国味道。1988 年华视播出的电视剧，人名大抵是按照张译本。张振玉为正宗老北京，在第二版的译序中还说林语堂毕竟是南方人，对于北方风俗器具有时掌握不够精准，如曼娘出嫁时的轿子，林语堂原写"竹轿"，但北方竹子不多，多用木轿，因此张译就帮作者修正了。这个译本是现在的主流译本，两岸都有不少版本。即使郁飞在 1991 年推出号称最符合林语堂原意的《瞬息京华》，又有大名鼎鼎的郁达夫光环，市场反应还是不如张振玉的译本。

不过 2005 年的电视版本，人名的确依循郁译本，大概电视剧制作者也认为这是最符合林语堂原意的版本。有些批评家为郁飞抱不平，说郁飞的译本最为忠实。但无论忠实与否，看了延宕 50 年的郁译本还是有点失望，随便翻翻就会看到冗长的欧化句子："全都属于被爱好此道的道学家视为哪怕不是伤风败俗之至也是很低贱的社会阶层""这使得他属于最早吸取正在开始改变中国社会的新思想的一代人""经历了这些及时抓住的愉快的瞬间，她对人生是看得透彻得多了"，等等。

父债子能不能还呢？看了郁飞的例子，不禁令人想起曹丕的《典论·论文》："气之清浊有体，不可力强而致。譬诸音乐，曲度虽均，节奏同检，至于引气不齐，巧拙有素，虽在父兄，不能以移子弟。"
郁达夫没有译完《瞬息京华》确实是憾事，但没有郁达夫的文采，
郁飞再有心还债，事实上也是做不到的了。

惺惺相惜的隔海知音

——《柴可夫斯基书简集》

这本《柴可夫斯基书简集》是典型的戒严时期做法,只有挂"吴心柳校订",却不见译者名字,一看就知道译者一定在大陆。吴心柳在"重刊感言"中,也清楚说明自己不是译者。他先交代译者有几处把俄罗斯音乐家安唐·卢宾斯坦(Anton Rubinstein)和其弟尼古拉·卢宾斯坦(Nikolai Rubinstein)混淆,"每有错断",所以校订者在书中提及卢宾斯坦处都加以检注改正。最后写下一段十分感人的文字:

> 对于本书译者,我们充满了感激。设非他的努力,中文的音乐书丛中何来此一佳著?知音何处?只此附表敬意。

吴心柳既然手上有原书,当然知道译者是谁,只是不能说。经过搜寻比对,我发现这本书就是1949年由陈原翻译、上海群益出版社发行的《我的音乐生活》。陈原(1918—2004)是广东新会人,著名的语言学家,我还读过他写的《在语词的密林里》(2001,台湾商务)一书,深入浅出,文笔迷人,没想到他就是这本音乐家书信集的译者。但这本书运气不好,出版时时局动荡,没有再版机会。

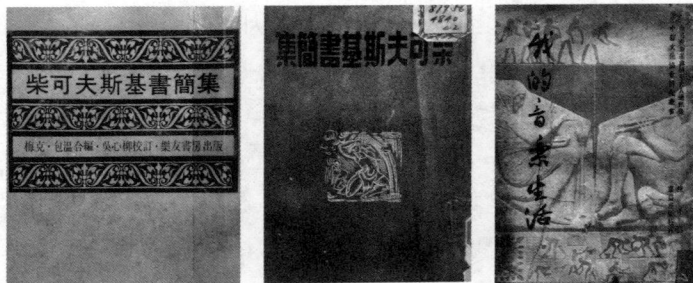

1974 年台北乐友书房版《柴可夫斯基书简集》(左图),为 1959 年文星版(中图,封面只有吴心柳校订,无译者名)的重印本,实为 1949 年陈原译的《我的音乐生活》(右图)

陈原在 1980 年出重印版时说:

> 三十年了,我几次没有让出版社重印,因为我那时认为这种情调与当时的空气不协调。现在雨雪霏霏的日子终于过去了,我想,就让它重见天日吧!

同年,陈原访港,当时新华社香港分社副社长就送了他一本吴心柳校订的台湾版本,不晓得新华社对于谁抄谁是否一直都知情。而当陈原知道这本在大陆尘封 30 年的译作,竟然在台湾再版多次时,虽然没有署名,他还是颇为感动。他后来在 1990 年写了一篇《不是情书的情书》,公开对吴心柳表达感激之情:

> 十年前当我在香港读到"知音何处"这四个汉字时,

我深深地感动了。天然的障碍，人为的阻隔，都阻不住艺术家心声的交流。但愿这位不相识的"老柴"迷此刻还健在，有朝一日到这边来看看"老柴"在大陆有多少相知，这该多好！……尤其值得译者感激的是台湾校订者花了一定的劳动，校订了我的译本中的错误。……知音何处？我愿在这里重复台湾校订者的话，对他的校正表示由衷的感谢。

看来这两位乐迷的确是惺惺相惜。但他们有没有见面呢？吴心柳本名张继高，河北静海人，1926年生，1949年来台，是台湾知名的媒体人及乐评家，1995年过世时，距离陈原写这篇文章不过五年，两人若有见面机会，陈原应该会有其他文章记录，但并未见到。吴心柳和陈原两人一生中有近70年的重叠，同样爱乐成痴，但因时代及政治因素，始终缘悭一面。不过，两人在政治阻隔下还能互称知音，互表感激之情，也是一段难得的佳话。

译者与白色恐怖

台湾在 20 世纪 60 年代出版的世界儿童文学,从日文转译的甚多,东方的少年世界文学几乎都是由日文转译。1962 年"国语"书店的《黑奴魂》(《汤姆叔叔的小屋》),一看封面就知道是讲谈社的,查了日本国会图书馆的目录确认,买到日文书,确认封面、序、目录、人物介绍、插图、解说都是从日文译的,源头是 1961 年吉田甲子太郎翻译的《アンクル・トム物語》。

特别的是,中文译者吴瑞炯是白色恐怖的受害者。吴瑞炯是苗栗人,生于 1929 年,1951 年因李建章叛乱案被判刑十年,

《黑奴魂》即《汤姆叔叔的小屋》,译自日文的《アンクル・トム物語》

1961 年出狱，1962 年就从日文翻译了这本《黑奴魂》。吴瑞炯不只翻译这本儿童读物，还有一本《顽童流浪记》(《哈克历险记》)也是他翻译的，译自佐佐木邦的《ハックルベリーの冒険》。

《顽童流浪记》没有出版年（文化图书这套书是直接承接"国语"书店的，但都没有出版年），但序言中说："美国人都很骄傲有了马克屯。他死到现在已经五十多年了。"马克·吐温卒于 1910 年，五十多年后应该是 20 世纪 60 年代，所以推测吴瑞炯这两本译作大概都是 20 世纪 60 年代早期翻译的，也就是他刚出狱不久的时候。序言的这句话直接译自佐佐木邦："アメリカ人はマーク・トウユーンを夸りとしています。亡くなってから、もう四十年になりますが。"佐佐木邦是 1951 年写的，当时距离马克·吐温过世是四十年左右；吴瑞炯晚了十几年翻译，所以自己加了十几年，就变成"五十多年"。

《黑奴魂》后来在文化图书出版时改名为《黑人汤姆奋斗记》，改署名"忆深"。如果"忆深"是吴瑞炯的笔名，那另外一本《孤星泪》[1]可能也出自他的手笔。《孤星泪》译自池田宣政的《ああ無情》，也是讲谈社出版的。序言提到"《孤星泪》这一本书，是九十年前法国大文豪维多利亚·雨果……"译自池田宣政的前言："'ああ無情'は、今からおよそ八十年前。"前言写于 1950 年，所以译者"忆深"（吴瑞炯？）也很贴心地多加十年。只是 Les

---

〔1〕 即《悲惨世界》。——编注

Miserables（《悲惨世界》）初版于 1862 年，到 1950 年应该差不多九十年了，可能是池田宣政计算错误才导致中文版本的年代也有十年的误差。

这位译者吴瑞炯可能是在 20 世纪 60 年代刚出狱时，凭借着自己熟悉的日文翻译了这两本或三本儿童读物，之后就去开公司做生意了。到 1987 年，才又以"吴桑"的笔名帮希代出版社翻译日本推理小说，包括土屋隆夫的《危险的童话》和西村京太郎的《东京地下铁杀人事件》等四本；还有一本故乡出版社的企业小说《核能风波》。

因白色恐怖入过狱的译者，还有：

1. 许昭荣（1928—2008）：屏东人，因主张"台独"被判刑十年，1968 年出狱。在狱期间，蒙《新生报》副主编童尚经（1917—1972）寄送日文版的《世界民间故事》，翻译后连载于《新生儿童》副刊，后来结集出版了《世界民间故事》三册，由水牛出版社出版。童尚经是江苏人，1969 年因侮辱蒋介石被捕，于 1972 年被枪决。许昭荣自己则因当局漠视台籍老兵问题，于 2008 年自焚身亡。

2. 姚一苇（1929—1997）：江西人，1951 年因"匪谍"郭宗亮案入狱七个月，在狱中学会日文（想来是跟台籍政治犯做语言交换学来的？）。1953 年翻译《汤姆历险记》，正中书局出版。因当时台湾旧书店尚有大量日文翻译的剧本，学会日文后即大量阅读日译本，后来成为戏剧大师，创作多种剧本。

3. 张时（张以淮，1929 —2006）：福建人，"四六事件"[1]时为台大学生，帮助同学偷渡到大陆，1951 年被捕，入狱五年。在狱中勤学英语，出狱后翻译甚勤，一共译了一百多本小说，过世后由家属捐给台大图书馆收藏。皇冠有很多罗曼史是他翻译的，像《彭庄新娘》《蓝庄佳人》《孟园疑云》等都是。他翻译的《受难曲：门德尔逊传》是我小时候非常喜爱的一本书。

4. 糜文开（1908—1983）：江苏无锡人，外交官，20 世纪 40 年代长驻印度，也在印度国际大学哲学系做研究，与印度渊源甚深。1949 年局势混乱，他在香港开了一家印度研究社，出版自己译的《奈都夫人诗全集》《莎昆妲萝》《泰戈尔诗集》等书。其实这是迫于局势：糜文开在 1948 年译完《奈都夫人诗全集》，还跟作者奈都夫人合照，奈都夫人也写了几句给中文读者的话，又请驻印度大使罗家伦写序，一切准备妥当，寄去上海商务。等到上海商务通过出版，时局已乱，上海商务说不能出了，糜文开无可奈何，加上奈都夫人于 1949 年 3 月过世，让他觉得不出这本诗集似乎对不起女诗人，只好自己开起出版社来。《漂鸟集》[2]也是 1948 年在印度新德里就译好了，封面也是罗家伦题的字。糜文开于 1953 年来台，继续当"外交官"，也在大学教印度文学，林文月就上过他的课。1970 年他在菲律宾，因"崔小萍共谍案"被牵连，从菲律宾

---

[1]　"四六事件"为台湾战后国民党当局一次大规模逮捕学生的事件，是台湾20 世纪 50 年代白色恐怖的滥觞。
[2]　即《飞鸟集》。——编注

193

押解回台，入狱一年多。

5. 柏杨（郭衣洞，1920—2008）：河南人，1968 年因翻译大力水手漫画，以"侮辱元首"等罪入狱，判刑 12 年，实际服刑 9 年，1977 年出狱。柏杨是作家，没有什么译作，但却因翻译而入狱。那部漫画情节还蛮长：大力水手父子二人流落荒岛，大力水手说我是皇帝你就是太子，儿子说咱不如来选总统吧——明显讽刺蒋氏父子，就此因"侮辱元首"罪名入狱多年。这个故事很多人知道，但看判决书内容，其实当局想抓柏杨已经很久了，翻译漫画只是给他们一个借口抓人而已。

6. 朱传誉（1927—2003）：江苏镇江人，1957 年因美军枪杀刘自然案的示威报道，被判 3 年感化。1969 年，在主编的《中国文选》中选录中共将军书信，因"为匪宣传"又入狱三年半。他在世新、政大教书，翻译过不少童书，包括怀特（E. B. White）的《小老鼠历险记》(《小不点斯图尔特》)、《小猪与蜘蛛》(《夏洛的网》)、《小胖熊遇救》(《小熊维尼》)，也把很多古典文学改写成儿童版，成了儿童文学作家。

7. 纪裕常（1915—？）：河北安国人，1966 年因"叛乱罪"判刑 10 年，服刑 7 年。1959 年与何欣合译《奇异的果实》，但后来再版时只署名何欣一人。

8. 卢兆麟（1929—2007）：台湾彰化人，1950 年就读师范学院（今师大）时因"四六事件"被捕过一次，1950 年又因借书给朋友，被渲染为"卢兆麟叛乱案"首谋，判无期徒刑，1975 年才减刑出狱。译作有《日本产业结构的远景》《大脑潜能 VS 自然疗法》《右脑智力革命》《时间管理法》等多本非文学类的译自日文的书籍。

9. 方振渊（1928—　　）[1]：台湾嘉义人，1954 年因"庄水清匪谍案"入狱 7 年，时为高雄三民中学教员。出狱后创统一翻译社，至今仍是台湾数一数二的翻译公司。方先生长期担任台湾翻译学会理事，虽年事已高，仍常常亲自出席学会的理事会。

10. 胡子丹（1929—　　）：安徽芜湖人，1949 年因"海军永昌舰陈明诚案"被捕，判刑 10 年。在绿岛苦读英文，出狱后开设国际翻译社，自己翻译过《牛顿传》《佐拉传》《华盛顿传》等名人传记，也有《如何创造自己》《幸福生活的信念》这种励志书籍。胡老先生是台北市翻译同业公会的第一任理事长，2007 年曾又回锅再任理事长。前几年在一些翻译研讨会上还可以见到他的身影。

11. 詹天增（1938—1970 年）[2]：台北金山人，1961 年因发表"台独"言论，遭判刑 12 年。在狱期间，曾从日文杂志翻译文章投稿给《拾穗》杂志，如日本首相夫人佐藤宽子的《首相夫人甘苦谈》。1970 年领导泰源监狱革命而被枪毙。

前述姚一苇与张时也都在《拾穗》上发表过译作。其他在《拾穗》上投稿译作的"政治犯"还有：

---

〔1〕 方振渊与胡子丹两位，部分资料参考李桢祥著文，谨此致谢。
〔2〕 投稿给《拾穗》的"政治犯"译者，其资料多取自台湾师范大学翻译研究所博士张思婷未出版的博士论文《台湾戒严时期的翻译与政治：以〈拾穗〉杂志为例》（2016），谨此致谢。

·施珍（1924—？）：浙江崇德人，1955 年因在神户投书，被当局视为"歪曲描写孙立人事件"，判刑 15 年。

·邬来（1936—　）：广东台山人，1952 年向同事"宣扬人民公社"，被判刑 14 年。

·谭浩（？）：江苏吴县人，海军军人，1950 年因海军"联荣舰"在香港投共，被判刑 20 年。

·古满兴（1919—　）：台湾苗栗人，1949 年因"萧春进事件"牵连入狱 24 年。

·施明正（1935—1988）：台湾高雄人，1961 年受弟弟施明德牵连入狱 5 年。1988 年声援施明德绝食而死。

·卢庆秀（1929—　）：台湾屏东人，1951 年卷入"省工委会案"，被判无期徒刑，1976 年获减刑出狱。

·林振霆（？）：1957 年驻台美军枪杀台湾人刘自然，引发示威，林振霆在现场报道，被控扭曲事实，打击民心士气，被判处无期徒刑，最后服刑 27 年。

此外，殷海光虽没有系狱，但长期被监视管控，形同软禁。他翻译哈耶克的《到奴役之路》；1967 年哈耶克访台，他却被当局阻挡不能与作者见面。何欣是何容的儿子，帮助台湾省编译馆、《"国语"日报》译书，但年轻时与左派文人多有来往，也是长怀惴惴。郑树森在回忆录《结缘两地》中透露，何欣曾多次申请赴美，当局始终不准。又说，《大学杂志》专门出版属大陆"匪书"的"万年青文库"，其中有一本冯亦代翻译的《现代美国文艺思潮》，就是何欣借给他的私人藏书。"万年青文库"很快就被警总盯上，不到一年就做不下去了。黎烈文在大陆时期就批评国民党，戒严期间多次被警总传讯问话，他因害怕惹祸，把鲁迅送给他的一些私人物品都烧了。孟十还（1908—？）是留学俄国的，跟鲁迅合译过果戈理，但戒严期间，他翻译的《果戈理怎样写作的》被列于禁书名单上，他在政大教书，大陆也不承认他的译作，好好一个俄文翻译人才，一辈子都不敢再翻译，退休后在美国终老。金溟若（1905—1970）从小在日本长大，跟鲁迅交好，来台后因为坚持不加入国民党，丢掉《中华日报》的工作，还得常常去警总报到。川端康成得到诺贝尔奖之后，台湾多家出版社争相出版川端的作品，金溟若也翻译了《雪乡》[1]；根据金溟若之子金恒炜的说法，川端康成访台时，特别向接待单位询问金溟若，当局却不让金溟若见川端康成。可以说白色恐怖的阴影随时笼罩在这些文人头上。

　　白色恐怖时期，本省籍和外省籍青年很多人入狱，他们出狱后谋生不易，许多人先靠翻译谋生，有人后来转职，也有些人就一直译下去。1966年创办儿童文学杂志《王子》半月刊的蔡焜霖也是"政治犯"，曾入狱10年。这份杂志初期的内容日文味道很重，很多作品应该是从日文翻译，但翻译方式很特别，常常是由懂日语的老一辈口述，由年轻一辈的译者写下中文，有点像林纾的翻

---

〔1〕　即《雪国》。——编注

译方式[1]，这种翻译有时难以进行文本比对研究。也有不少译者在翻译社或私人企业担任实务口笔译工作，也比较难以提出译文研究。虽然我们做翻译研究时偏重有文本的翻译，尤其是文学翻译，但这些译者也都算是广义的译者，因此本文也同时向这些受白色恐怖牵连的前辈译者致意。

---

〔1〕 《王子》半月刊的资料，部分取自台东大学儿童文学研究所林素芬的硕士论文《〈王子〉半月刊与王子出版社研究》(2010)，谨此致谢。

译者血案

——冯作民的故事

译者系狱，多半由于政治。但在 20 世纪 80 年代，台湾有位译者则是确实因血案入狱。这位译者就是冯作民。

冯作民，1928 年生，辽北康平人，在东北参军后跟国民党当局来台，来台时为 21 岁的青年。他酷爱读书，来台后先开书店，后来在"国语"日报社当校对，根据亮轩的回忆，他"中等身材，不胖不瘦，皮肤略黑，稍驼着肩背，戴着厚厚的近视眼镜，一口标准的京味儿普通话，总是客客气气的"。他爱书成痴，又自修英日文，后来全心投入西洋史的写作。但因销路不如预期，潦倒失意，他怀疑是出版商故意克扣，1988 年拿刀去砍杀出版商全家，两死两伤，被判无期徒刑，后来死在狱中。对于这样一个爱书人的悲剧，想到总是有些怅惘。

他的译作很多，大多数是从日文译的。最早的译作应该是《威廉·太尔传》和《公主复仇记》两本少年读物。这两本原是"国语"书店 1962 年出版的"世界名作全集"中的两种，后来由文化图书公司重出，书名分别改为《神箭手威廉泰尔》和《斩龙遇仙》，前者依据德国作家席勒的剧作《威廉·退尔》(*William Tell*)改写，后者则改编自《尼伯龙根的指环》(*Der Ring des Nibelungen*)，都是德文作品。但冯作民并不是从德文翻译改写的，而是把用日文

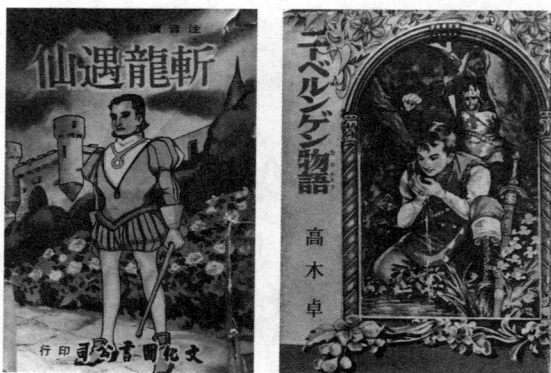

《斩龙遇仙》即《公主复仇记》，译自日文的《ニーベルンゲン物語》

改写的童书直接翻译成中文。《威廉·太尔传》根据的是丹地文子的《ウィリアム·テル》，1950 年偕成社出版，描写瑞士民族英雄威廉·退尔的故事；《公主复仇记》则译自高木卓的《ニーベルンゲン物語》，1954 年偕成社出版。

"国语"书店这套"世界名作全集"和东方出版社的"世界少年文学选"一样，都是在 20 世纪 60 年代初期推出，也都是从日本的偕成社和讲谈社两大少年文学出版社的作品转译。大概经过战后十余年休养生息，儿童读物出现市场商机，台湾的出版社也很快发现日本这条快捷方式：偕成社和讲谈社都在 20 世纪 50 年代推出数十册的少年版《世界名作全集》，每册三百页上下，附上精美插图及导读，台湾会日文的人口众多，十几年下来中文也学得差不多了，一拍即合，短期内即可大量出书。"国语"书店和东方出版社的译者群以受过日本教育的台籍译者为主，尤以小学

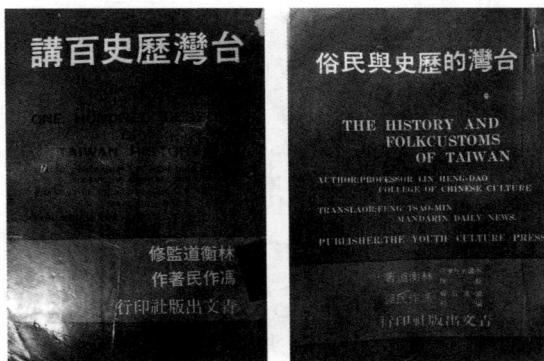

《台湾历史百讲》《台湾的历史与民俗》

老师最多；冯作民是这个圈子里比较少见的外省人。他后来在《台湾历史百讲》的序中有向陈宗显（1931—　）致谢，陈宗显即"国语"书店的创办人，可见冯作民会踏上译者之路，应该与陈宗显有点关系。只不过这两本德文作品在台湾知名度不高，其他出版社都没有选过，远远不及英法作品如《茶花女》《三剑客》《小公主》《小妇人》那么畅销。"国语"书店的名气也不如东方出版社，没有几年就结束营业了。

在这两本少年读物之后，冯作民与林衡道合作了两本讲台湾历史的书，即《台湾历史百讲》和《台湾的历史与民俗》。这两本青文出版社的姊妹作，都在1966年出版。先出的是《台湾历史百讲》，搜集了一百个跟台湾有关的故事，封面上的中文写的是"林衡道监修，冯作民著作"，英文却说冯作民是译者。原来这部作品是冯作民搜集资料，林衡道逐篇口述补充、修正，出版后还在《青年战士报》连载，有台大教授杨云萍的序。《台湾的历史与民俗》是第二本，因为《台湾历史百讲》的市场反应热烈，青文出版社于是把林衡道1964年在日本《今日之中国》杂志上连载的相关文章，请冯作民直接译为中文，并请胡秋原作序。

林衡道（1915—1997）出身板桥林家，在东京出生，毕业于东北帝国大学，也在日本企业任职。战后回台，长期任职台湾文献委员会，对台湾民俗、古迹知之甚详，有"台湾古迹仙"之称。他的太太杜淑纯是台湾医界大佬杜聪明之女，第一位进台北帝大的台籍女生，两人的婚姻是台湾世家联姻。林衡道最熟悉的语言应该是中国的闽南语和日语，冯作民则是一口京片子，两人的合作情景想来颇为有趣。而作序的胡秋原（1910—2004）是湖北人，早稻田大学毕业，"立法委员"，跟李敖打过多年官司，后来还是中国统一联盟的名誉主席。这三个人对台湾历史都有兴趣，都会日文，但立场各异。胡秋原在序中最在意的就是要证明台湾是中国的一部分：

> 正如秦人开发河套，称为"新秦"一样，台湾是"新中华"。这新中华使中国的边疆由大陆移到海洋之上。开发这新中华者不只是拓荒者，而且是爱国者。所以，发挥拓荒精神、爱国精神和海洋精神来光复大陆，乃是在这岛上者之历史的使命。

其实台湾先民大多因生活困顿渡海来台，爱国与否根本不在他们的意识之中。我想这两本书的目标读者，应该是那些困居于台湾的人吧。在那个历史课本中几乎没有台湾史的高压年代，尽管许多论述现在看起来是政治不正确的，例如吴凤"感化"台湾少数民族的故事，讹误谣传也不少，像书中提到的英国科幻小说家乔治·威尔斯（H. G. Wells）曾在1912年到过台湾，还在台北第一中学（今天的建中）发表演说，并且送给台湾奎宁树的种子以对抗疟疾[1]，但现在已有日本人查证过此说，证明是误传。到过台湾演讲，并且赠送奎宁树种子的是另一位植物学家艾尔维斯（H. J. Elwes），不是科幻小说家。可能一开始是日据时期阿里山博物馆的展示资料弄错了，或是1937年中西伊之助去参观阿里山博物馆时看到这则资料，只有片假名拼音，因而误认，写在他的《台湾见闻录》中，后来冯作民搜集到这个故事，就写入《台湾历史百讲》，篇名跟中西伊之助一样，称为"台湾的恩人"。

20世纪70年代，冯作民译作甚多，包括片冈岩的《台湾风俗志》，其他译作名人传记、小说都有，最特别的是还从日文翻译了《白话史记》《中国名臣列传》《中国古典名言集》《唐代诗人列传》等。虽然版权页上大多没有登载日文作者名字，但冯作民的序大多会注明日文来源，以示不掠美之意，如《白话史记》的自序：

---

[1] 吴凤，字元辉，清福建省平和县人，清朝康熙年间任嘉义通事。因国民党当局曾在台湾的小学课本里描述其"为革除少数民族出草的习俗而舍生取义"而广为台湾人民熟知。威尔斯赠送奎宁的说法流传甚广，钱歌川说过一次，陈冠学的《老台湾》又说过一次。

本书是以日人田中谦二、一海知义所编译的《史记》为蓝本改写而成，……对译注文曾大加增删，而且字里行间随时都加入我个人的见解与史观。何况基于发行上的必要，也只能以此种形式出版。深恐读者有所误会，特此声明如上，以示本人不敢掠美或剽窃。

日文版《史记》是 1967 年朝日新闻社出版的，分为 3 册，共选出 20 篇原文加以翻译、详注与背景论述，两位作者都是大学教授。冯作民的《白话史记》也同样分为 3 册，结构和日文版相同，删去了一些日本学者的研究，也在书末加上自己撰写的历史论文。上述序文中"基于发行上的必要"不知何解，但这套书的解释清楚详尽，文字顺畅，销路很好，在冯作民出事入狱之后还加印多次，2005 年还有再版。

大师对面不相识

——巴金译作在台湾

2017 年夏天，台北纪州庵举办了一个"巴金与他的朋友们"特展，展出巴金与在台朋友的照片、书信等文献，以纪念巴金 70 年前的台湾之行。巴金在 1947 年夏天曾在台湾待了一个多月，主要目的是为文化生活出版社寻找适合开办台湾分社的地点，毕竟商务、世界、启明、开明等出版社都已经先后落脚台北；也顺便探访在台友人如黎烈文、索非、吴克刚等人。但后来文化生活出版社没有开成，巴金也没有再到过台湾。戒严期间又因为他人还在对岸，著译作是都要查禁的，所以戒严期间看过他译作的人应该不多。但真是如此吗？事实上，他的译作在台湾流传的还颇不少。

巴金的译作《秋天里的春天》

帕米尔书店在 20 世纪 70 年代出了三本巴金译的克鲁泡特金：《人生哲学：其起源及其发展》（原书名为《伦理学的起源和发展》）、《我底自传》（原名《克鲁泡特金自传》）以及《面包与自由》。第一本署名"李费甘"，其实是很有诚意的匿名法：巴金字芾甘，芾与费同音，"李费甘"就跟署真名的意思差不多。后面两本署名"巴克"，众人皆知巴金的笔名就是取自克鲁泡特金，识者自知，到底也留了巴金笔名中的"巴"字，也算是为难帕米尔书店的任卓宣了。

出版巴金文学译作的出版社就多了。《秋天里的春天》《父与子》《处女地》《快乐王子集》，还有《迟开的蔷薇》里面几个短篇，都被匿名或改名出版多次。出版最多次的应该是屠格涅夫的《父与子》，戒严期间台湾所有版本的《父与子》都是巴金译的，从 1957 年到 2000 年，至少被盗印 12 次，用过的假名包括"林峰""陈双钧""江子野""远景编辑部""钟文""孟斯"等，都是为用假名而取的假名，并非巴金专用的假名。2019 年台湾电影《返校》中，导致地下读书会被当局查缉的禁书就是巴金的《父与子》。不过电影设定在 1962 年，当时已有署名"林峰"的合法版本可以购得，何以剧中师生非得冒险传抄署名巴金的正版？剧情设定不太合理。除了《父与子》之外，《处女地》也是当时台湾唯一译本，收在各种"屠格涅夫全集"里的都是巴金译本。

克鲁泡特金和屠格涅夫著作的原文都是俄文，但巴金并不会俄文。那他是用什么语言转译的呢？他在《伦理学的起源和发展》一书中解释，他用了英、法、日、西、世界语、德文六种语言的译本，相互参照。另一本《秋天里的春天》则确定由世界语转译，它是匈牙利作家尤利·巴基（Julio Baghy）的中篇小说，巴金的译作出版于1932年。他从1929年就住在朋友索非（周祺安，1899—1988）家楼下，两人交情深厚，都爱好世界语；索非是开明书店的编辑，这本书也是开明出版的，可以算是两人友谊的见证。索非1946年举家迁台，经营台湾开明书店，但太太和子女后来都回上海去了，索非一人独留台湾守着开明书店，至1988年在台北过世，没能再见巴金一面。这本书在台湾共有三个伪译本，译者用的假名包括"叶明宏""河马""邢云"。

　　虽然巴金最早学的外语是英文，但他从英语翻译的作品不多，台湾最常看到的是王尔德的《快乐王子集》，收九篇童话和七篇散文诗。台湾至少有七个版本是巴金的，从1959年署名"高天明"的版本开始，直到1979年未署名的敬恒版都是，这些版本也是1960与1970年代的主流译本。他在1948年出版的《快乐王子集》

署名邢云的《秋天里的春天》、署名林峰的《父与子》、署名江子野的《处女地》，其实都是巴金的译作

有很长的译后记，说明翻译王尔德的困难和缘由：

> 二十年前我起过翻译英国诗人奥斯加·王尔德的童话（或仙话）的念头。可是我始终不敢动笔。他那美丽完整的文体，尤其是富于音乐性的调子，我无法忠实地传达出来。他有着丰丽的辞藻，而我自己用的字汇却是多么贫弱。……我在前面已经说过我不是王尔德童话的适当的翻译者，我的翻译只能说是试译稿。

说的十分谦逊。其实他的译文玲珑剔透而富于音乐性，读过令人难忘。如他的这段描写人鱼的译文：

> 她的头发像是一簇簇打湿了的金羊毛，而每一根细发都像放在玻璃杯中的细金线，她的身体像白的象牙，她的尾巴是银和珍珠的颜色。银和珍珠的颜色的便是她的尾巴，碧绿的海草缠在它上面；她的耳朵像贝壳，她的嘴唇像珊瑚。冰凉的波浪打着她的胸膛，海盐在她眼皮上闪光。

在戒严期间，巴金被迫成为幽灵译者。一直到解严后，东华书局才取得巴金本人授权，在台湾出版了真正署名巴金的译作。但其实他的翻译作品在台湾不断流传（详见附表），尤其是《父与子》《快乐王子集》等作品，不知嘉惠了多少台湾的读者，虽然他们并

无署名的敬恒版《快乐王子集》

不知道译者就是大名鼎鼎的巴金。

顺带一提，巴金的太太萧珊也有两本译作在台有抄袭本，一是普希金的《别尔金小说集》(1954，上海：平明)，一是屠格涅夫的《初恋》(1957，上海：新文艺)。原本是收录在叶灵凤主编的"作家与作品丛书"(香港：上海书局)，五洲出版社整套抄过来时，也把这两篇萧珊译作一并抄过来了。

附表：巴金译作在台湾的盗印本（1949—2000）

巴金译作		台湾未授权版本		
书名	出版年	署名	书名	出版年(出版地:出版者)
伦理学的起源和发展	1928(上海：自由)	李费甘	人生哲学：其起源及其发展	1973（台北：帕米尔）
秋天里的春天	1932(上海：开明)	叶明宏	秋天里的春天	1969（台南：开山）
		河马	秋天里的春天	1978（台北：河瑞）
		邢云	秋天里的春天	1980（台北：煦明）

续表

巴金译作		台湾未授权版本		
书名	出版年	署名	书名	出版年(出版地:出版者)
自传	1933(上海:新民)	巴克	我底自传	1975(台北:帕米尔)
面包与自由	1940(上海:平明)	巴克	面包与自由	1975(台北:帕米尔)
父与子	1943(上海:文化生活)	林峰	父与子	1957(台北:旋风)
		林峰	父与子	1968(台北:正文)
		陈双钧	父与子	1971(台北:正文)
		编辑部	父与子	1978(台北:远景)
		江子野	父与子	1980(台北:大汉)
		未署名	父与子	1980(台北:喜美)
		未署名	父与子	1981(台北:文言)
		未署名	父与子、烟、初恋	1981(台北:名家)
		未署名	父与子	1983(台南:综合)
		编辑部	父与子	1986(台北:书华)
		钟文	父与子	1993(台北:远景)
		钟文	父与子	1999(台北:锦绣)
		孟斯	父与子	2000(台北:桂冠)
迟开的蔷薇	1943(上海:文化生活)	谢金德	茵梦湖[1]	1982(台北:辅新)
		未署名	茵梦湖[2]	1987(台南:大夏)

〔1〕 这本作品集有多篇小说,其中《迟开的蔷薇》和《钟声残梦》(巴金原译名为《马尔达和她的钟》)两篇是巴金译的,其余不是。
〔2〕 这本收录三篇巴金译作:《茵梦湖》(巴金原译名为《蜂湖》)、《迟开的蔷薇》和《钟声残梦》。

续表

巴金译作		台湾未授权版本		
书名	出版年	署名	书名	出版年(出版地:出版者)
处女地	1944(上海:文化生活)	江子野	处女地	1979（台北：大汉）
		江子野	处女地	1981（台北：喜美）
		未署名	屠格涅夫全集	1981（台北：龙记）
快乐王子集	1948(上海:文化生活)	高天明	快乐王子[1]	1959（高雄：大众）
		刘丽芳	王尔德童话全集[2]	1962（高雄：大众）
		未署名	殉美	1970（台中：一善）
		编辑部	王尔德童话全集	1971（台南：正言）
		陈宏乙编	夜莺和蔷薇	1977（台南：大夏）
		编辑部	王尔德童话全集	1978（高雄：大众）
		未署名	快乐王子集	1979（台北：敬恒）

---

〔1〕 这个版本只收了六篇童话：《星孩》《快乐王子》《夜莺与蔷薇》《自私的巨人》《忠实的朋友》《了不起的火箭》。

〔2〕 参考李畹琪硕士论文《王尔德童话中译本隐含之翻译观与儿童文学观》（2002年台东师范儿文所硕士论文），谨此致谢。李畹琪未见高天明版本，其实那也是巴金的，只是收的篇数较少。刘丽芳版与巴金旧版差异很小，李畹琪以新版比对，所以才会判断刘丽芳版是巴金译本的衍生版本。

生平不详的童话译者许达年原来落脚台湾

　　最早遇到"许达年"这个名字，是在追查香港汇通书店的《新编埃及童话》时。这套汇通书店出版的"世界童话丛书"共20册，全都署名"张云华"编，无出版年。"张云华"查无资料，怀疑是编辑大陆译本。果然第一本确认的就是《新编埃及童话》，来源是上海中华书局1934年出版的《埃及童话集》，原作是永桥卓介的《エジプト童話集》（金兰社，1926），中文译者就是许达年。依此线索继续追下去，港台至少有五种埃及童话是抄袭许达年的《埃及童话集》：

　　　　张云华编《新编埃及童话》，香港：汇通书店

　　　　奇清编《埃及童话》，台中：中央出版社，1960

　　　　奇清编《埃及童话》，台南：大东书局，1967

　　　　未署名《埃及童话》，台中：义士书局，1967

　　　　许大彦编《埃及童话集》，香港：国光书店，1978

　　这几个版本的内文完全一样，插图也都沿用日文版本。不过原来日文版有13篇，许达年版也有13篇，不知为何5个抄袭本都只选了其中5篇，页数只剩三分之一左右，而且都删掉了原来很

1934 年上海中华书局出版的　　　永桥卓介的《エジプト童話集》
徐达年译《埃及童话集》

有趣的译者序，相当可惜。许达年原来在每一本童话集前面都会说些话，让读者对这个国家有点印象。像这本《埃及童话集》，他就说："埃及和我国，在东方同为两大文明古国。不单是开化最早，并且是世界文明的先导。但是说来也太可怜了！这两个古国，正如暮年的老翁，近百年来，日就衰颓，几乎不能支持了。"

再次遇到"许达年"，是追查一本署名林语堂译的《丹麦童话集》，发现原来是抄袭许达年的《丹麦童话集》，同样是上海中华书局 1934 年出版的，译自东京金兰社的《デンマルク童話集》(1929)，作者是大户喜一郎。这册也有数个抄袭版本：

林语堂译，《丹麦童话集》。香港：百乐书店，1954

吕津惠译，《世界童话集》。台北：新陆书局，1957

未署名《瑞典童话》。台中：义士书局，1970

香港百乐版托名大名鼎鼎的林语堂，已经很离谱了，还把作者写成安徒生，其实里面本无安徒生的作品。台北新陆版把书名改为"世界童话集"，作者多加一个字，改为"安徒生等"，序言仍沿用许达年原序："丹麦不仅在农业方面被人称赞，就是在教育方面说来，也是一个很进步的国家。他们国内，几乎没有一个人不识字。——和我国有五千年的文化，时常自夸开化最早的，全国不识字的人竟占百分之八十以上，真是无可比拟了。"为何"世界"童话集的序单论丹麦，颇不合情理。最离谱的是台中义士版，居然把丹麦改为瑞典。只因为人家都是北欧国家就可以这样随便吗？不过这本所谓的《瑞典童话》也不是全收许达年的丹麦童话，还收录了两篇丰华瞻译的格林童话、两篇叶君健译的安徒生童话，算来算去竟没有一篇是瑞典的，也真是让人瞠目结舌，无言以对。

由于多次遇到许达年这个名字，自然想查查他的生平，却发现大陆出版界也不知许达年是谁。2013年，北京的海豚出版社出版了一册《名家散失作品集：许达年故事画》，2014年海豚又重印了九册的《世界经典童话集》，其中包括六册许达年译作，包括《印度童话集》《西班牙童话集》《丹麦童话集》《土耳其童话集》《法国童话集》及《伊朗童话集》。但这样多产的著译者，作者介绍仅寥寥几字："许达年，生卒年不详，民国时期曾担任中华书局《小朋友》杂志编辑，编写、编译大量儿童读物。"

2018年，《中华读书报》刊出一篇《〈埃及童话集〉的译介与意义》，详细介绍了海豚重印的童话集里漏掉的《埃及童话集》。文章中说："可遗憾的是，许达年这个名字对广大读者来说依旧极为陌生。许达年，生卒年不详，中华书局《小朋友》杂志编辑，主要从事翻译与编辑工作，是一位具有进步思想的知识分子。"

大陆查无资料，那台湾呢？我在《台湾百年图书出版年表（1912—2010）》找到一则许达年来台的记录：1947 年 7 月，中华书局台湾分局成立，负责人就是许达年。但 1947 年来台未必表示许达年会留在台湾，毕竟巴金、李霁野也都来过台湾，又回到大陆。后来是在转型正义数据库找到许达年的判决书，才确定他在 1950 年因卷入"叛乱"案件，被判刑 15 年。根据 1950 年 7 月 22 日台湾省保安司令部军法处的判决书，许达年为浙江嘉兴人，当年 46 岁（推估 1904 年出生），为中华书局台湾分局经理。1949 年 10 月，许达年奉香港中华书局董事长吴叔同命令，两度携带美元到香港，1950 年又两度汇款至港。由于香港中华书局是左派出版社，因此军法处判定许达年"为'叛徒'供给金钱"，处有期徒刑 15 年。

许达年是中华书局员工，奉命付款给香港中华书局，这样也被重判 15 年，实在相当倒霉。但 1950 年入狱，1965 年也该出狱了，却从此渺无音讯。不知是死在狱中，还是心灰意冷，老病颓唐，隐于街市；总之此后就真的没有线索了。

20 世纪 50 年代白色恐怖正炽，入狱的流亡青年人数不少，如翻译美国名作《梅冈城故事》（To Kill a Mockingbird）的耿迩（本名唐达聪，湖南长沙人，1925—　），26 岁入狱，10 年后出狱，进了联合报系，成为知名报人。张时（本名张以淮，福建莆田人，1929—2006）也入狱 5 年多，出狱后成了知名译者，译作超过百部。胡子丹（安徽芜湖人，1929—　）在绿岛 11 年，出狱后还开了翻

《国王看管着珍宝》中
高坂元三的插图

译社和出版社。但张时出狱时不到 30 岁，胡子丹出狱时 30 出头，耿迟出狱时 36 岁，都尚在青壮年；而许达年中年入狱，出狱时已年过 60，确实也比较难再有一番作为了。

再谈谈《埃及童话集》。《〈埃及童话集〉的译介与意义》一文显然为许达年抱不平，觉得这本童话翻得很好，为何没有收录在海豚的复刻版。但又自己加以解释，可能是因为其中许多故事"少儿不宜"，有"错误道德观念"，"带有浓厚的神秘主义色彩"，"隐藏着民间的血腥暴力倾向"，"不适合今天的儿童读者"，云云。

但《封神榜》《西游记》《天方夜谭》都有"浓厚的神秘主义色彩"；《水浒传》《三国演义》《格林童话》都有"血腥暴力倾向"，《灰姑娘》《茶花女》都有"错误道德观念"，我们从小不也都看着"儿少不宜"的世界名作长大？只苛求埃及童话好像也没什么道理。

《〈埃及童话集〉的译介与意义》一文又花了不少篇幅，称赞这本童话集的美学表现，包括封面与插画：《埃及童话集》的封面呈现出埃及传统壁画、图案的风格，例如人物以侧脸的形式展现，背景以几何式的图案排列，画面透视技术的巧妙应用，等等。……其次是文本中的插图。插图追求黑白相渗、虚实相生、动静相宜的美学品格。例如，第一幅插图《国王看管着珍宝》，国王的眼神被聚焦和放大，与熊熊燃烧的烛光交相辉映，把《破入宝库的大窃贼》中的吝啬鬼国王表现得活灵活现。"

显然该文作者没有比对永桥卓介的《エジプト童話集》。因为他花了这么多篇幅盛赞的封面与插画，都是日本画家高坂元三的作品。而第一个故事"破入宝库的大窃贼"，也显然受到日文"宝藏を破つた大泥棒"影响，否则应该不会用"破入"这样不自然的动词。因为主角只是从暗门进入宝库，并没有破门的事情，说"潜入"还比较贴切。"魔法使"也是直接借自日文的说法。

十三国童话皆格林

——丰子恺和丰华瞻父子

　　能找到丰华瞻译的格林童话，其实是由一张丰子恺的图开始的。

　　1957 年到 1959 年，台湾东方书店陆续出版了一套"世界童话丛书"，共计 24 册，1959 年儿童节前夕再加上七本，并有吴树勋的序。吴树勋是黄埔三期学生，后来在电影界发展，序中屡称"本店"，应该有参与东方书店营运。这套书全部署名许尚德编著，其实来源非常复杂，并不是直接拿战前旧译重印，而是东凑西凑，既有战前商务和中华的旧译，也掺杂了部分 20 世纪 50 年代大陆的译作，追溯相当困难。其中一本 1958 年的《爱尔兰童话》，我找了很久，来源都不是战前诸译本，最后偶然在孔夫子旧书网上看到一小段文字，才惊觉这本的源头竟然是 1954 年上海少年儿童出版社的《爱尔兰民间故事》。20 世纪 50 年代两岸不是没有往来吗？这些 50 年代的大陆译作怎么会出现在台北重庆南路的书店里？真是匪夷所思。《爱尔兰民间故事》选译自叶芝的 *Irish Fairy and Folk Tales*，译者是钱遥，选了九篇故事。东方书店的《爱尔兰童话》共收录七篇故事，其中六篇抄钱遥的译本，包括《会说话的洞鸦》《惊险的旅行》《三滴酒》《着了魔的奶油》《灵魂的囚笼》《十二只雁》。

　　奇怪的是，另有一篇《善射的猎人》并不在钱遥译本之内，找遍各种爱尔兰传说、童话、民间故事也都找不到来源。这个故事是说三个巨人想抢走公主，带猎人去帮他们抓公主，但猎人看到公主很美，反过来杀了巨人。结果他的功劳却被另一个丑陋的武官冒领，国王叫公主嫁给假的救命恩人，公主不从，国王就把公主赶出去，叫她在森林里的小屋煮饭给人吃，还不能收钱。后来猎人来到这个小屋，拿出当初杀巨人时留下的证据，证实他才是真正救了公主的人（至于当年是他带巨人进城堡的事情，公主就不必知道了吧），最后当然娶了公主。插画很有趣味，是猎人在一间小屋前张望，墙壁上用中文写着"今天送，明天卖"。我看到这张插图，总觉得有点熟悉，看着怎么像丰子恺的画呢？循线找到丰华瞻译的《蓝灯：格林姆童话全集之七》，果然有这幅插图，当然是丰子恺的手笔无误。《蓝灯》明明是德国的格林童话，为什么会收在爱尔兰童话里？而且除了东方书店的《爱尔兰童话》之外，

丰子恺的插画

上海文化生活出版社 1955 年版《蓝灯》

219

中央出版社（1960）和大东书局（1967）署名"奇清"编译的《爱尔兰童话》也都收录了同一篇《善射的猎人》，不过没有放丰子恺的图。还好我先看的是东方书店版，否则未必能从丰子恺的图联想到丰华瞻译的格林童话。

更离谱的是，买到1955年上海文化生活出版的《蓝灯》之后，发现第一篇《蓝灯》竟被收在至少四个版本的《西班牙童话》中，丰子恺的插图也都照刊。我于是搜罗各家出版社的世界童话集来比对，发现竟然有十三国（或地区）童话皆收录了丰华瞻译的"格林姆童话"。除了爱尔兰、西班牙之外，还有威尔士、瑞士、瑞典、土耳其、英国（英格兰）、卢森堡、荷兰、印度、伊朗、梵蒂冈、德国。除了德国还有点道理之外，其他都是乱点鸳鸯谱。

收在《德国童话》中的当然最多，几乎都是出自丰华瞻这套《格林姆童话》，包括《提德马尔斯奇谈》《玻璃棺材》《能干的四兄弟》《聪明的格蕾蒂尔》《幸运的汉斯》《金孩子》《年轻的巨人》《三只小鸟》《万事通医师》《贫苦的磨坊学徒和猫》。其次是收在《荷兰童话》中的九篇：《猫头鹰》《泼夫利姆司务》《井边的看鹅女子》《舞破的鞋子》《六个仆人》《白新娘和黑新娘》《小羊和小鱼》《水晶球》《圣何塞在森林中》。荷兰人与德国人同属日耳曼民族，童话互通也不能说完全没有道理。

但其他欧洲国家也雨露均沾，从北欧到南欧到英伦三岛，几乎每个国家都分到几篇：收在《瑞典童话》中的有《什么都不怕的王子》和《驴子卷心菜》两篇；《英国童话》收了四篇：《瘦莉萨》《森林里的茅屋》《石竹花》《赌鬼汉斯尔》。《威尔士童话》和《爱尔兰童话》各收一篇：威尔士的是《恶商人在荆棘丛中》（这篇原名《犹太人在荆棘丛中》，丰华瞻觉得这篇内容侮蔑犹太人，所以改为"恶商人"），爱尔兰的就是《善射的猎人》。《卢森堡童话》也收了四篇：《鹪鹩》《铁汉斯》《贼和他的师傅》《乔玲达和乔林哥儿》；收在《瑞士童话》中的有三篇：《明亮的太阳会揭发真相的》《雪白和玫瑰红》《六个人到社会上去做事业》。连《梵蒂冈童话》也收了四篇：《三根青枝条》《圣母的小玻璃杯》《榛树枝》《生命水》。南欧的西班牙和意大利也有份：收在《西班牙童话》中的有四篇：《蓝灯》《三兄弟》《不孝子》《金鹅》；收在《意大利童话》中的有两篇：《共欢乐和共忧患》《鹭鸶和戴胜鸟》。

更奇怪的是亚洲国家童话也有格林踪迹：收在《土耳其童话》中的有三篇：《懒惰的哈利》《三个懒惰人》《十二个懒惰的仆人》。不知道为什么把格林童话中这几篇题目有"懒惰"的故事都当成土耳其童话。《伊朗童话》收了《老林克伦克》和《坟墩》，《印度童话》则收了《三个黑公主》。《三个黑公主》附上了丰子恺的插图：三个并排的公主闭着眼睛，上面有一只手持着蜡烛，正在滴蜡烛油。篇后有译者附注："这故事中有一处似乎矛盾：黑公主既然叫青年一整年不跟他们说话，怎么又说如果他要什么东西，他可以向她们要求呢？译者不能了解，特记在这里，以供研究。"这段有趣的译者附注，当然是丰华瞻写的，收在《铁汉斯》一册中，后来的简体字重印本也都有收录此注。

也就是说，就算德国童话是"合理使用"丰华瞻译的格林童话，其他 13 个国家（或地区）的 30 余篇故事，竟然也都取自丰华瞻译

收录有丰华瞻译文的童话书

的这套书，实在令人吃惊。根据丰华瞻的序，这套 10 册的"格林姆童话全集"是 1951 至 1953 年由上海文化生活出版社出版，根据英译本转译，并且参考苏联教育部的选译本删改。台湾从 1957 年就可见到，表示这套童话出版不久就在港台流传了。而丰子恺的多幅插画，也随其子的译笔出现在台湾的童书上。

　　这几家出版社互相抄袭情况严重，图书馆也很少收藏。目前可见的几套整理如下：

　　1957—1959　许尚德编译，台北：东方书店（31 册）
　　1960　奇清编注，台中：中央出版社（30 册）

1966 　奇清编注，台南：大东书局（30 册）

1970 　未署名，台中：义士书局（30 册）

无年代 　未署名，台北：黎明书局（不明）

无年代 　张云华编，香港：汇通书店（20 册）

1977—1978 　许大彦编，香港：国光书店（不明）

丰华瞻笔调简洁温暖，读起来宁静优美。如下面这段被收录在《瑞士童话》中的《雪白与玫瑰红》：

从前有一个贫苦的寡妇，她住在一间孤零零的小屋里。小屋前面有一个花园，花园里有两棵玫瑰树，一棵树上开着白玫瑰花，另一棵树上开着红玫瑰花。她有两个女孩子，她们同两棵玫瑰树一样，一个名叫雪白，另一个名叫玫瑰红。……雪白比玫瑰红沉静而温和些。玫瑰红喜欢在牧场上和田野里跑来跑去，采花，捉蝴蝶；但是雪白欢喜和母亲坐在家里，帮她办理家事，或者在空的时候读书给她听。

在夏天，玫瑰红照料这屋子，她每天早晨在母亲睡醒之前放一个花环在她的床前，这花环是从每一棵树上采来一朵玫瑰花编成的。在冬天，雪白生起火来，把锅子放在炉子上。锅子是黄铜制的，擦得很亮，像金子一般发光。在黄昏，当雪片飘下来的时候，母亲说："雪白，你去把门闩上。"于是她们围着炉子坐了，母亲戴上眼镜，大声地读一本大书。

"开明少年文学丛刊"扉页上的可爱小孩，据说就是以丰华瞻为模特画的

丰子恺无须介绍。丰华瞻是他的长子，出生于1924年，译这套书时还不到三十岁。1996年河北人民出版社重出这套格林童话时，丰华瞻在译者序中说："我翻译这书时，还是二十多岁的青年。那时父亲正在壮年，他为我做了约四百幅插图，使童话增色不少。如今父亲离开人间已二十年，我看到书中的画和封面的题字，犹如见到慈父一般。"孺慕之情溢于言表。

丰子恺其实还到台北开过画展。他在1948年曾带女儿丰一吟访台数月，下榻台湾开明书店附近的中山北路五条通，也在中山堂举办过画展。其实以丰子恺留日的背景，加上开明的人脉，留在台湾不无可能。可惜据丰一吟说，丰子恺嗜酒，喝不惯台湾的酒，又太想念家乡的绍兴酒，最后还是回大陆了，在戒严时期也就成了不能说出名字的人。他的插画在台湾开明书店翻印的几本书中还能见到，如《爱的教育》和《木偶奇遇记》封面，还有每一本"开明少年文学丛刊"扉页那个读书的可爱小孩（听说就是以丰华瞻为模特画的）。但他翻译的作品盗版不多。其中，屠格涅夫的《初恋》被列为禁书，我见过两种盗版，但流传不广。另有两本从日文编译的音乐家传记也有盗版记录。

丰子恺译作与盗版：

《近世十大音乐家》（1930，上海：开明）	本店编译。《近世十大音乐家》（1959，台北：台湾开明）
《世界大音乐家与名曲》（1931，上海：亚东图书）	陈永丰译。《十大音乐家与名曲》（1962，台北：五洲）
《初恋》（1943，上海：开明）	吻冰译《初恋》（1957，台北：黑白书屋）
	施品山译《初恋》（1973，台南：北一出版社）

儿子丰华瞻至少有六本译作被拆开抄袭，比父亲还多：

《金鹅》(1952，上海：文化生活）	《西班牙童话》《卢森堡童话》《瑞士童话》《英国童话》《德国童话》
《生命水》（1952，上海：文化生活）	《梵蒂冈童话》《西班牙童话》《德国童话》《卢森堡童话》
《蓝灯》（1953，上海：文化生活）	《西班牙童话》《威尔士童话》《爱尔兰童话》《瑞士童话》《瑞典童话》
《铁汉斯》（1953，上海：文化生活）	《卢森堡童话》《德国童话》《荷兰童话》《印度童话》《西班牙童话》《土耳其童话》
《格利芬》（1953，上海：文化生活）	《瑞士童话》《荷兰童话》《德国童话》《土耳其童话》《英国童话》《卢森堡童话》《意大利童话》
《海兔》（1953，上海：文化生活）	《伊朗童话》《梵蒂冈童话》《荷兰童话》

追忆再启

在台湾，每个人都在翻译中长大。我小时候，每次要祖母讲故事，她就用闽南语讲："古早古早，有一个老阿公和一个老阿嬷，老阿公去捡柴，老阿嬷去洗衫，看到河里漂来一个大桃子。"当然，桃太郎来自日本，翻译的。事实上，从摇篮曲开始，我们小时候唱的童谣，听的童话，看的故事书、漫画、电视、电影，到长大一些读的教科书、小说、报纸、杂志、科普新知、流行歌曲，到处都有翻译的踪迹。宗教上的佛经和《圣经》，也一样是翻译的。

这些翻译虽在不同时期出现，从千年前的鸠摩罗什到每日外电编译，却都陪着我们成长，成为世代记忆的一部分。这一卷就是从我自己的经验出发，谈谈我们这一代人的翻译记忆。

人生的开始

——《摇篮曲》

几乎每个人都能哼上几句，也收录在小学音乐课本上的勃拉姆斯《摇篮曲》，是世界上最著名的摇篮曲。这首曲子是德国作曲家勃拉姆斯于 1868 年(同治七年)作的，送给刚生小孩的朋友作为贺礼。德文原名 "Guten Abend, gute Nacht" ("Good evening, Good night"，但中文两句话无差别，只能译成《晚安，晚安》)。原文歌词大意是："晚安，晚安，在玫瑰和丁香装饰的床上，睡着可爱的宝宝，如果上帝恩准，明天早上你就会醒来。晚安，晚安，天使会守护你，在梦中带你去见基督的儿童之树，甜甜地睡吧，在梦中可以看到天堂。"看起来宗教感很强，"如果上帝恩准"还有点令人发毛。

这首歌有日本堀内敬三翻译的《眠れよ吾子》，中文通行的版本也有好几种。我从小熟悉的版本是萧而化的译本，20 世纪 50 年代就收录于《101 世界名歌集》："宝宝睡，啊快睡，外面天黑又风吹，宝宝睡啊，快快睡，妈妈唱个催眠曲。唱一声，宝贝儿，长大娶个仙女；唱一声，宝贝儿，快闭上眼睛睡。"当然是一点基督教味道都没有。"天黑又风吹"感觉是中国父母的一贯恐吓策略，"娶个仙女"更是非常中国化的愿望。但我唱给女儿听时，不免也有点嘀咕：啊，我们女生为什么长大要娶个仙女哩？儿子也没必要娶仙女吧？后来看到蔡琴的专辑中收录的版本，也是署名萧而化作词，但其实歌词有些出入："宝宝呀，快睡呀，窗外和风轻轻吹，宝宝睡呀，快快睡，妈妈唱个催眠曲。唱一声，宝贝啊，轻轻闭上双眼；唱一声，宝贝啊，和着歌声快快睡。"改得比较现代，夜黑风高改成"和风轻轻吹"，娶仙女那句也不见了，果然比较符合时代品味。现在小学音乐课本收录的却是李抱忱的版本："快快睡，我宝贝，窗外天已黑，小鸟回巢去，太阳也休息。到天亮，出太阳，又是鸟语花香，到天亮，出太阳，又是鸟语花香。"这个译本还颇有故事性：天黑、小鸟回巢、太阳休息；天亮、出太阳、鸟语花香；相当可爱。

萧而化和李抱忱年龄背景相似。萧而化是江西人，1906年出生，日本国立上野东京音乐学校毕业，来台前是福建音乐专科学校校长，来台后是师大音乐系首任系主任，在游弥坚主编的《101世界名歌集》中出力甚多，译了不少脍炙人口的歌曲，包括《散塔·芦淇亚》《老黑爵》《白发吟》等，还作了不少校歌，包括师大校歌，后来在美国过世。李抱忱是河北人，1907年出生，美国哥伦比亚大学音乐教育博士，长期在美任教。他的名作也不少，小时候合唱团必练的德佛札克的《念故乡》[1]，就是他作的词。

其实不只是摇篮曲，我们唱的儿歌也有不少德国歌曲，像《春

---

[1] 德佛札克（Antonín Leopold Dvořák, 1841—1904），一般译作德沃夏克，《念故乡》是根据他的代表作第九交响曲《自新大陆》第二乐章的主要旋律改编而成。李抱忱的歌词为："念故乡，念故乡，故乡真可爱，天青青，风凉凉，乡愁阵阵来。故乡人，今如何，常念念不忘，在他乡，一孤客，寂寞又凄凉。我愿意，回故乡，重返旧家园，众亲友，聚一堂，同享从前乐。"——编注

神来了怎知道，梅花黄莺报告》《当我们同在一起》《野玫瑰》等，旋律也都是德国歌曲。而这些歌曲，大部分都和日本有关：日本明治时期锐意西化，明治十四年（1881），日本文部省推出《小学唱歌集》，把大量欧洲歌曲配上日本歌词，作为教育的一部分。像我们小时候唱的《骊歌》（骊歌初动，离情辘辘，惊惜韶光匆促），日文版《萤之光》就收在《小学唱歌集》中，原来曲调是苏格兰民歌"Auld Lang Syne"。[1] 中文版由华文宪（1899—1940）在抗战期间填词，晚了日本多年。李叔同作词的《送别》也收在小学课本中，犬童球溪在明治四十年（1907）把美国作曲家奥德韦（J. P. Ordway，1824—1880）的"Dreaming of Home and Mother"填上日文歌词，名为《旅愁》，李叔同留日时有感而发，也填了中文词，名为《送别》，传唱至今。有趣的是，我多年来总问美国学生是否听过"Dreaming of Home and Mother"，至今从无一人听过。

在台湾，除了收录摇篮曲的《101 世界名歌集》之外，全音出版社的《世界名歌 110 曲集》可能更为常见。全音的版本分为两册，里面收录了许多大家从小耳熟能详的世界名歌，像《野玫瑰》《老黑爵》《马撒永眠黄泉下》《忆儿时》之类的。因为知道上述这几首都是参考日译本的，我上次去东京神保町的时候，刻意找昭和时代的世界名歌集，却没找到，有点遗憾。日前在台北的旧书店，竟然无意间看到一本。

---

〔1〕 苏格兰民歌"Auld Lang Syne"，是一首脍炙人口的世界名曲，即《友谊地久天长》，《骊歌》和《萤之光》都是同一首歌曲的不同版本。——编注

台北全音出版社的《世界名歌 110 曲集》，无出版年

东京新兴出版社昭和二十七年的《世界名歌百曲集》

妈妈喜欢唱歌，从小家里的钢琴上就一直摆着这本"全音"的《世界名歌 110 曲集》，很多歌从小就很熟悉。可惜查了半天，全音版本好像一直没有出版日期，只能从我自己的年龄推算，最晚应该是 20 世纪 70 年代初就出版了。翻看日本新兴出版社这本昭和二十七年（1952）的《世界名歌百曲集》，就好像看到好久不见的老朋友一样。虽然我德文完全不行，日文要靠汉字，但乐谱一看就知道是哪一首歌，十分亲切。从书名就可以知道全音这本并不是直接整本从《世界名歌百曲集》翻译的：全音收了 110 首，日文本则是 100 首（全音还收了几首像《满江红》这样的中国歌曲），但我至少对出了 45 首是有日文版的。而且更让我惊讶的是，这些伴奏的编曲都一模一样！

当然，有些英文歌曲，歌词可以从英文翻译，不必从日文翻译；周学普本来就是德文教授，他翻译德国歌曲当然可以从德文直译，不必透过日文转译，但一开始把这些德国音乐配上歌词的也是日本作曲家，更别说周学普是留日的，他的德文是在日本学的，当然会受日本选曲的影响。萧而化也是留日的，一开始编《世界名歌集》的吕泉生也是留日的。所以电影《海角七号》里面，有中日歌手一起唱《男孩看见野玫瑰》的场景，其实他们还有 40 多首可以合唱呢！

本来无话，何劳翻译？

——《小亨利》

　　小时候家里订阅《"国语"日报》，兄弟姊妹总是争看印在最下面的《小亨利》四格漫画。同学家里若有整盒彩色封面的《小亨利》，更是大家欣羡的对象。但如果知道原版的《小亨利》是不说话的，恐怕很多人会大吃一惊。

　　《小亨利》原是美国漫画家卡尔·安德森（Carl Anderson，1865—1948）于1932年所创造的漫画，以光头的亨利（Henry）为主角，有时背景有字，或是妈妈会吩咐亨利做什么事情，但亨利都没有开口说话，读者顺着漫画逻辑，自然晓得好笑的地方在哪儿。这个漫画最先刊登在《周六晚报》（*Saturday Evening Post*）上，推出后极受欢迎，也很快就有德文译本，后来发展出单元格漫画、四格漫画和多格漫画等各种形式。但卡尔在1932年已经67岁高龄，画了十年之后，年事已高，遂交由两个助手利内（John J. Liney）和特拉赫特（Donald Trachte）接手，前者负责每日漫画，画到1979年退休，后者则负责每周漫画，一直画到1993年。《小亨利》前后跨越了60多年，是非常长寿的漫画，不但有多国译本，世界各地至今仍有75家媒体持续刊登。

　　至于台湾则是从1951年开始，由《"国语"日报》推出黑白版的《小亨利》四格漫画，由作家夏承楹引介这位"一肚子坏主意的

1974 年出版的《小亨利》单行本第 20 集，由夏承楹编译

原文是无字漫画，"编译者"夏承楹自编解说。上面一则有"助人为快乐之本"，下面一则有"飞檐走壁""飞天大侠"等语，略为归化

小秃子"。夏承楹（1910—2002）出生于北京，与台籍作家林海音是北平《世界日报》的同事，两人婚后来台，成为台湾文坛的名人夫妻档。夏承楹除了以笔名"何凡"翻译了 14 篇美国政论家包可华（Art Buchwald）的专栏文章之外，也以本名翻译了多本童书绘本，如《猛牛费地南》等。另外，《"国语"日报》上连载多年的《淘气的阿丹》也由他所译。

奇怪的是，小亨利本来没有说话，又怎么会需要翻译呢？何凡特别在"前记"中解释：

> 《"国语"日报》上的《小亨利》，原图并没有说明，在报上登的时候，我们每图加一句说明，以便万一有小读者看不懂的时候，可以帮助他们了解。文字力求浅显和口语化，旁边儿附上注音，希望小读者能够收到"看图识字"和"读

文学话"的功效。

当然这段话也是加上注音的，可见漫画的目的已经变成普通话教学的一部分了。

《小亨利》的说明文字十分简洁易懂，例如：当小亨利拉开弹弓，下面的说明就写着"看镖！"；若小亨利拿温度计量湖水温度，文字说明即为"试试水温有多少度"等。有时翻译还颇本地化，例如1969年出版的第11集中，小亨利正在看演讲公告，第一格漫画的海报竟写着"今晚演讲'儿童礼仪'／中山堂"。不过，其实就算《小亨利》不作说明，也不至于达到令人费解的地步。

在台湾，《小亨利》因笔调纯朴，人物简单，不过是妈妈、小狗、校长、工人等几个典型人物，并没有太多文化障碍，畅销经年，到1977年已出版20余册单行本，还有外传。1984年，双大出版社请谢瑶玲教授翻译，出版中英对照版本。虽说是中英对照，但原文文字有限，多半是妈妈讲的话或招牌、告示之类的；但为了迎合众多《小亨利》迷的习惯，还是每张图都加了中文说明。现在还有一些小学低年级学生的写作课程使用《小亨利》当教材，让学生看无说明的四格漫画"看图说故事"。也就是说，《小亨利》的功能之多，从最开始的学认字、20世纪80年代的学英语，到现在学写作，不知陪伴了多少学子呢！

三十几年还没落幕的大戏

——《千面女郎》

　　《千面女郎》(ガラスの仮面)是日本漫画家美内铃惠的作品，从 1976 年开始连载，至今仍是未完待续。2012 年 9 月发行日文版第 49 集，让众多漫画迷从少女等成熟女，还是不知道最后红天女要由谭宝莲还是白莎莉来出演。

　　这部漫画描写纯朴的女孩谭宝莲热爱表演，偏偏遇上出生明星世家、又美丽又有钱又天资过人的对手白莎莉；两人竞争多次，胜负未定，不但要等重病缠身又遭毁容的天才老师阮玉冰做最后的裁决，还要看已有完美多金未婚妻的情人秋俊杰，到底情定

《千面女郎》单行本第 41 集封面

何方……

　　不过，这部分的情节只连载到 1998 年的第 41 集。在隔了六年之后，从 2004 年出版的第 42 集开始，将书名改为《玻璃假面》不说，里面的角色名称也全换了——"谭宝莲"变成"北岛麻亚"，对手"白莎莉"变成"姬川亚弓"，老师"阮玉冰"变成"月影千草"，情人"秋俊杰"变成"速水真澄"。想当年，第 41 集结尾处秋俊杰叫的那一声明明是"宝莲"，到第 42 集首页却突然改叫"麻亚"，读者还得自行配对转换。

　　其实，会造成这样的混乱局面，有一个原因是日本从 20 世纪 80 年代才开始有海外版权代理，之前的漫画全都没有授权，自由度非常高，也非常本土化，"秋俊杰"听来像是琼瑶小说里的男主角，"白莎莉"让人想到 70 年代的美丽主持人白嘉莉，"阮玉冰"的悲剧色彩又似乎有点像演员阮玲玉……但时过三十年，现在已经没有人这样翻译了；而且这些没有授权的漫画也都不能继续贩卖。现在不但人名都恢复为日文人名，让读者可以想象他们是日本人，连书名也采用直译。原书名的"ガラス"是日语的外来语，即为"玻璃"（glass）；而"仮面"则是日语里的面具，故台湾将其翻为"玻璃假面"，大陆则译为"玻璃面具"。

　　这部漫画除了见证翻译习惯的转变之外，里面的剧团所演出的话剧剧目也和翻译脱不了关系。《茶花女》《小妇人》《乞丐王子》《咆哮山庄》《仲夏夜之梦》等，都是欧美文学翻译改编的话剧，可见这些作品是如何地深入日本文化，甚至已经变成日本人的文化资产了。剧场也是这部少女漫画之所以特殊的原因之一。撤除贫富差距、俊男美女、励志向上这些通俗成分，两位女主角对表演艺术的执着和体悟，在少女漫画中实属少见。演员刘若英就曾说过自己颇受《千面女郎》的启发，相信因为这部书而向往剧场的读者就更多了。

　　同样早期走本土路线的《机器猫小叮当》，授权版本在日方强烈要求下改名为《哆啦A梦》，里面那些陪我们一起长大的叶大雄、技安、阿福、宜静，也变成了野比大雄、胖虎、小夫、静香，让怀旧的读者颇不习惯。不过，《尼罗河女儿》和《玉女英豪》这两部少女漫画经典，除了书名改为直译的《王家的纹章》和《凡尔赛玫瑰》之外，翻译策略似乎并没有经历类似的剧变。大概是因为原来的女主角就是金发的欧美人士，所以以前也没有取过本土人名，自然就没有受到翻译习惯改变的影响。

隐形的日译者

——黄得时的《小公子》和《小公主》

1962 年东方出版社的《小公子》，由黄得时（1909—1999）改写，全文收录在 2012 年出版的《黄得时全集》中。黄得时是台大中文系最早的台籍教授之一，战后翻译了不少儿童文学。不过，《黄得时全集》中只说《小公子》的原作是美国作家伯内特（Burnett）夫人所著的 *Little Lord Fauntleroy*，并经过黄得时的改写，却漏掉了中间的转译者千叶省三。事实上，黄得时的版本是改写自千叶省三于 1940 年在讲谈社出版的《小公子》。从后来的 1951 年版本可以看到，虽然和初版的封面不同，但内文近 20 页的全页插图都是一样的，前言基本上也跟千叶省三的前言差不多，只删掉了"日译本由明治年间的女译者若松贱子首译"这个信息。

《小公子》是若松贱子取的书名，现在也译为《小伯爵冯德罗》，故事跟《麻雀变公主》《小英的故事》差不多，就是在美国生活的普通小孩，忽然发现自己是英国贵族继承人，被接回英国过上了贵族生活。然后，可想而知这个天真善良的主角，会用爱心感化冷酷的贵族领主，让身边所有人都一起过上幸福快乐的生活。

无独有偶，"国语"书店在 1962 年也出了一本《小公子》，后来文化图书公司再出一次，由林仁川改写，封面与东方出版社《小

日译者千叶省三（1892—1973）是日本有名的儿童文学作家，作品很多，著有童话集六卷，鹿沼市还有千叶省三纪念馆

1940 年千叶省三翻译的《小公子》，由日本讲谈社出版

1962 年东方出版社出版黄得时改写的《小公子》

小公子和他的朋友。上图是东方出版社的插图，下图是讲谈社的插图

1962 年"国语"书店的《小公子》，后由文化图书公司出版，署名"林仁川"改写，也是译自千叶省三

东方版《小公子》的书名页，构图和文化图书公司版的封面完全一样

文化图书公司版《小公子》的书名页，采用的是老伯爵祖孙乘马车的图

公子》的构图一模一样，只是衣服的颜色不同：东方出版社的小公子蓝衣蓝裤，系同色腰带；文化图书的小公子则绿衣绿裤，系橘色腰带。此外，文化图书的背景多了一人一马，东方出版社封面虽没有此人，但书名页却保留了这个人，看来原图是有这匹马的才对。

也就是说，1962 年，黄得时和林仁川不约而同地翻译了千叶省三的《小公子》，又不约而同地漏掉了他的名字，只写了原作者的汉文译名"白涅脱夫人"（东方版）或"巴涅特夫人"（文化版）。因为是同本异译，所以故事都一样，只有人名的翻译颇为不同，如主角的名字 Fauntleroy（方特勒罗伊），日文版是フォントルロイ，黄得时译为"冯德罗"，林仁川则译为"洪都尔路易"，看来林仁川的日文腔比黄得时严重。两人的前言也都是译自千叶省三。例如写到原著在美国风行的情形：

在短短的几个月后，全美国几乎没有人不知道这本书的小主角"薛特利"的名字。于是，社会上便流行了一种称为"冯德罗式"的服装，几乎每一个家庭，都喜欢让自己的男孩子，头戴黑绒帽子，身穿花边领子的天鹅绒衣服。（黄得时）

那个时期的美国人，几乎没有一个人不知道故事里的主人翁谢德立克这个名字的。当时的男孩子，甚至于流行着一种叫作"洪都尔路易型"的服装。这种服装是模仿着谢德立克常穿的衣服的样式裁制的：如天鹅绒的大黑帽，有花边领子的天鹅绒衣服等。（林仁川）

还有，故事中提到主角的美国朋友为了弄清楚贵族是什么，去书店买了一本《伦敦塔》来看，黄得时将英国的玛丽女王译为"残暴的玛莉女王"，林仁川则译为"血淋淋的美莉"。看来，黄得时的文笔还是比较好，也比较符合一般的说法。

1962 年东方出版社的《小公主》，同样也是由黄得时改写自伯内特夫人的 *A Little Princess*（1905）。不过，东方出版社同样没有告诉读者，黄得时并不是直接从英文原著改写的，改写者另有其人，就是日本最早的女性剧作家水岛昌蒲（水島あやめ，1903—1990）。*A Little Princess* 深受日本人喜爱，译本和改写本非常多，还有在台湾也播放过的《莎拉公主》动画。水岛的日文译本书名则取作《小公女》，1950 年由讲谈社出版。

1962 年黄得时译的《小公主》　　1950 年水岛昌蒲译的《小公女》

　　黄得时的译本基本上都依照水岛的改写本，只是把几个章节合并起来而已。人物介绍、插图也都模仿讲谈社版。我从小就很喜爱黄得时的译本，看了很多次，但有一个地方始终觉得有点奇怪，就是黄得时在序中说："我本人，从小时候到现在，已经读过好几遍了，可是，每读一次就有一次无限的趣味和新鲜的感觉。"当然不是说男生不能看《小公主》，但是黄得时小时候生活在 20 世纪 20 年代的台湾，实在有点难以想象他当时会常看《小公主》（谁的版本？）。果然，翻开日文本，这句话其实是水岛昌蒲说的。这就对了，*A Little Princess* 自明治时期就有译本，水岛说这句话是比黄得时合理多了。

　　提到台湾的儿童文学，不能不提东方出版社。东方是战后第一家由台湾知识分子集资创办的出版社，地点就在日据时期的新高堂书店，位于今天的重庆南路。东方早年大量翻译日文改写的作品，如收有《小公子》的"世界少年文学选集""世界伟人传记""福尔摩斯全集"和"亚森·罗苹全集""希顿动物故事"等，几乎都是从日文的改写本译过来，至少有两百多种。现在又授权大陆发行简体字版本，日本译者的影响更是深远。

飞吧！海鸥岳纳珊！

海鸥岳纳珊是台湾小学五年级学生的共同词语之一。因为在我们的小学六年级课本（"国编馆"时代，大家都一样）中，就有这么一课《天地一沙鸥》，2007年的电影《练习曲》中，许效舜还念了一段当中的课文。该文的作者理查德·巴赫（Richard Bach，1936— ）现在还在世，英文本是1970年出版的，算起来当时他也不过30来岁。英文书先在美国大卖，而后1972年一共出了7个中译本，还真的是沙鸥满天飞。

在这7个版本中，第一版是由彭歌所译，就是他用了杜甫"飘飘何所似，天地一沙鸥"的典故来命名，此后这个书名就这么定了下来，连2011年谢瑶玲老师重译的版本都还叫作《天地一沙鸥》。彭歌本名姚朋，河北人，1949年来台，曾任《中央日报》总主笔及社长，翻译作品不少，译笔相当好，也得过不少奖。乡土文学论战期间，彭歌曾大力攻击乡土文学作家，可以看出他算是与"当局"关系密切的御用文人之一，也难怪其翻译作品常有蒋经国的推荐。

《天地一沙鸥》的扉页中就有小蒋的背书，写道："蒋院长期

勉全国各级行政人员建立新的观念。他推荐美国李查·巴哈[1]写的
《天地一沙鸥》。"以当时的氛围，小蒋一开口，应该就是公务员一
人发一本，可能还要组读书小组、交读书心得报告什么的。果然，
接下来该书还由林海音改写成课文，编入教材。课本采用的自然
是彭歌的版本，因为只有他的海鸥叫作岳纳珊，海鸥妈妈还会开
口叫他"岳儿"，非常有趣。其他版本或叫"强拿桑"，或叫"若纳生"，
听说大陆还有叫"乔纳坦"以及"乔纳森"的，谢瑶玲的新版则用"强
纳森"。但为什么这个名字 Jonathan 会译成"岳纳珊"呢？这大概
是用希伯来语发音吧？这就是《圣经》里扫罗之子"约拿单"的名字。
岳纳珊和约拿单，发音就很相近了。

其实我对这课文没什么深刻的印象，可能太励志了，又觉得
没什么道理：海鸥很会飞不是天生的吗？到底是要飞成怎样呢？
但重新回顾一遍，却反而看到许多以前没看到的，这本书不但很玄，
甚至带点神秘的宗教色彩。真不知道当时小蒋是怎么看这本书的，
居然可以看出"不要为生活而工作，而是要为工作而生活的道理"，
难道海鸥要付房贷吗？

1972 年七个中译本：

· 彭歌《天地一沙鸥》（台北：中央日报）

---

[1] 即理查德·巴赫。——编注

- 陈苍多《天地一沙鸥》（台北：巨人）
- 吕贞慧《天地一沙鸥》（台北：五洲）
- 许清梯《天地一沙鸥》（台北：大林）
- 李仲亮《天地一沙鸥》（台北：译者自印）
- 金家骅《天地一沙鸥》（台北：昌言）
- 杨珊珊《流浪的海鸥》（台北：林白）

麦帅的儿子怎么了？

——《麦帅为子祈祷文》

　　台湾并非基督教地区，却从编译馆的时代起，就收录了一篇祷告词的译文作为语言教材。甚至现在的中学语文课本也有收录，译文还谱成混声四部合唱曲，由名作曲家萧泰然谱曲。可以说是台湾民众最熟悉的祷词之一。更有趣的是，这篇祷词并非出自名牧师之手，而是出自第二次世界大战的名将麦帅。

　　麦帅，是台湾给予美国陆军五星上将麦克阿瑟将军（Douglas MacArthur, 1880 —1964）的称呼。身为"二战"时的西南太平洋战区盟军司令，他代表盟国接受日本投降。台湾第一条高速公路于1964年通车时，正值麦帅过世，于是以他的名字命名为麦帅公路，后来并入中山高速，只剩下麦帅桥；现在则有麦帅一桥和麦帅二桥两座桥梁依然存留麦帅的名称。然而他在台湾留下的形象，除了麦帅公路、麦帅大桥，以及叼着烟斗，说出"I shall return"之外，还有一篇收录在课本里的《麦帅为子祈祷文》，有些版本的高中英文课本中也收录了原文。这位只到过台湾一次、战功彪炳的美国将军，恐怕很难想象他在这个远东岛屿上的主要形象，竟是课本中的慈父吧。

　　这篇《为子祈祷文》（"A Father's Prayer"）写于1937年，由于麦帅的独子出生于1938年，因此是孩子未出世时的一篇祷告词，

首句 "Build me a son, O Lord, who will be strong enough to know when he is weak" 也隐含 "给我一个这样的好儿子" 的祈愿。不过,当时又没有超声波,如果生出来是女儿怎么办? 这是麦帅的第二段婚姻,58 岁才得子,又在沙场上驰骋半生,看惯大风大浪,因此这篇祷词的意境颇不同于一般祈愿祝祷。父母多半求子一生顺遂平安,他却求子困顿,接受磨难淬炼,方能体谅别人;甚至还祈求他能有幽默感,不要过分拘执。但他儿子最后成了怎样的人呢? 阿瑟·麦克阿瑟出生于马尼拉,由华人奶妈带大,父亲是走路有风的世界名将,年龄足以做阿公,想起来就觉得这儿子处境艰难,难怪后来死活不肯念西点军校,继承祖、父两代彪炳军功。阿瑟一心只想读音乐,最后更低调地改姓埋名,在纽约当个音乐人过了一生。世人未免觉得有虎父犬子之感,但说不定他真的不负父望,做个 "纯洁、谦逊、豁达有幽默感" 的人也未可知。

无论孩子将来的发展如何,父亲当初的祈愿总是真心诚意的。那么台湾看到的祈祷词是什么样子呢? 台湾的课本多半采用名译者吴奚真[1]的译词:"主啊,请陶冶我的儿子,使他成为一个坚强的人,能够知道自己什么时候是软弱的。" 合唱曲曲名为《父亲的祈祷文》,王奕心译词,看来较接近吴奚真译本:"主啊,请陶冶我儿足够坚强,能够知道自己软弱的时候。" 网络上也有各式

---

[1] 吴奚真(1917—1996),沈阳市人,曾留英。随国民党来台,在台师大英文系任教多年,是流亡译者中译笔极好的译者。译有《斑衣吹笛人》《嘉德桥市长》等书。

翻译，如比较直译的"主啊！求你塑造我的儿子，使他够坚强到能认识自己的软弱"，或是"恳求你使我的儿子坚强到一个地步以至能知道自己的懦弱"，翻译腔重了些。也有一些误译的版本："主啊！教导我儿子，在软弱时，能够坚强不屈。"这个译法就有点不知所云了。

少见的西班牙语漫画

——《娃娃看天下——玛法达的世界》

    作家三毛（1943—1991，本名陈懋平，祖籍浙江定海，出生于重庆，幼年随父母迁台）译自西班牙文的漫画《娃娃看天下——玛法达的世界》，最早是由远流出版公司于 1976 年到 1977 年在台湾推出，一共出版了六集。封面三毛的名字下面有"译自撒哈拉沙漠"的字样，提醒大家这位 70 年代红遍台湾的明星作家，这时还跟西班牙老公荷西甜蜜地住在撒哈拉沙漠。

    《娃娃看天下》原名 *Mafalda*，是阿根廷漫画家季诺（Quino，本名 Joaquín Salvador Lavado Tejón，1932—2020）所绘，先后在布宜诺斯艾利斯的几份报纸上连载，后来也在西班牙的报纸上连载。连载时间从 1964 年到 1974 年，后来结集出版了 11 册单行本，在

《娃娃看天下——玛法达的世界》

欧洲相当风行，有十几种语言的译本。根据三毛的序言，*Mafalda*是 1974 年荷西在沙漠中的小文具店买到的，后来他们夫妻俩都迷上了这套漫画，因此在远流的邀约之下，合作译成中文出版。有意思的是，远流版的末页，还画了一个书中人物马诺林站在台上发言，说：

> 玛法达要我代表大家念感谢的话："感谢三毛老师教我们说中国话，远流出版社替我们打扮，陈伯母替我们取一个响亮的书名，骆主编替我们发新闻，这样使我们有幸认识许多中国的好朋友，使我们以后每个月能再来一次。"

20 世纪 70 年代的台湾还在戒严期间，这里的"中国的好朋友"是指台湾读者，不是大陆读者。三毛在 1980 年皇冠版的《又见娃娃》一文中也回忆了当年翻译的情况：

> 记得那时候，几乎有几个月的时间，荷西与我吃了晚饭，熄了家中大半的灯火，只留着一盏桌上的小台灯，照着温暖而安静的家，我捧出了你们的故事，跟荷西相视一笑说："又做功课了！"这便一同念着每一个格子中的你们，看你们又说了什么事，又换了哪一件衣服。想出一句又一句中文，苦心地把你们教到会讲。

这部漫画虽然画风可爱，但内容却不是给孩子看的，有不少讽刺时政，或是反对主流价值观的意涵，因此远流特地在书背上印上一行"给大人看的漫画书"。例如玛法达要上幼儿园的前一天，妈妈担心她不肯上学，她就跟妈妈说："妈妈，知道吧！我喜欢去幼儿园，将来再念很多书，免得我变成像你一样平庸又空洞的一个女人！"或是她跟一心想做少奶奶的朋友苏珊娜说："除了做母亲之外，女人还可以再进一步做其他的事！"苏珊娜说："有道理啊！"下一格则是苏珊娜说："明天开始，我就去学打桥牌。"这自然都是在嘲讽中上层阶级的家庭主妇。书中也常提到越战、飞碟、罢工、通膨、媚外等议题，但因非儿童所熟悉，再加上时过境迁，许多读者都提过这套漫画并不像三毛说的那么易懂。

三毛在1977年的第六集结尾附上一篇《译后记》，说明自己要把许多无法直译的字，自作主张地替它改为通行的俗语，并举例说书中娃娃们互称的"小炸马铃薯片"，她改为"小土豆"。我以前看到这个称呼，脑中浮现的都是一个个"小花生"的形象，后来才知外省人称马铃薯为土豆。

时代问题也很有趣。第一集的一个重点就是玛法达希望她爸爸买一台电视机，但他爸爸说电视会扭曲小孩子的正常心理而坚持不肯，由此便可以感受到这部漫画的年代久远。还有一次菲利普在玩悠悠球（yo-yo），玛法达问他那是什么东西，菲利普说"yo-yo"，但因为西班牙文的"yo"就是"我"的意思，玛法达以为他说的是"我—我"，所以就骂他"自私自利的家伙"。三毛将"yo-yo"翻译为"要—要"，在当时还勉强可行；但因现在悠悠球早已风行多年，中文名称也固定了，这个翻译策略就行不通了。

还有些拟声词和背景图片中的西班牙文没有译出来，不懂西班牙文的读者实在不易理解。不过，即使西班牙语在台湾属于冷门语种，出版社还是敢在 20 世纪 70 年代就引进这套漫画，而且销售量相当惊人。皇冠在 1980 年开始接手，1989 年已出到 24 版次，2005 年还推出 40 周年纪念版。能够如此，实与作家三毛的关系最大。

三毛本是作家，译作只有这套漫画和三本朋友丁松青神父的书，不过在翻译史上还得再记她一笔功绩：远流的《阿加莎·克里斯蒂推理小说集》，也是三毛主编的。她自己没有翻译阿加莎·克里斯蒂，但这位谋杀天后能在台湾读者心目中占有一席之地，也是三毛的功劳最大。

1979 年荷西意外身亡，1980 年皇冠重出全套《娃娃看天下》，三毛在序言《再见娃娃》中说，重出的目的只是想"作为荷西与我的一个纪念"，又说"我的孩子们，再见到你们，我虽然欢喜，我却悄悄地背过了脸去，不敢跟你们打招呼，因为怕自己眼泪盈眶，因为今日的三毛已不是你们过去认识的那一个人了……"相当哀伤感人。

冷战时期的政论常青树

——包可华专栏

小时候家里有订《联合报》，印象中常看到"包可华专栏"，但年纪幼小的我，自然以为"包可华"是姓包名可华的作家，只是为什么又常看到另一个名字何凡呢？包可华与何凡到底是什么关系？

原来，包可华是美国专栏作家，原名 Art Buchwald（1925—2007），何凡则是译者。何凡从 1967 年开始翻译"包可华专栏"，每周刊登一篇在《联副》，一直译到 1979 年，结集出版 14 集，这样常青不败的翻译专栏也算是异数了。不过包可华的第一个译者并不是何凡，而是林语堂。

1966 年，林语堂在香港《英文虎报》（*The Standard*）上看到一篇包可华讽刺美国总统约翰逊的文章，于是翻译为中文，发表在中央社专栏中，并推崇此君"卜华尔"乃现代美国最风行的幽默大家，因此特地翻译出来，"让中国读者稍识西洋幽默的真面目"。第二年，何凡把"卜华尔"改称"包可华"，开始在《纯文学》月刊上翻译"包可华专栏"，从此包可华之名可以说是家喻户晓。后来的其他译者，如茅及铨和黄骧，也都沿用包可华的名字。

何凡一连翻译了十多年，共出了 14 集的"包可华专栏"（纯文学）；皇冠也在 20 世纪 70 年代出版了多本"包可华幽默文选"，由茅及铨翻译，如《包可华与尼克松》《尼克松台上台下》《包可华看世界》《包可华出击》等。黄骧翻译的《包可华专栏精粹》最晚，收录的是 1979 年到 1982 年的专栏文章，已经是里根总统的年代了。由于何凡译包可华的地位稳固，黄骧还特地声明自己并无意与何凡"抢译"，只是包可华著作甚多，"分译"而已。由于包可华多半针砭时事，黄骧每篇译作后面都还附上"新闻背景"说明，介绍美国时事或社会人情。

因此，从约翰逊、尼克松、福特、卡特到里根的前后五任美国总统任职期间，台湾的读者大概都可以透过包可华嬉笑怒骂的文章，稍稍窥见美国的政局变迁。译者何凡在 1967 年的"前记"中，曾提到包可华时常开总统约翰逊的玩笑，"可以看出美国专栏作家影响力之大，以及他们的言论尺度之宽。……在美国人看来，这（开玩笑）既无伤大雅，也谈不到有损任何人声望"。何凡自己也是专栏作家，在政治高压、言论可以贾祸的年代，这样的介绍其实不无艳羡之情。本来美国国内大小事，与台湾相关的并不多，但包可华专栏竟可以持续多年，出版二十几册，也可看出台湾在冷战时期，一心拥抱美国、热切向美国学习一切的景况。

西洋罗曼史的兴衰
——《米兰夫人》与《彭庄新娘》

> 百年庄园及豪宅。孤女。女家庭教师和豪宅主人。疑云重重。生死关头。身世之谜。终成眷属。

想到什么书了吗？是的，这是"罗曼史"（Romance）的百年标准配方，从夏洛蒂·勃朗特（Charlotte Brontë）的《简·爱》（1847）一直用到琼瑶的《庭院深深》（1969）和《金盏花》（1979）。其中，英国作家维多利亚·霍特（Victoria Holt，本名 Eleanor Hibbert，1906—1993）则承前启后，把这些配方发挥到极致。从 1960 年到 20 世纪 80 年代，霍特深深影响了台湾的"罗曼史文化"，尤其是她的《米兰夫人》和《彭庄新娘》，至今仍被不少粉丝奉为经典。

《米兰夫人》（*Mistress of Mellyn*）原连载于 1960 年的美国《妇女杂志》（*The Ladies' Home Journal*），台湾译者崔文瑜（崔以宽，1936—1989）随即在《大华晚报》副刊连载译文，1961 年全书连载完毕，由皇冠出版社出版单行本。译者还在后记中预告此书即将被改编拍成电影，女主角是奥黛丽·赫本，男主角是亚兰·德伦，可惜后来电影因故没有拍成，否则应该也是部经典名片。这本小说对台湾的影响力有多大呢？ 1964 年，《台湾日报》曾连载一篇仿作《古屋风云》（作者为黄海），1965 年台湾导演辛奇更把这个故

左图为张时翻译的《彭庄新娘》，右图为崔文瑜翻译的《米兰夫人》

事场景搬到台湾，拍成闽南语片《地狱新娘》，相当有趣。

不久，霍特于 1963 年出版的 *Bride of Pendorric* 也迅速出现中文译本，由张时（张以淮，1929—2006）翻译，取名为《彭庄新娘》，书背还印有"《米兰夫人》作者 Viotoria Holt 最新杰作"等字样，可看出《米兰夫人》多么深入人心。其后，霍特的作品更是一部接一部地出版中译本，光是她以霍特为笔名的 32 部作品中，就有 31 部有中译本，许多都是脍炙人口的名作，如《孔雀庄上》《虎跃情挑》《千灯屋》《蓝庄佳人》等，相信当年的书迷看到这些书名都会十分怀念。

《米兰夫人》与《彭庄新娘》的译者都是 1945 年后来台的流亡学生，崔文瑜是河北昌黎人，台大外文系毕业；张时是福建莆田人，台大机械系毕业，两人皆为 20 世纪 60 年代就开始有翻译作品的台湾译者。

　　早期皇冠出版该系列书籍时，翻译策略非常本土化。人物的译名原则和傅东华的《飘》如出一辙：《米兰夫人》的"米兰山庄"有主人米康南和米霭琳父女；邻居"巍登山庄"有蓝比德和蓝雪丹兄妹；社交圈有蔡夫人，下人有包奶奶、老戴、小带子、小笛子等。《彭庄新娘》的"彭庄"则有彭乐石和彭维娜姐弟；方家有方令腾和方斐文父女；韩家有韩白玲和韩宝玲姐妹；还有白爵士、何太太、阿全、柯医生和郝牧师一干人等。这些译本的中文都极其流畅，四字成语俯拾皆是，从"风流倜傥""巧夺天工"到"鱼雁往返""红男绿女"，连"古今中外"都出现了，可以感觉到译者在下笔时是多么行云流水。

　　好时年出版社在1981年重出《米兰夫人》时，译者张桂越的人名策略参考旧译，女主角还叫李马莎，山庄主人则改为崔康南和崔艾文。为什么一下姓"米"一下姓"崔"呢？原来，山庄主人的姓氏是TreMellyn，前译者取了米兰山庄的米字，后译者则取了原文的崔字。但1996年"国际村文库"重出的《潘庄新娘》（石雅芳、邱敏东译），人名译法就完全不是如此了：男主角从彭乐石变成洛克·潘，新娘也从方斐文变成了菲芙儿。皇冠版的开场是："自从我到彭庄之后，时常暗叹世事沧桑，祸福无常。"而新版则是："在去潘庄后，我惊奇地发现：人生的变化如此之迅猛、如此之猝不及防。"可以从译文中体会时代氛围的转变。

　　"罗曼史"一向是租书店的大宗。皇冠、好时年出了大量的"罗曼史"，好时年甚至推出读书俱乐部的预付制度，书还没出版就先付费，每月都会收到新书。此外，长桥的芭芭拉·卡特兰（Barbara

Cartland, 1901—2000）系列、林白的蔷薇颊系列等也很受欢迎。不过，1990 年以后，一来霍特过世，卡特兰封笔；二来《版权法》开始实施，创下 30 年荣景的西洋"罗曼史"（所谓"西曼"）也随之慢慢退潮，现在租书店里陈列的"罗曼史"几乎都是华文创作的天下了。

流行歌曲

——《爱你在心口难开》

台湾与日本的渊源深厚，许多流行歌曲是从日文翻译来的，像歌手余天 1979 年的成名曲《榕树下》，源头就是 1977 年远藤实作曲、千昌夫演唱的《北国之春》，而且同一首曲子还有别的版本，如闽南语歌手文夏的《北国之春》，以及邓丽君的《我和你》。余天的"路边一棵 / 榕树下 / 是我怀念的地方"，曲调就是文夏的"心爱的人 / 咱俩人 / 已经离开三年外"，或是邓丽君的"我衷心地 / 谢谢你 / 一番关怀和情意"。在这三个版本中，只有文夏的歌名和歌词都与日文相近，余天和邓丽君的则是另外配词。其他从日本引进的歌曲，还包括《黄昏的故乡》(《赤い夕陽の故郷》)、洪荣宏的《一支小雨伞》(《雨の中の二人》)、周华健的《花心》(《花》)、江蕙的《艺界人生》(《役者》)等，为数众多。

除了译自日文以外，也有些歌曲译自英文。不过可能英语是必修科目，台湾民众也比较热衷于学英文，许多英文歌曲都直接唱英文，翻唱的似乎没有日文歌曲那么多，其中凤飞飞的《爱你在心口难开》是比较流行的一首。这首歌曲原名"More than I Can Say"，原是 20 世纪 60 年代美国蟋蟀乐队(The Crickets)发行的单曲，1980 年英国歌手李欧·赛耶(Leo Sayer)翻唱后大卖，1981 年凤飞飞就推出中文版本《爱你在心口难开》，低沉独特的嗓音，让人

难忘，谁都能哼上两句。这首歌的中文由依风填词，歌词意境与
原文相近，又容易上口：

噢噢耶耶	Oh oh yea yea
爱你在心口难开	I love you more than I can say
我不知应该说些什么	I'll love you twice as much tomorrow
噢噢　爱你在心口难开	Oh love you more than I can say
噢噢耶耶	Oh oh yea yea
一天见不到你来	I miss you every single day
就好像身边少了什么	Why must my life be filled with sorrow
噢噢　爱你在心口难开	Oh love you more than I can say

这首歌也有粤语版，是许冠英的《虾妹共你》，但似乎词意比
较鄙俗。另外，迪士尼的动画电影都有配音版，其中的英文歌曲
也都会翻译成中文，但能独立成为流行歌曲的并不多。

娱韵绕梁

在破案过程中，有时会看到一些特别有趣的翻译。这些译作跟抄袭与否未必相关，似非侦探本业，但因为特别，所以收录在书末，以飨读者。

前三篇都是日据时期的翻译，但性质有些不同：第一篇收录两则日据时期的闽南语翻译的伊索寓言《鸟鼠ノ会议》和《狐狸与乌鸦》，都是闽南语／日语对照；第二篇《丹麦太子》(《哈姆雷特》)是台湾最早的莎士比亚故事，但其实是语内翻译，根据林纾的译本改写；第三篇《某侯好衣》(《国王的新衣》)则是从日文转译的安徒生故事，比中国其他译本年代都早。这三篇因为少见，篇幅也不长，所以全文照录。

第四篇《黄金假面》是改写作品，改写自江户川乱步的《黄金仮面》；江户川乱步让亚森·罗苹跑到东京犯案，台湾改写本则让亚森·罗苹到高雄犯案。第五篇《女营韵事》是1960年出版的女同性恋文学，译者是军人，出版单位还是党营色彩很重的拾穗杂志社，非常特别。第六篇《紫禁城的黄昏》是洋人写中国，译者一路译一路骂，酸度破表；第七篇《毕业生》是20世纪70年代的禁书，因为电影的关系，出了七个译本，七个译本全都被禁，可以看出当年的保守气氛；第八篇《爱的真谛》是台湾喜宴上常听到的歌曲，歌词出自《圣经和合本》。以宗教歌曲而能深入人心，即使中文歌词有"爱是不做害羞的事"如此不合情理之语，听者皆不以为怪。第九篇《最后的难题》是福尔摩斯的衍生小说，台湾出版社却有的以华生为作者，有的以柯南·道尔为作者，令人瞠目结舌。最后一篇《狄仁杰》也是洋人写的，但这位洋人却是中国通，书法和中文都写得比很多中国人还好。他的狄仁杰中皮洋骨，思想开明现代，却有三个成天在家不穿衣服的老婆伺候，读来别有趣味。

闽南语的《伊索寓言》

　　人人都能说出几篇《伊索寓言》故事，但您有想过台湾最早的伊索寓言是什么样子吗？台湾最早的《伊索寓言》，其实是闽南语拼音的，出现在 1896 年的《台湾府城教会报》（府城为台南旧称）。这份报纸在光绪十一年（1885）由英国长老教会传教士巴克礼（Thomas Barclay, 1849—1935）在台南创办，因为当时民众识字率不高，所以用白话字（厦门音罗马字）拼音书写，让民众读出来就能知道意思，以达到传教目的。白话字完全不用汉字，纯粹标音，现在读起来颇为困难，需要特别学习。例如这则最早的伊索寓言《Ti-hông tiⁿ-giân bit-gí》，汉字写成"提防甜言蜜语"或"知防甜言蜜语"（"提""知"在闽南语中同音，因此两种写法都有），但只看白话字很难知道意思。这篇故事就是"The Fox and the Crow"，是说狐狸看见乌鸦嘴里叼着一块肉，就称赞了乌鸦一番，又说想听他唱歌，乌鸦听得乐陶陶，就开口唱歌，当然肉就掉到树下，被狐狸吃掉了。台湾白话字文献馆把这篇的汉字写出来，但一些虚词或闽南语词语仍留下拼音：

提防甜言蜜语

　　有一只乌鸦得肉 tī 树顶 teh-beh 食，有一只山狗看见，

《台湾府城教会报》上《伊索寓言》
的插图，图注是"乌鸦、山狗的图"

就走来树脚 pho-tháⁿ——伊，讲："Chēng 我一生 m̄-bat 看见鸟 ê 毛亲像乌鸦兄你 chiah 白 chiah suí，你 ê 身躯亦不止整齐、标致。今 chiah-ê m̄ 免 koh 讲，总——是你 ê 声敢崭然好听，你 ê 声若亲像你 ê 身躯 hiah suí，我扑算无半只鸟敢佮你比。"Hit 个乌鸦听见伊 ê 甜言蜜语，腹肚内拢 phū-phū 滚，脚手 ngia'uh-ngia'uh 动，欢喜到挡 bē-tiâu。

若是 teh 想，这只山狗敢会 lî-lî-á 侥疑我 ê 声无到极好？想着哼 hō 伊听，免得伊 teh 疑。抵仔开嘴 teh 哼，hit 块肉就 ka-la'uh。Hit 只山狗咬 hit 块肉做伊摇摇摆摆，直直 khô 直直去，chiàⁿ 沿路笑这个乌鸦耳孔轻，会褒唆——tit。

（我的直译版：有一只乌鸦带肉到树顶正要吃，有一只山狗看见，就走来树下吹捧伊，说："在我一生中不曾看见鸟的毛像乌鸦兄你这么白这么美，你的身体也非常整齐、标致，这也不必再说了。但你的声音也这么好吗？

你的声音若像你的身躯那么美，我估算没有半只鸟敢跟你比。"那个乌鸦听见伊的甜言蜜语，腹内都滚来滚去，手脚震动，欢喜到挡不住。它又想，这只山狗会不会在怀疑我的声音不够好？就想要唱给伊听，以免伊不信。才刚开口要唱，那块肉就掉了。那只山狗咬着那块肉，径自摇摇摆摆，直直走直直去，还沿路笑这个乌鸦耳朵轻，容易骗。）

可能因为台湾并没有原生的狐狸，所以说故事的传教士就用"山狗"来取代，非常符合翻译的动态对等（dynamic equivalence）原则。不过故事里的这只"台湾山狗"也太会说瞎话了，居然对乌鸦说"你的毛好白好漂亮"，完全是睁着眼睛说瞎话吧！

1896 年也是日据时代之始。教会继续用白话字，日本人则用片假名拼音学习闽南语。明治三十四年（1901）的《台湾土语丛志》上就有一篇《鸟鼠ノ会议》，闽南语／日语对照，出自伊索寓言的《老鼠开会》（"Belling the Cat"）。这篇"鸟鼠ノ会议"作者署名"双木生"，看来应该是台湾人而非日本人。文章分为上下两栏，上栏是闽南语，下栏是日语。闽南语每个字旁边都有片假名注音。全文如下：

　　彼等鸟鼠、被猫咬死真多、所以有一暗、大家做伙议论、有什么好法道可抵防、不被猫咬抑无、不拘拢无法道、不已得大家要散、彼刻有一只、较尾位坐的小只鸟鼠趖出来讲、我想被猫咬着、拢是咱无斟酌的、以后着用玲珑仔、挂得猫的领颈、若有听见玲珑仔的声、咱着走去避、如此

做敢不只好势、伊如此讲、大家想了真通、即议定着要用
此号法道、彼时其中有一只老鸟鼠出来、咳嗽一声即讲、
只刻议此个计智、却是真好、真着、总是我要问恁呢、恁
此等内面、谁人要去与猫挂玲珑仔

　　世间、言行相违的事情真多

　　全文只有顿号而无句号，最后一句应该就是"寓意"。这已经
是百余年前的文本，当时的闽南语和现在应该已有差异，而且如何
用汉字和片假名标音也还在摸索，但整体来说还是颇为易懂，就
是一群老鼠商议如何防止猫害，一只小老鼠提议给猫挂铃铛，最
后一只老老鼠说，那谁要去挂呢？老鼠写成"鸟鼠"，跟今天的闽
南语版本一致；"一暗"（一晚）、"做伙"（一起）、"无法道"（没办
法）、"玲珑仔"（铃铛）、"颔颈"（脖子）、"好势"（方便）、"真通"（有
道理）、"谁人"（谁）、"世间"（世界上）等词语，今天也都还在用。
　　大正元年（1912）十月十五日的《语苑》也有一篇《狐狸与乌鸦》，
译者是日本人诸井胜治。《语苑》由台湾"总督府"高等法院的台
湾闽南语通信研究会发行，主要的参与者是法院通译，目的在教
日本人闽南语。这篇一样是闽南语/日语对照，也有片假名标音，
如"狐狸"就标音"ホオリア"，"乌鸦"标音"オオアア"。译者
诸井胜治是台湾闽南语通信研究会会员。全文汉字如下：

　　　　一只乌鸦，咬一块肉来在树顶里，适想要食的时，狐
　　狸就对树脚开声讲，"汝不时都好声音在唱歌，今仔日亦

着唱一条来给我听咧！"乌鸦被伊赏赞，欢喜到要死，颔管伸长大声鸦々哮一下，就在街彼块肉，磅一下落々来下脚，狐狸就随时咬彼块肉，走到树林内去。

这篇写得比《提防甜言蜜语》更简单，只有说狐狸赞美乌鸦声音好听（乌鸦应该很少听到这种赞美，所以"欢喜到要死"），骗乌鸦开口唱歌，顺利抢了乌鸦口中的肉。不知为何这个故事那么受欢迎，日据时期至少有三个译本，是因为当时的民众很容易受骗吗？

伊索寓言从中古世纪开始，就常用于语言教学。1837 年在澳门、广州两地出版的中文译本《意拾蒙引》，又名《意拾喻言》，一共三栏：左栏英文，中间汉字，右栏罗马拼音（广东话），也是给外国人学习中文用的。译者署名"门人懒惰生"，其实是英国人罗伯聃（Robert Thom，1807—1846）。他在序中说："余作是书非以笔墨见长。盖吾大英及诸外国欲习汉文者，苦于不得其门而入。"所以是为了方便他的同胞（英国人）学习中文/广东话之用。日本从 1896 年占据台湾开始，即要求在台日人积极学习闽南语，尤其是公务人员和警察，还有定期考核和加薪等奖励措施。从这两篇闽南语《伊索寓言》故事《鸟鼠ノ会议》和《狐狸与乌鸦》，也可以看出日本人研究、学习闽南语的努力。

台湾最早的莎士比亚故事

——《丹麦太子》

    台湾最早的莎士比亚故事，可能是 1906 年刊于《汉文台湾日日新报》上的《丹麦太子》，作者署名"观潮"。该篇的栏目为"小说"，全文不到 1500 字，半版不到，一天刊完，作者（译者）并没有提及原作者莎士比亚或把莎剧改写成故事体的兰姆姐弟。

    第一次看到这篇"小说"，立刻看出是《哈姆雷特》(*Hamlet*)，很是兴奋。但看到"克老丢""偎斐立"这几个怪怪的人名时，觉得十分眼熟。翻出林纾 1904 年的《鬼诏》一比对，心下恍然，原来是语内翻译，把林纾的译文改写得更精简，情节也略有出入。像戏中戏的情节，《鬼诏》有，《丹麦太子》却全删掉了。但人名、用词多处袭用林纾译文。如开场形容王子：

鬼诏

    前王有子以孝行称于国人，王薨，靡日不哀，又耻其母之失节，居恒快快。既不读书，亦不行猎，凡盛年应为之事，无一惬心者，厌世之心日甚。

丹麦太子

    其太子仁恕雄略，凤以孝称。痛王之崩，又耻母失节，遂起厌世之念。视大器如敝屣，居恒怏々。

可以看出这位"观潮"显然参考了林纾的译文，有沿用，也有改写。如"耻母失节""居恒怏快""厌世之心／念"等，将其写得更为简洁。"视大器如敝屣"则是林纾译文所无。描写奥菲莉娅死亡的场景也类似：

鬼诏

先是倭斐立闻其父见杀于痫夫，遽作而晕，遂亡其心，长日披发行歌。一日至溪濑，有水柳卧溪而生，女挟花无数，系之柳枝之上，言为柳树饰也，枝折竟殒。

丹麦太子

先，偎斐立痛父之死，遂亡其心，长日踯躅江畔，戏折柳枝，以作消抑，枝折遂殒。

我猜"观潮"并没有参考其他文本，因为林纾误以为奥菲莉娅的哥哥是弟弟，"观潮"也跟着写成弟弟，而1906年的日文译本写的是"兄"无误，可见"观潮"并没有参考日译本。此外，日译本颇忠实于兰姆姐弟的原文，"观潮"却有不少自由发挥的地方。像太子责母一幕，原故事应是老王鬼魂出现阻止，但王后其实没见到鬼，更以为儿子真的发疯了。《丹麦太子》则改为两人都听到鬼魂说话，所以"后知王之灵见，不敢仰视"。

《哈姆雷特》中王后到底有没有参与弑夫，一直有各种诠释。像河洛的歌仔戏版本《太子复仇记》就将王后改为完全知情，甚至动手弑夫，就是奸夫淫妇干的。但《丹麦太子》比较隐晦，虽然王后"羞不可耐"，但鬼魂殷殷告诫儿子不可伤害母亲，报仇止于杀叔就好，看来应该还是很爱王后的啊。《丹麦太子》的结尾也很有趣，除了原文就有的丹麦王子要霍雷旭把故事传诸天下的桥段之外，还加了一句"俾天下后世知丹麦太子之抱愤以没。则我死不朽矣"。的确，现在哈姆雷特是不朽了，谁还知道其他的丹麦太子呢？

《汉文台湾日日新报》上的《丹麦太子》全文如下：

丹麦太子

丹麦王汉姆来德暴崩。才弥月，其后杰德鲁，即下嫁王弟克老丢。克老丢遂即王位。克仪表猥陋，性复狡险。国人咸疑王之死，殆克鸩之。其太子仁恕雄略，夙以孝称。痛王之崩，又耻母失节，遂起厌世之念。视大器如敝屣，居恒怏怏。每疑父死状，为人所图，然究不得其奥，焦思益甚。

一宵，与近侍霍雷旭，随喜官中，忽有被甲冠胄，威毅凛然，龙行虎步而来者，即之乃王也。颜色沮丧，似重有忧。太子曳其裾曰，"父王何忍舍儿去也！"王招太子至隐处。霍雷旭恐有诈王者，将不利于太子，坚谏不可即。太子不听，奔即王。王告曰："余，尔父汉姆来德也。尔

275

忘乃父之仇乎？余实见鸩于克老丢。尔母又忘耻事仇，余甚恨焉。然尔欲报仇，诛克老丢，勿伤尔母。令彼自羞，以终余年可矣。"太子泣而承命，王遂不见。

太子自是复仇之念，长印脑中。恐克老丢疑，不能近，遂佯为癫痫，惘惘无所闻知。克与后私议，以为太子发痫之源，为未受室故。先，太子与大臣普鲁枭司之女公子偎斐立有凤约，佯狂后，频作书贻偎斐立，詈其负约，言次颠倒，中夹挚语。偎斐立喜甚，知太子未忘前谊，遂呈诸其父。其父连夜进诸新王及后。王、后信太子之痫，果为偎斐立也，立宣太子入宫慰之。

太子见克老丢，触动心疢，言间偶泄愤怼。克老丢怒而起，使侍者导入寝。后责曰："奈何触尔父怒？"太子闻言，奋然曰："观母后所为，诚不堪以对吾父耳。为王后，复为夫弟妻。"后怒叱曰："狂悖至此，将何以堪！"拂袖欲入。太子弗听命，后防其痫发，大号。忽帷中有人呼曰："趣救后！"太子意新王之匿其中也，骤发刃射之。刃至声歇，意其死也。揭帷灼之，即普鲁枭司，非王也。后骂曰："尔于宫内行戮大臣耶？"太子曰："滥杀固矣。然与自弑其夫，下嫁其夫弟者，比例差几何夫？"语出知过妄，复变其词："以为母后所为，实撄天怒。奈何父骨未寒，遂忘身事仇，以贻死父之咎。九京有知，其能已乎乎？"后羞不可耐。时空中有呼曰："止！臣儿勿尔尔！尔仇不在是，更逼若母者，将愠怒而死，尔罪巨矣！"遂隐。后知王之灵见，不敢仰视。太子告后曰："儿为父仇，非痫也。"语矣遂出。

克老丢本欲害太子，即以妄刃大臣，谪之远边。后哀于王，乃免。命两大臣监太子至英。时英尚臣属于丹，王乃以书抵英王，嘱以计毒太子。途次遭海盗劫，太子素勇，出刃踊过盗舟。盗审其为太子，俱伏求赦。

遂送太子归。将入国门，见有驾丧而出者，询之，乃知其妻之殁，而葬之也。先，偎斐立痛父之死，遂亡其心，长日踯躅江畔，戏折柳枝，以作消抑，枝折遂殒。时太子妻弟莱梯斯，为姐送殡，哭甚哀。自念彼兄弟尚如斯，况吾乃其夫耶，遂近抱丧车而恸。莱梯斯认为太子，恨不得生食之，以为父泄恨，遂相搏。时王与后亦迤逦从其后，力为解之。然克老丢见太子益憾，乃佯抚之曰："二人均勇士。明日当以艺相角。"阴以利匕首淬药授莱梯斯，命乘间刺之。又恐太子胜，隐贮鸩酒以劳焉。

届日即于庭中格。格时莱梯斯佯却，王伪悦，称太子能。少还，太子误中药刃，怒，夺而猛刺，莱梯斯僵。王欲以酒劳之，后渴遽饮，立毙。太子疑甚。忽莱梯斯僵倒血中，呼曰："是谋王授我者，然太子命亦俄顷耳。"詈王不休，遂死。太子哭曰："仇且莫复，而身欲死。将何面目见吾先君于九京乎？"顿挺其药刃刺王腹。王立僵。太子伏地号曰："臣儿几负先王灵之诏，死有余辜。"卫士霍雷旭见太子垂毙，欲殉焉。太子曰："勿尔。君能为我叙冤抑之事，告诸天下后世。俾天下后世知丹麦太子之抱愤以没。则我死不朽矣。"霍雷旭遂止。临薨复嘱国民曰："善事新王，勿替国体。则孤受赐多矣。"时观者皆垂泪。

安徒生的第一个中文译本在日据台湾

——《某侯好衣》

童话大师安徒生的第一个中译本为何，目前常见有三说：

1. 1909 年，周作人译的《皇帝之新衣》，收录在《域外小说集》(在东京出版)。但此说有误，因《域外小说集》在 1909 年初版时并无此篇，此篇是在 1920 年重出版本中补上的。

2. 1914 年，刘半农发表在《中华小说界》的《洋迷小影》(《国王的新衣》)。但刘半农这个作品是把《国王的新衣》一篇改写到中国语境，是参考日文的"再话"[1]，不算是纯粹的翻译。

3. 1918 年，陈家麟、陈大镫的译本《十之九》，文言文译本，中华书局出版。

但以上这三个说法，无论是 1914 还是 1918，其实都不是最早的安徒生中译本。因为在 1906 年，台湾就已经出现了一篇中文的《某

---

[1] 日文的"再话"是把童话、传说、世界名著改编成儿童适读的版本。

侯好衣》，发表在《台湾教育会杂志·汉文报》上，出版时间是明治三十九年（1906）五月十五日，早于以上的所有年代。

这篇《某侯好衣》并没有署名，也没有说明作者，只说是"重译泰西说部"。"重译"是转译的意思，应该是原文为其他语言，本篇则从日文转译。"泰西说部"就是西洋小说。

台湾在 1896 年开始进入日据时期，至 1906 年不过 10 年，日本当局并未禁止汉文，报刊都有汉文版，台湾也仍有私塾教授汉文，书写文字与中国大陆差异不大，但常用重复记号"々"，这个记号现在中文正式书写已经不用，但日文用得很频繁，在日据时期的汉文期刊上常见。还有些词语似乎有点闽南语色彩，如"好观々々"（好看）。也有少数字词不太了解其意，如"被众口惹了""哷唬"等，但译文大致简洁流畅。

《台湾教育会杂志·汉文报》的《某侯好衣》全文如下：

某侯好衣

昔者有国侯，好美衣裳殊甚。所制衣服，千百不窗。更着之者日数回。有适意者，则着以骑马，逍遥城下之市，使群众集观而赞叹以为乐。

会有外国织缝师二人来。其术太奇，传道其工所织布帛，质文其美，世不见其俦。而昏愚者、邪恶者及不忠其职者视之，质文皆不见。事闻于国侯。侯曰："速命织吾衣。"二师承命，先请精绢丝与纯黄金甚多。新设织场，造二座大机，日坐其中而织之。

　　居数日，侯以谓既织成几何，欲往观之。继而自顾谓是非寻常织布，若为质文不见，则为大耻，害于封侯之威。先使人试之，乃遣家臣某往视之。

　　某走赴织场，则二师方坐机动手，似孳孳织者。然唯见其机之动，而不视丝与布。某怃然立于其侧，忘失为礼。织师顾曰："何如？此文果中君侯意乎否？"而某之眼，不能见其所谓文者。然曰不能见，恐被以为昏愚邪恶而不忠者。第曰："甚佳，君侯必嘉之。"织师乃又指其机而夸说约："此文是称某文，此色是称某色。"某皆不能见，特记其言而返。侯俟之急，某返至，辄问曰如何。某第陈其所记，侯意愈急。日使近臣更往见之。而其人皆不能见。曰不能见，则恐被以为昏愚邪恶而不忠，故皆复命如前。

　　已而织成，织师乃问侯身长及袖裾襟衽等广狭，裁而缝之，择吉日而上之。

　　其日，侯坐正厅，家臣尽朝服，骈列左右，威仪俨然。已而织师执白木台机，两手恭捧，进置诸侯前。

　　曰："所蒙命服物，仅兹奉上焉。"手作展之之状。侯诸臣之眼皆不见其物。侯先慊然惊愧，自顾有不尽为君之职者，又有不信于民者，故不能见欤。然故作不然之态，曰："甚佳々々，卿其劳矣。"

　　已而侯将服其衣，脱旧衣以待。织师曰："是为衬衣。是为中衣。是为上衣。"衣之侯身。而君臣之眼，俱不见其衣。家臣中有怪之者，然曰不见则恐为不忠也，故曰："好观々々。"誉者如出一口。侯虽有裸身之思，被众口惹了，自以谓盛饰者。

是日也，会大祭，市民麇集。侯乃下令，新服自行市中，而厚赐织师黄金以赏之。

市人素既传闻侯制新服之事矣。及闻侯服之而出，争出观之。沿路男女群立如山，久之，侯骑马，从者数十人，徐行而至。

虽然衣裳之美，众目不见，或谓我是昏愚，故不能见之欤。或谓我肚里邪恶，故不能见之欤，然无敢口言不见者矣。

众但任口呼虚，曰："壮丽无比。珍奇々々。啧々嗟々。"中有一童孺走而至，视之曰："咄々哈々，可笑々々，裸而上马，呵々。"齐声拍手而咻唬。闻此真挚无伪之言，人始自反曰："真是裸矣，赤条条矣。"

其声渐传播，数万人众，一齐哄笑。

至此，侯及群臣始怃然自悟，为奸人所诳也。急还馆，骂曰："疾呼二织师来！将寸断之。"而二织师既逃去，杳无踪迹矣。

亚森·罗苹在高雄犯案！

——《黄金假面》

1960年，台南的艺升出版社出版了一本《黄金假面》，署名"丁琳"著。当然这很容易联想到江户川乱步的《黄金假面》，描写亚森·罗苹在东京犯案的故事。但一看内容，哎呀，亚森·罗苹竟然跑到高雄来了！

拿出1978年水牛出版社的《黄金怪面客》（译自少年版的《黄金假面》），两相对照一下：

> 5月里，一个细雨蒙蒙的夜晚，少年侦探社的小林和小岛一起到日比谷听音乐。（水牛出版社《黄金怪面客》）

> 一个下着柔和的雨点的晚上，少年侦探队的许霖和一个同队的陈岛，到了大圆环的四维厅听音乐。（艺升出版社《黄金假面》）

再看另一段落：

> 那年6月至8月，在上野公园中举行了战后最大的博览会。这是由东京都主办的"和平产业博览会"。在许

多精彩节目中，特别以叫作"产业塔"的四百公尺高塔，掺有南洋土人演出的喜剧及三重县珍珠王所自豪，时价值五千万元的大珍珠最受瞩目。（水牛出版社《黄金怪面客》）

那年，从 6 月起两个月间，在高雄的寿山公园，召开了光复以来最大的展览会。是一个由高雄市政府所主持的"国产品商业展览会"。商展中花样百出，其中有个耸立四百公尺高的"产业塔"，有台湾高山族和大歌剧团的演出。在出产品中有一颗基隆的珍珠大王最得意的时价五百万的国产大珍珠。（艺升出版社《黄金假面》）

显然这位"丁琳"是把江户川乱步改写到台湾来了。原来的珍珠叫作"志摩女王"，台湾版的珍珠叫作"基隆女王"。原来的"日光美术馆"改为"旗山美术馆"。原来的美术馆主人华族"鹫尾正俊"和女儿"鹫尾雪子"，艺升版改为"蔡正俊"和"蔡雪"，不过水牛版的人名也是归化处理，译为"白俊"和"白雪"。另一个宝物《紫式部日记绘卷》，在艺升版就变成《唐代名画集》了。侦探明智小五郎当然也要改名，在艺升版就变成"孙智"了。

江户川乱步，本名平井太郎（1894—1965），笔名取自美国小说家埃德加·爱伦·坡的日文拼音"エドガー·アラン·ポー"，再写成汉字：エド（江户）＋ガーア（川）＋ランポー（乱步），很有巧思。他的版税章上是一个殷红的"乱"字，也很特别。

江户川乱步的《黄金仮面》，于
1930 年开始连载

1960 年署名"丁琳"著的《黄
金假面》，把江户川乱步的同名
小说改写为高雄发生的故事

1970 年为少年改编的版本，写得
比较简略。水牛版就是根据这个
版本翻译的

1978 年水牛版《黄金怪面客》，
有注明作者为江户川乱步

江户川乱步的版税章，很有个性

　　其实亚森·罗苹也不是第一次到台湾。1923 年,《台南新报》上出现一篇连载的小说《智斗》, 作者署名"余生", 就是把亚森·罗苹系列中的《犹太灯》一案搬到台湾: 话说福尔摩斯有一天收到一封来自台湾嘉义某富豪的来信, 说是大盗亚森·罗苹觊觎他家祖传的宝物明代香炉 (原作中的犹太灯), 特地邀请福尔摩斯相助。福尔摩斯于是与华生搭船到基隆港, 再到嘉义林家助阵云云。当时余生用的就是"亚森·罗苹"这个名字,艺升版却叫他"爱尔塞奴·路邦", 应该是从日文"アルセーヌ·ルパン"直译的。名字这么一改,恐怕读者很难立刻想到这位差点在高雄失手的法国巨盗, 就是鼎鼎大名的亚森·罗苹吧!

　　不过亚森·罗苹的孙子叫作鲁邦三世这件事, 我也一直觉得不解, 不是应该叫作罗苹三世才对吗?

《拾穗》最香艳的一本蕾丝边译作

——《女营韵事》

> 　　尤素娜觉得克劳黛的嘴唇滚烫，但她不知道究竟发生了什么事。……克劳黛并不是男人，那她对她又能做些什么? ……克劳黛解开她睡衣的扣子，把尤素娜的一个小小乳房捧在手中，温柔地，非常温柔地，她的手开始摸尤素娜的胴体, 喉颈, 肩, 和肚腹。……然后她的手再往下移动。

　　原来 20 世纪 60 年代就有蕾丝边的书了! 1963 年《拾穗》译丛出版了一本《女营韵事》，由何毓衡和薛真培合译，原书名为 *Women's Barracks*（1950），作者是法国作家 Tereska Torrès。此书原为作者日记，描述"二战"时德军占领法国后，作者从法国赴伦敦从军，参加戴高乐组织的自由法国（Forces Françaises Libres）的经历。这支女兵总部就在唐宁街（书中译为"丹街"）。有趣的是，书里提到战争的部分不多（因为大部分是支持情报工作），大部分的篇幅都在描述营中的女性情欲。由于从军者皆为自愿,背景复杂，有十几岁的少女，也有情场经验丰富的贵妇，有双性恋，也有同性恋。描述女同性恋的部分相当大胆惊人，如开头引述主角尤素娜第一次被贵妇引诱的场景。

　　但贵妇很快就厌倦了这个小女孩，跟另一个真正的女同性恋

1963 年何毓衡和薛真培合译的《女营韵事》

打得火热。失恋的小女孩后来跟波兰犹太裔军人谈了恋爱，论及婚嫁，也怀了孕，打算战后跟着丈夫去巴勒斯坦建国，没想到未婚夫紧急被调去前线，参加诺曼底登陆，从此天人永隔，尤素娜自杀，悲剧收场。

这本书是以法文写成的，但却没有在法国发行，英译本在美国出版后成为畅销书，但也有几个州将其列为禁书。作者的经历与主角尤素娜相似，也在战争末期怀孕，丈夫阵亡。她本人（似乎）并不是女同性恋，但此书在女同性恋书写中已有其历史地位，2005 年纽约的女性主义出版社（Feminist Press）还推出新版，现有 Kindle 版。至于中文版译者，倒是以一种同情的语调，说会发生（女同性恋）情节，是因为"在情绪上，她们没有正常的'发泄'所致"，还说：

以我们中国道德水平来衡量，《女营韵事》也不是一本淫秽的书。所有记录人类集体活动的文字中，这是一个来自鲜为人知的偏僻角落的报道。我们非常感谢《拾穗》编辑委员会审查通过，给予它与中文读者见面的机会。

我猜，编辑委员会大概以为这是法国版的《女兵自传》吧！何毓衡是海军军官，翻译过《最长的一日》，另一位译者薛真培则生平不详。《拾穗》是高雄炼油厂出版的刊物，绝大多数的译者都是随国民党来台的青年，常翻译美国的畅销书，也出版过多本与战争相关的著作。这本书虽然也与战争相关，但内容却是劲爆的女同性恋，在20世纪五六十年代满坑满谷的与战争相关的译作中显得相当特别。

好大的面子！皇帝来写序
——《紫禁城的黄昏》

> 译书是一件很不容易的事（至低限度在我本人如此），
> 我尤其讨厌外国人写的有关中国的书。
>
> ——秦仲龢 1964 年 12 月在香港

这本《紫禁城的黄昏》（*Twilight in the Forbidden City*, 1934）原本就是奇书：作者是清逊帝宣统的洋师傅庄士敦〔Reginald Johnston, 1874—1938, 与香港的庄士敦（Alexander Johnston）无关〕，书前还有宣统帝写的御制序文，面子真大。译者秦仲龢也很奇怪，一开始就先声明，"我尤其讨厌外国人写的有关中国的书"，又批评此书"第一章到第七章所记多为国人所知之事，平平无奇……现在译者试从第八章开始翻译"。也就是说，全书 25 章，译者大笔一挥先砍掉 7 章再说。接下来，译者又一路议论，不时批评作者庄士敦这里写错，那里不懂，简直不知道是作者的书还是译者的书了。

此外，译者还会加上与作者意思相反的小标。例如原著在"The Dragon Unfledged"一章中提及溥仪对英文书写体的兴趣："His proficiency in Chinese calligraphy, however, gave him an interest in penmanship, and he soon wrote English in a good formed hand..."中文先加了个小标"逊帝'御笔'不敢恭维"，内文则先译再驳：

左图为庄士敦与皇后婉容合照，右图为 1965 年香港出版的《紫禁城的黄昏》秦仲龢译本

逊帝精通书法，因此他对写字极有兴趣，他学习英文不久，已写得一手很好的英文书法……

译注：溥仪的英文字写得如何，因为我不是英文书法家，未便评论，但庄士敦说他精于中国书法，写得一手好字云云，简直是笑掉人家的大牙。……我见他遗留在故宫的"御笔"作文稿本，字体极坏。……

庄士敦原文并无小标，而且对皇帝御笔也甚为恭维；译者先下了与原作意思相反的小标，又长文驳斥作者此说"简直是笑掉人家的大牙"，大胆程度也真是令人叹为观止。虽然原书附的御制序文书法甚好，但译者也告诉我们那并非溥仪亲笔，而是由原本就是书法名家的清朝遗老郑孝胥代笔。

类似的驳斥随处可见。例如同一节中，庄士敦盛赞溥仪的知识和人品：

> 他不只对中国一切事情很有热心去知道，就是世界大势也很留心。他待人以宽恕，不念旧恶，对贫苦的人很有同情心，又乐于为善，并且也有幽默感。
>
> 译注：庄士敦这些话，未尽可信。……他的"皇帝脾气"很坏，动不动就打太监，对中国与世界大势，一无所知。

> 他的师傅个个都是诗人（译注：这是不大正确的，旧日的中国读书人大都会哼两句诗，尤其是科举出身的人，他们必定要学作诗以便考试。但这些会作诗的读书人，并不能说是诗人。……），所以他从小受到影响，对诗的知识很是丰富，不久后，他也能作得很纯熟了。

对于庄士敦的无知，秦仲龢简直要跳脚了，所以他不惜以六页半的篇幅，举了一大堆例子，说明溥仪和他的夫人们如何文辞不通，极为可笑。例如此首溥仪作的新诗：

> 灯闪着，风吹着，蟋蟀叫着，我坐在床上看书。月亮出了，风息了，我坐在椅上唱歌。

这也能叫作会作诗吗？果真只能骗老外了。庄士敦不知是否自知被骗，但他对皇上一片忠心毫无疑问，也难怪皇帝在序言中大赞他"雄文高行，为中国儒者所不及"了。

李敖于1988年引进此书在台湾出版，序中说译者"虽然议论之中，不无党见；然查证引据，颇具功夫，令人佩服"。

秦仲龢本名高伯雨（1906—1992），广东人，生于香港，熟悉掌故，为香港著名的文人。另译有《英使谒见乾隆纪实》一书，虽然也发挥史家本色，加了许多脚注，但并没有像此书这样一路讥评作者。秦仲龢译《紫禁城的黄昏》一书之时，溥仪自传《我的前半生》（1960）已出版，因此译者可参考的资源远胜于作者庄士敦；加上庄士敦毕竟是老外，对于官场文化远不如秦仲龢熟悉（他父亲是举人），只有一路挨打的份儿。译者把作者贬成这样，也是翻译史上比较少见的例子。不过，对于外国人写中国事，中文译者很想说话的也还有几位，像伍蠡甫翻译赛珍珠的《述福地》（*The Good Earth*，通常译为《大地》）即为一例。可惜台湾没有引进过伍蠡甫的译本，不易见到。

七种译本全成禁书

——《毕业生》

　　1977年版的《查禁图书目录》和往年目录不太一样，大陆旧籍渐少，倒是增加不少当局觉得诲淫诲盗、有伤风化，或是怪力乱神的书。我发现1972年夏天，当局一举查禁了七本同名的翻译作品，就是《毕业生》。其中有些是台北市政府查禁的，有些是台湾省政府查禁的。这本书是电影小说，原作 The Graduate 是演员达斯汀·霍夫曼（Dustin Hoffman）的成名作，1967年曾获得奥斯卡最佳导演奖。这部片子里，年轻男主角先与中年的鲁滨逊太太上床，后来又爱上她女儿，因被认为有乱伦之嫌，当时在台湾被禁演，但片商在字幕上动手脚，让片中母女姊妹相称，竟然就过关了，在字幕翻译史上也是一宗趣谈。

　　当时台湾还不受国际版权法约束，因此抢译的情形很多。这本电影小说原著也是如此，才会出现七家出版社抢译，七本全被查禁的事件，林白、黑马、天人、新世纪、正文、群象、鲁山等版本无一幸免。林白版是在1971年9月出版，译者陈维青，而且是中英对照本。封面上大剌剌写着：因情况不同，《毕业生》在本地已遭禁映。最后一句话尤其耐人寻味："所以你能错过这本书吗？（尤其大学女生）"这是什么意思？叫大学女生要小心自己的妈妈，不要随便让妈妈看到男朋友吗？

1971 年林白出版社的陈维青译本是最早出的一批

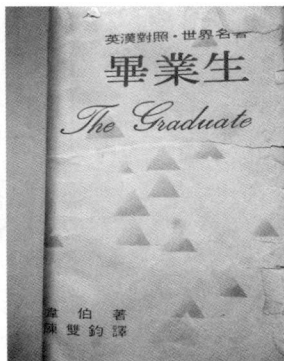

1972 年 6 月陈双钧译本，当年 8 月就被查禁

以下特地摘录一段精彩段落的两种译本，让大家体会一下当局维护善良风俗的苦心：

"那么，"她说，"我想，你显然没干过。你根本不知道怎么做这件事情。你紧张，害怕，你甚至不能……"

"哦，我的天，"班江明说。

"我是说，你不能人道……"

"不能人道？"

她点头，然（sic）沉静了一会儿。她皱眉望着自己的前胸，班江明看着她。"好吧，"她最后说，直起腰来，穿上一只鞋子。"我想我还是……"

"坐在床上，"班江明说。他很快脱掉上衣，丢在地板上。

他开始脱衬衫，走到床前，坐在她身边，伸手帮她拿下几个发夹。鲁宾森太太晃了晃头（sic），头发撒在她的肩头。（1971年陈维青版本）

"嗯，"她说，"我想你很显然的没干过。你根本就不知道怎么做这种事。你紧张、不知所措。你甚至不能……"

"哦，我的天呀！"班杰明说。

"我是说你大概不能人道……"

"不能人道？"

她点点头，然后沉默了下来。班杰明望着她，她正皱眉望着眉头（sic）。"嗯，"她最后说着直起身子，一只脚伸到地板上。"我想我最好……"

"留在床上。"班杰明说。他急忙脱下外套，丢在地板上。然后他开始脱衬衫。他走到床铺，坐在她身边，然后伸手到她的脑后，取下几根发夹。罗宾森太太晃晃头，头发就垂到她的肩膀上。（1972年陈双钧版本）

感觉上两种版本都仓促成书，并没有好好校对，留下一些"然（sic）沉静了一会儿"或"她正皱眉望着眉头（sic）"这种明显不通的句子。好笑的是，正文用"陈双钧"这个名字出了多少翻印的旧译都没事，这回可能是自己人动手翻译的（虽然似乎也有参考前译痕迹），却被查禁了。

爱是不做害羞的事？

——《爱的真谛》与《圣经》翻译

《爱的真谛》大概可以和《平安夜》等歌曲并列，是台湾人最熟悉的宗教歌曲之一。但因为歌词从头到尾都没有提到"上帝"或"耶稣基督"等字眼，这首歌曲更为俗世化，不但歌手娃娃（金智娟）、林佳蓉和许淑娟等都唱过，还被收入小学和中学的音乐课本中，流传广远，也成为许多婚礼中演奏的歌曲。李安执导的《饮食男女》中，杨贵媚饰演的大女儿就是在卡拉OK唱了《爱的真谛》，可见台湾人有多么熟悉这首歌。不过，或许有些人根本不知道这是首宗教歌曲。

其实它不但是宗教歌曲，歌词还是出自中文《圣经》经文，一个字都没改。歌词出自和合本《新约·哥林多前书》第十三章第四节到第八节。1973年由台湾神学院毕业的作曲家简铭耀谱曲。由于《新约·哥林多前书》的作者是耶稣的使徒保罗，因此本曲作词人就简单署名"保罗"，看起来有点像路人甲。其实保罗一定没想过两千年后，自己写下的希腊文句子会被翻译成中文，再谱为歌曲，让他多了一个中文歌曲作词者的头衔。不但这位保罗年代久远，和合本年代也很久远，《新约》首刷是1906年，民国尚未建立，当初的书名叫作《官话和合本》。《圣经·旧约》是以希伯来文写成，《新约》则是以希腊语写成，不过这个译本还参考了英文的众多译本，尤其是英文《修订标准版〈圣经〉》。

此和合本的译者是英美来华的传教士,如美国的狄考文(Calvin W. Mateer)和富善（ Chauncey Goodrich), 英国的鲍康宁（ Frederick W. Baller)、文书田（ George Owen ）和鹿依士（ Spencer Lewis ）等, 以及他们在中国找的中文助手。这些传教士虽然可以说中文,但书写还是要依赖中文助手,只可惜这些中文助手的姓名并不为后世所知。

和合本译文的历史超过百年, 主译又是外国传教士, 难免出现比较奇特难懂的句子, 例如, 第五节 "（爱是）不做害羞的事" 到底是什么意思? 我小学读教会学校, 这句话总让我们有无限旖旎遐想,以为就是那件（你知道）不能说的事,唱到这句就不免挤眉弄眼。婚礼上唱这首歌更是不合逻辑,不能做那件事的话,结婚做什么? 其实这句话根本没有这么多内涵,《中文新译本》译作 "不做失礼的事",《现代中文译本》更直接译为 "不做鲁莽的事", 符合新国际英文版的 "it is not rude"。只是和合本历史悠久, 基督徒多半从小熟读背诵, 许多诗歌又根据和合本谱曲, 其他中文新译本到目前为止都无法取代和合本的地位, 大家也只好继续在婚礼上高唱 "不做害羞的事" 下去了。

假作真时真亦假

——华生的遗作《最后的难题》？

1975年，台湾出版了两种《最后的难题》。第一种由时报文化出版，作者题为华特生（Dr. John H. Watson），没错，就是大家很熟的那个约翰·华生医师。可是华生不是虚构人物吗？怎么还会出书？译者严孜还煞有其事地介绍作者华特生的生平，包括生卒年、什么时候去阿富汗、什么时候结婚等，完全当他是真人看待了。译者说明这是某某人买下一栋英国的房子时，在阁楼里发现的一包打字稿。没想到，竟是华生1939年在养老院口述，由前屋主太太（该养老院护士）速记打字而成。华生死于1940年，这份打字稿就放在该护士家中的阁楼，从未发表，等到1971年她过世之后，买下房子的某某才发现打字稿，整理后于1973年出版。

不过，这一看就是小说写法，华生既是虚构人物，他的手稿当然也是虚构的，这还用说吗？怎么还会把华生列为作者呢？

再看皇冠出的，好像比较有道理一点，至少他们有想到华生是虚构的，因此作者题为柯南·道尔，书背还附道尔小照一张。

但柯南·道尔不是1930年就过世了吗？难道是柯南·道尔死前还预先创作了华生1939年的遗稿？

当然，这显然是当代小说，作者既不是书里爬出来的华生，也不是柯南·道尔，而是那位传说中的手稿发现者，尼古拉斯·梅耶

1975 年《时报》出版，作者题为
华特生

1975 年皇冠出版，作者题为柯
南·道尔

1976 年哲志版，作者亦题为华生

1976 同作者另一本福尔摩斯续
作，版权页亦记录华生为作者

（Nicholas Meyer，1945—　），书名叫作 *The Seven-Per-Cent Solution*，是 1973 年的畅销书。经典文学启发的后续作品不少，像 1992 年的《重返咆哮山庄》（*The Story of Heathcliff's Journey Back to Wuthering Heights*），就是以《咆哮山庄》作者埃米莉·勃朗特的姐姐夏洛蒂·勃朗特为叙事者，但也不会有人天真地以为作者就是夏洛蒂·勃朗特吧？可是 1976 年哲志出版社也出版了《最后的难题》，作者也一样题为华生。

这三本台湾出版的《最后的难题》，两本把叙事者华生直接列为作者，一本把华生的创造者柯南·道尔列为作者（不只是封面，而是正式的版权页，包括图书馆的登录数据），都天真到令人傻眼。这也是只有在不必跟作者买翻译版权的时代，才会发生的误解吧？难道版税可以不必付给尼古拉斯·梅耶，而要付给华生的继承人吗？本来没有的人物，要跟谁谈版税？还是说这些出版社是故意的，这样就不必付版税了呢？

　　附记：2011 年脸谱文化重出了这本书，书名《百分之七的溶液》，当然有谈妥版权，付了版税。

中皮洋骨的"神探狄仁杰"

因为电影《狄仁杰之通天帝国》的关系，一般人对狄仁杰并不陌生。但"大唐福尔摩斯"这个形象，其实并不是中国人创造的，而是荷兰人高罗佩（Robert Hans van Gulik，1910—1967）。高罗佩名声太大，研究者众，我就不在此赘述他的生平，只谈谈《狄公案》。

狄仁杰（630—700）是历史人物。清朝时有人以狄仁杰为主角，写了一本传统公案小说《武则天四大奇案》，其实已经距史甚远。高罗佩是荷兰外交官员，1949 年以英文翻译了此书，书名 *Dee Goong An: An Ancient Chinese Detective Story*，在东京出版。出书之后反应很好，高罗佩大感振奋，从此译者变作者，以狄仁杰为主角，撰写了一系列的 *Celebrated Cases of Judge Dee*，以西方熟悉的叙事方式讲中国故事，并翻译成多国文字，畅销经年。据法国友人与波兰友人称，他们小时候都看过《狄公案》（法文版和波兰文版），而且觉得很好看。

但这套书却不易讨好中国读者。除了回译成中文的技术困难之外，其实这套书里的狄公根本是中皮洋骨，西方思维，这才是译者觉得最棘手的部分。高罗佩本人翻译了一本《迷宫案》，没错，从英文翻译成中文，可见他中文之佳。但仅此一本。

到目前为止，对《狄公案》的两次完整全译都是由大陆译者

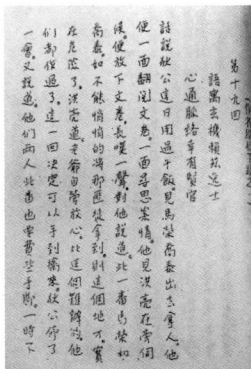

左图为《迷宫案》内文，是高罗佩于 1953 年出版的唯一一本自译的狄仁杰奇案。右图为 1989 年使用陈来元译本的富春出版社版《迷宫案》（还署名"陈来源"，而非"陈来元"）

执笔。第一次是陈来元和胡明的 20 世纪 80 年代译本，第二次是台湾的脸谱文化出版社，找了多位大陆的教授执笔翻译，2000 年出版。

陈来元（1942—　　），江苏人，外交家，也是高罗佩的同行，中文底子极佳，译文比脸谱文化版高明甚多。下面抄录一小段译文作为比较，前一段译文是某大学外语学院教授翻译的《漆画屏风奇案》，翻译腔很重，连"某些具体情况""对此事做出特别处理"都出现了，相当夸张。对照之下，外交家陈来元的仿古功力显然远胜这位外文系教授。

藤县令蹙眉道："凡事都有个王法。依本朝律令，未经正式验尸，自尽不予登记。"他思索了一会儿，继续道：

"不过，你上午的陈述太简单了，现在你不妨把事情细说一遍，说不定本县能根据你所说的某些具体情况，对此事做出特别处理。这并非不无可能，我也已注意到此事的延误对已故葛员外的买卖极为不利，因此愿意在王法允许的范围内，使此事尽快得到解决。"

"大人如此开恩，"冷清恭敬地说道，"小人实在感激不尽。这场悲剧发生在昨晚举行酒宴的时候。该酒宴是临时决定举办的。"（脸谱文化版译文）

藤县令皱了皱眉头，答道："人命关天，不可草率行事。刑法律令明文昭彰，尸身未被发现或未经官府验核不能以自杀备案。冷虔，你须将柯兴元之死的详情从实细细向本堂禀来，倘其情理有可谅之处，细节无抵牾之疑，本官可便宜从权，替你做主，据闻呈报上峰，再俟定夺。"

冷虔听罢，感激地说："倘能如此，老爷山岳般恩德没齿不忘了。话说老柯之惨死，容我再细细禀来。……"（陈来元/胡明合译版译文）

真要挑剔，陈来元这段文字还是有点不妥，就是副词用法"感激地说"毕竟还是太现代了一点，不像是高罗佩心目中的范本——明朝话本。脸谱文化的《狄公案》译者很多，功力有高有低，但副词"地""的"滥用倒是有志一同，让人看了直叹气。1989 年，使用陈来元译本的富春出版社的繁体字版更奇怪，不但将作者写成"罗

2001 年脸谱文化版《漆画屏风奇案》

20 世纪 80 年代陈来元和胡明合译本《四漆屏》

伯特·梵·克利克"而没有用他自取的中文名字"高罗佩",译者还署名"陈来源"而非"陈来元",令人相当困惑。1989 年刚刚解严,是否因为未取得陈来元授权,所以继续沿袭戒严时期做法,审改译者名字出版？富春版本从头到尾都没有译者介绍,内文略为更动几个字,每一章还加了七字的章名,如"途中遇贼显身手""兰坊残破怪事多"等。或许因为两岸交往日多,这种做法风险太高,富春也仅出一本就没有下文了,因此陈来元版本至今只有这本是繁体字版本。

不过,陈来元／胡明的译本虽然比脸谱文化版流畅,没什么翻译腔,却是净化版,会把原来限制级的段落译成大众级。在陈／胡翻译的《湖滨奇案》中,将好几段描述舞姿的段落浓缩成一小段,而且绝对没有脱衣服：

杏花笑颜溶漾，如三春桃李，舞态自若，如风中柔条。渐渐额丝汗润，蝉鬓微湿，凝脂里透出红霞来。……杏花如狂风急雨一般旋转跳腾，似一团霓霞闪烁明灭，一簇仙葩摇曳舒发。忽听得一声中天鹤唳，音乐戛然而止。杏花笑吟吟向众人叩谢。

但是脸谱文化版的季振东／康美君译本，却有一段女主角跳脱衣舞的描述：

她双目低垂，可她摆动的柔软如水的肢体却艳丽逼人，激情迸发，像一团熊熊燃烧的火焰。骤然间，她那白绸衣衫从肩头滑落，露出了丰满圆润的乳峰。……一声震耳的锣鸣，管弦丝竹猛然中断，舞姬的飞旋也戛然而止；足间竖立，两臂高举，活脱脱像一尊美轮美奂的玉雕仙女，唯见她那酥胸仍在波动起伏。

对照原文，确有其事：

Her impressive, slightly haughty face with the downcast eyes stressed by contrast the voluptuous writhing of her lithe body that appeared to personify the flame of burning passion.

The robe fell away, exposing her perfectly rounded naked

《狄公案》外文版封面

高罗佩亲自为《狄公案》
画了许多有裸女的插图

breasts....Suddenly there was a deafening clash of the gong and the music ceased abruptly. The dancer stood still, high on her toes, her arms raised above her head, still as a stone statue. One only saw the heaving of her naked breasts.（pp. 31–32）

我对中国古代是否有这种脱衣舞并没有研究，只是就这段看来，脸谱文化版的译者相当忠实，还会把石像译成更有美感的玉雕；而陈／胡译本或许觉得在官爷面前跳脱衣舞不伦不类，或因译本出版时间较早（1982），不敢译出脱衣细节，总之他们重写了这段，成了老少咸宜的净化版。

话说回来，在高罗佩的世界里，女生也太常脱光衣服了吧。

如前所述，翻译这套书最大的难处还不是仿古技术，而是狄公根本是个外国人想象中的中国人。高罗佩本人是中国通，太太出身中国书香世家，自然不能说他不了解中国；但他也发挥荷兰人的"民族精神"，搜罗了很多明朝春宫图，并亲自为他的狄公案画了许多有裸女的插图，这就不太像中国人会写的公案小说了。如《四漆屏》中有一幅插画，县官下午见到妻子在房中裸睡，并不以为意，之后才发现自己好像杀了妻子（旁边也没看到衣物）。原来古代中国这么有趣，不但有脱衣舞表演，太太在家也都不太穿衣服的。还有最后一张图，叙述狄公破案后清晨回家，三个太太刚起床梳洗，全都光溜溜梳头，一家子闲话家常。狄公这三个太太，一个懂诗书，一个善烹调，一个会武功，四个人还可以凑一桌麻将——完全是西方人想象中的中国美好家庭啊！

跋

这本书一开始的出发点是因为我痛恨抄袭。译者孜孜矻矻笔耕许久，光环常为作者掩盖，译者虽有淡淡的无奈，一般并不会和作者计较。但如果自己的心血被换上别人的名字，随便改几个不重要的字眼，就大剌剌地宣称是新译，再有修养的译者也会怒气勃发吧。文学翻译是写作的一种，虽然根据一样的原文，每个人的文笔、风格、句构还是不可能一样，只要上过翻译课的人都知道。身为译者，我也有译作疑似被人拿去修改重出的经验，我还记得当时站在书店，捧着那本译者名字不是我，但明明看得出是我翻译的书，气到脸颊发烫的感觉。当了翻译老师，我也破获过几次作业抄袭的案子，有一次还是三人连环抄：原来是女朋友把作业借给男朋友抄，男朋友讲义气，又给自己的朋友抄，三人通通被我叫到办公室厘清案情。又有一次是学生抄袭市面上已出版的译作，我一看译得太好，不像出于生手，立刻追查。换几个连接词的小把戏，怎么瞒得过翻译侦探？被我抓到的无一不是当场认罪。

我因为痛恨抄袭，看到"译者不详""本社编辑部"，或明明有译者名字，译文却和别人一模一样的，就会很想知道真正的译者是谁。20多年前还在读翻译研究所的时候，曾经为了作《红楼梦》的英译报告，到图书馆里去借了书，却发现其中一本的版权页被撕掉，连译者名字都找不到。那时解严未久，两岸来往还很稀奇，又没有搜索引擎可用，只能在上课时痛骂撕书者无道德。不想老师淡淡说了句，是他撕的。原来老师是美国人，戒严期间从海外带来大陆译者杨宪益夫妇的译作，只能把版权页撕掉，以免被海关没收。当时还有点懵懂，但也开始明白译者不详的背后，可能还有庞大的政治阴影。

　　只是当年硕士研究生的资源有限，我们的侦探大业并没有进一步的发展，案子破了也只写在论文里，没有人知道。我真正决心要好好为译者正名，还是开始教书以后的事情。契机就是商务印书馆出清水渍书的时候，我买了一套伍光建的《孤女飘零记》（《简·爱》）。一看之下，大为吃惊：这书翻得多好看，比市面上一堆《简·爱》都好看得多，怎么没听说过？我把这部《孤女飘零记》从头到尾念给当时读小学的女儿听，念了好几天，她一听完当天就要求我再从头念一遍，可见这本译得有多好。于是我追查了《简·爱》的译本史，赫然发现其他众多版本还真是万变不离其宗，全是抄李霁野的。李霁野还当过台大外文系的老师呢，但后来溜回大陆去了，在这边自然就黑掉了，所有作品皆成禁书，包括《简·爱》也有"为匪宣传"的嫌疑，所以众多译本都不署名或编一个假名字应付。这明明是戒严时期留下的问题，但图书馆的书目都没有更正，连解严后出版的一些书目、书目研究也一直错下去，甚至不少硕士论文，只要涉及经典文学翻译的，几乎译本信息都有或多或少的错误。我虽然比较喜欢伍光建的译本，但也不能漠视李霁野的名字被涂掉。

我开始觉得，身为译者与翻译研究者，为前辈译者恢复名誉责无旁贷。解严至今已超过30年了，翻译书目仍有那么多的假信息、假名、假出版年，实为台湾翻译学界的责任。所以我申请了研究计划，开始逐步清查旧账，至今连续做了六年的译本评述，把英、美、法、德、俄的重要小说都整理了译本谱系。这份评述书目虽然说不上完整（西班牙语、意大利语、波兰语、希腊语、日语等语种小说译本未收），但因为逐本清查是否抄袭及追查抄袭源头为何，也算是有一定的贡献。

"翻译侦探事务所"博客则有点像是学术研究的副产品：这几年为了追查真实译者的身份，在海峡两岸和香港的图书馆、旧书店翻阅过上千本早期译本，但很多有趣的发现没办法用在学术论文上，所以就想试试看用博客记录下来。在教书、翻译、做研究计划、写论文、开会、评鉴、审查之余，偶尔找个空当，把所思所得写下来，还有人看，其实是蛮疗愈的一件事。写学术论文像演讲，每一句话都要有凭有据，分析要深入，架构要完整，论证要清楚。相较之下，写博客文章有点像跟朋友聊天，买到一本没听说过的译本，找找资料，知道一些有意思的事情，自己留下记录，也分享给爱书的同好。三年多来，我从这样的书写中收获很多，网友的响应大都是温暖鼓励的，有时也有内行的朋友提供更多的信息。追查译者身份渐渐告一段落，我也开始注意台湾早期的译本，如战后流亡译者的作品、从日文转译的儿童文学，以及日据时期的译本等。一篇篇的博客文章，也是我自己学术研究的轨迹。

这一路走来，要感谢不少贵人。第一位当然是撕书的康士林

（Nicholas Koss）教授。他在戒严期间就来台湾教书，显然比我们更了解台湾的黑历史，所以我们几位同学在他的鼓励下，纷纷做起侦探，分头追查起台湾翻译史上的黑暗过往。我追查的是美国诗，有一次追查惠特曼的《草叶集》，发现有一串译本一个抄一个，明知都是同一个译本，却苦于找不到真正源头。还好通过康老师介绍，得知吴潜诚老师藏有大陆译者楚图南的版本，虽然素昧平生，吴老师还是慷慨借书给我，让我得以顺利破案。还有从我刚提出研究构想，就一路鼓励我的单德兴老师，以及这些年陪我一起破案的助理们：思婷、孟儒、虹均、孝耘、简捷、慈安、冠吟、思颖。不少修课或写论文的学生，都帮忙厘清过某本著作或某位作家的翻译史。也要感谢帮我借过书的各地好友：每次我到香港都得帮忙借书的家兴；在北京清华热心帮我借书影印，还用自行车载我到北大借书的几位研究生；只是来台湾交换一学期，也起劲帮我隔海调到上海图书馆藏书的陆生。当然还要感谢陪着我到各地旧书店和图书馆的老公，从台北、台南、高雄、香港，到上海、北京、成都、东京、京都，他无役不与，甚至还办了日本国会图书馆的阅览证，只为了充当影印助手，最是劳苦功高。最后，感谢博客读者和 Facebook 粉丝页的朋友支持，让我有动力一直写下去。